Philippe Djian

Ich arbeitete
für einen Mörder

Roman
Aus dem Französischen von
Ulrich Hartmann

Diogenes

Titel der 1994 bei
Éditions Gallimard, Paris,
erschienenen Originalausgabe: ›Assassins‹
Copyright © Éditions Gallimard 1994
Umschlagillustration von
Tomi Ungerer

Für Année

40. Hiai / Die Befreiung

Wenn es keinen Ort mehr gibt, an den man gehen muß,
  ist die Rückkehr Quell des Glücks.
Wenn es noch einen Ort gibt, an den man gehen muß,
  dann ist die Eile Quell des Glücks.

I GING

... and if life is just a living-room then I am in the hall
and I am glad.

DAVID GRAY
A Century Ends

Inhalt

I

Patrick Sheahan kauft eine Pflanze
für sein Wohnzimmer

Ich arbeitete für einen Mörder. Dieser Gedanke entfaltete
seine ganze Kraft, als ich mich über den Fluß beugte. Ich
arbeitete für einen Mörder wie die meisten Einwohner der
Stadt, aber niemand sagte etwas.

Ohne ein Wort gingen wir zurück zum Lieferwagen. Die
Frau half uns, den großen Gefrierschrank vollzupacken, den
wir ihnen im letzten Jahr geschenkt hatten, wie den anderen
auch. Der Mann erklärte, diesmal könne er seine Angelruten
wirklich wegräumen. Ich hatte keine Lust zu diskutieren.
Alle Bauern in der Gegend wußten, daß sie mehr heraus-
schlagen konnten, wenn die Dinge sich ein bißchen ver-
schlimmerten und sichtbar wurden, wenn beispielsweise die
Fische mit dem Bauch nach oben auf dem Wasser schwam-
men. Ich teilte ihm also noch eine Platte Steaks, außerdem
Hühnerbrust und Schweinerippchen zu und gab ihm all die
Sachen.

»Wird alles geregelt. Wir bekommen das Problem schnell
in den Griff«, versprach ich ihm.

»Kann ich eine Keule haben?« fragte mich seine Frau.
»Für unseren Hochzeitstag.«

Der Mörder, für den ich arbeitete, mochte die Bauern.
Bei den beiden mit ihrer Geschichte vom Hochzeitstag
wäre er bestimmt weich geworden und hätte noch ein paar

Flaschen guten Weins herausgerückt. Ich gab ihr also, was sie wollte.

Den ganzen Nachmittag machte ich mit der Verteilung von Lebensmitteln weiter. Die betroffenen Höfe erstreckten sich über mehrere Kilometer flußabwärts. Manchmal erwartete man mich mit einem Korb voll verendeter Fische. Das sparte Zeit. In anderen Fällen führte man mich zum Ufer, und ich mußte mich über den Fluß beugen, weil man mir unbedingt beweisen wollte, daß man mir nichts vormachte. Das war für mich in dieser Phase meines Lebens ein besonders schwer erträglicher Anblick.

Die Fabrik stand auf der anderen Seite des Flusses, auf einer Anhöhe. Der Vater des Mörders, für den ich arbeitete, war stilvoll genug gewesen, sich inmitten von Bäumen anzusiedeln, so daß ein guter Teil der Gebäude versteckt lag. Von der Stadt aus sah man nur zwei riesige Schornsteine, deren Rauchwolken uns die Windrichtung anzeigten. Nachts hoben sie sich rosa-orange schimmernd gegen den Himmel ab, was als eine der örtlichen Sehenswürdigkeiten galt.

»Ich dachte, wir wären vor solchen Schwierigkeiten sicher«, sagte er zu mir.

Dann schlug er vor, wir sollten zusammen essen gehen, doch ich verspürte nicht den geringsten Appetit.

»Na los, reiß dich ein bißchen zusammen.«

Er folgte mir auf den Gang.

»Hör auf mit deinen Mördergeschichten!« seufzte er hinter meinem Rücken.

Wir kamen bei meinem Auto an.

»Marc… ich bin einfach müde. Und ich habe keinen Hunger.«

»Ach komm, nur auf ein Glas.«

Er wartete, daß ich zu einem Entschluß kam, und zog sich den Kragen seines Regenmantels fest um den Hals. Ein plötzlicher feuchter Windstoß ließ seine Haare in die Luft stehen.

Ich schaute ihn mir einen Augenblick im Rückspiegel an, während sich die Schranke hob. Der Wächter gab mir ein Zeichen und machte eine Grimasse in Richtung Himmel. Die Frische dieser ersten Oktobertage kam von Nordwesten, und man sah darin den Vorboten eines frühen Kälteeinbruchs, eines unruhigen Herbstes. Im Schaufenster von Melloson, dem Warenhaus im Zentrum, lagen schon dicke Wollsocken und lange Mäntel, deren isothermisches Futter gerühmt wurde.

Im Nachbargarten überwachte Thomas Vanledair aufmerksam sein Barbecue, ohne sich viel um die Funken zu kümmern, die um seinen Kopf herumflogen. Zum Glück wehte der Wind die Gerüche in den Garten der Borrys hinüber und bewahrte meinen eigenen vor einem möglichen Brand und infernalischem Qualm.

»Das Komischste an diesem Land ist«, meinte er, »daß es Gesetze gibt, die dir verbieten, ein Stück Papier auf die Straße zu werfen.«

Ich antwortete ihm nicht, blieb aber auf seiner Höhe, weil Jackie gerade in der Tür aufgetaucht war und mich bat, doch eben zu warten. Sie schwenkte eine Zeitung in meine Richtung.

»Jeder soll sich um seine eigenen Angelegenheiten kümmern«, murmelte Thomas.

»Du kannst ja vielleicht beschränkt sein!« seufzte Jackie.

»Hör mal zu, er ist alt genug, um zu tun, was er will. Und er ist nicht verpflichtet, mit uns darüber zu sprechen. Du gehst vielleicht mit dem Privatleben um, lieber Himmel!«

Sie schüttelte den Kopf. Zuckte dann mit den Schultern. Thomas sah hinunter auf sein Barbecue, während sie auf die Hecke zuging, um mit mir zu sprechen und ihren Mann aus der Unterhaltung auszuschließen.

»Mein Gott, Patrick, du weißt genau, das ist nicht meine Art«, versicherte sie mir. »Aber du kennst ihn ja, diese Geschichte quält ihn. Ist es so schlimm?«

»Ich weiß nicht. Die Klappen sind sofort geschlossen worden. Es wird sicher nicht solche Ausmaße wie letztes Jahr annehmen, doch der Preis für Fisch könnte steigen, falls man nicht gerade Leim daraus machen will.«

»Tja, das ist Pech. Und sicher, auf der anderen Seite, du brauchst ihn ja für nichts. Ich habe schon zu Thomas gesagt: ›Wenn wir keine Kinder hätten... Im Grunde, warum nicht?‹«

Ich verstand nicht, was sie da redete, doch ich bemerkte, daß sie auf den ersten Stock meines Hauses sah. Ich drehte mich sogar um, weil ich sehen wollte, ob da oben alles in Ordnung war. Das Gespenst der Mutter meiner Frau tanzte nicht hinter den Gardinen. Trotzdem überlief mich ein unmerklicher Schauer, bevor ich meinen Blick wieder Jackie zuwandte.

»Na gut, ich hoffe, daß du von meinem Tod nicht aus der Zeitung erfährst!« witzelte sie. »Ach und sag mal... unter uns... wieviel verlangst du denn?«

Thomas stöhnte, peinlich berührt. Doch er unternahm

nichts, um sich die Ohren zu verstopfen. Ich beugte mich zu ihr vor, als hätte ich nicht richtig verstanden.

»Und *wofür* sollte ich deiner Meinung nach etwas verlangen?«

»Also gut, in Ordnung, Patrick! Du bist nicht verpflichtet, mir zu antworten. Ich hoffe, du akzeptierst meine Entschuldigung?«

Ich sah Thomas mit einem ungläubigen Lächeln an, nachdem sie im Haus verschwunden war.

»Sollte ich über irgend etwas Bescheid wissen?«

Mit einer geschickten Bewegung wich er einer wirbelnden Rauchwolke aus.

»Kommst du zum Essen zu uns?«

»Warum ist sie eigentlich sauer auf mich? Nein, dank dir, aber ich würde mich gerne um die Garage kümmern, ich muß mich wirklich mal daranmachen.«

»Hör zu, ich würde dir gern ein bißchen helfen, aber das gefällt ihr sicher nicht. Siehst du, wie sie reagiert? Sie läuft mit der Zeitung herum, seit ich nach Hause gekommen bin. Verdammt noch mal! Ich war noch nicht aus dem Auto ausgestiegen, da hatte sie mir deine Anzeige schon dreimal vorgelesen. Nach dem, was wir heute erlebt haben, hatte ich wirklich andere Sorgen, das kannst du mir glauben.«

Ich hatte schon meine eigene Zeitung aufgeschlagen und versuchte, mich gegen den Wind durchzusetzen und sie in der Mitte zu falten.

»Wir nehmen die Welt verschieden wahr«, fuhr Thomas fort. »Wo sich unsereiner durchschleicht, da heben sie ab.«

»Los! Zeig mir, wo es steht!«

Danach griff ich sofort zum Telefon, nahm mir nicht einmal die Zeit, Licht zu machen. Ich sah gerade genug, um die Nummer der Zeitung zu wählen. Es gelang mir, jemanden an die Strippe zu bekommen.

»Na also, da ist der Fehler!« rief ich aus. »Sie sagen vierunddreißig? Aber Sie haben *hundert* vierunddreißig gedruckt. Hundertvierunddreißig ist meine Hausnummer. Und bei mir ist keine Wohnung zu vermieten!«

»Ach ja? Sind Sie sicher? In diesem Fall tut es uns leid.«

»Ja, ich *hoffe*, daß es Ihnen leid tut.«

Ich blieb noch einen Moment sitzen. Ich hatte nicht die leiseste Absicht, die Wohnung im ersten Stock zu vermieten, doch es war ein amüsanter Zufall. Gerade erst hatte ich Vivianes Sachen aus der Wohnung geräumt, die wenigen Möbel an ihre Tochter geschickt, und schon wurde durch einen Druckfehler in der Zeitung eine freie Zweizimmerwohnung genau über meinem Kopf angeboten. Ich fragte mich, wie diese 1, fast so etwas wie ein Fliegenbein, aufs Papier geraten war, sich vor die 3 und die 4 geschoben hatte, so daß ich sie jetzt vor mir hatte. Ich nahm die Zeitung noch einmal, um sie einen Augenblick lang anzustarren. Ich hielt sie unters Licht. Ich untersuchte sie mit der Lupe, kratzte mit der Messerspitze daran. Dann bemerkte ich Jackie in ihrem Hinterhof. Sie war damit beschäftigt, unter dem wolkenverhangenen, düsteren Himmel Bettlaken aufzuhängen. Ich ging nach draußen, um unser Mißverständnis aufzuklären.

»Aber wie dem auch sei, Patrick, ich will nicht, daß du denkst, ich mische mich in deine Angelegenheiten ein.«

Wir waren übereingekommen, daß die sehr gelegentlichen sexuellen Beziehungen, die wir unterhielten, niemals ans Licht kommen dürften. Und Jackie achtete peinlich genau darauf. Sobald sie sich wieder angezogen hatte, war es, als wäre nichts passiert. So blieb mein Verhältnis zu Thomas unverändert gut, und ich brauchte nicht zu fürchten, daß er uns bei einem Tête-à-tête überraschte, denn wir dachten an nichts, solange die Kinder und er nicht wenigstens hundert Kilometer weit weg waren. Als sie behauptete, sich nicht in meine Angelegenheiten einmischen zu wollen, war ich deshalb sicher, daß sie es ohne Hintergedanken sagte. Ich glaube, irgend etwas erfahren zu wollen war bei ihr im Grunde eine Art natürlicher Reflex, sie war sich dessen überhaupt nicht richtig bewußt. Ich antwortete ihr, das sei mir klar gewesen, und schweigend breiteten wir schließlich gemeinsam die Laken aus.

Das Telefon klingelte in dem Moment, als ich zurück ins Haus kam. Marc rief mich aus einer Bar an, Le Piranha, vermutete ich, wenn ich daran dachte, in welcher Stimmung ich ihn auf dem Parkplatz seiner Fabrik zurückgelassen hatte. Er wollte sich vergewissern, daß ich meine Meinung nicht geändert hatte und ob ich mir eigentlich darüber klar war, daß ich ihn im ungünstigsten Moment allein gelassen hatte, nämlich nach dieser Geschichte, die ihm genausowenig Spaß mache wie mir. Ich sagte ihm noch einmal, daß es gar nicht darum gehe, sondern daß ich noch immer diese ganzen Kartons auszusortieren hätte.

»Also gut«, fügte ich hinzu, »wenn dich das Wort stört, nehme ich es zurück.«

»Ja, ich wünschte mir, du würdest damit aufhören, alles mir aufzuladen. Ich wünschte, du wärst an meiner Stelle.«

Ich riet ihm, den Abend bei Louisa zu beschließen, wenn

er nicht zu sich nach Hause wollte, und erinnerte ihn daran, daß wir die letzten drei Nächte zusammen durchgemacht hatten. Ich bat ihn, doch zu verstehen, daß ich müde war. Und auch, daß ich nicht mehr verschieben konnte, was ich zu tun hatte. Ich ließ ihn noch dreißig Sekunden lang reden, dann legte ich auf.

Ich stellte den Fernseher an und ließ mir ein Bad ein. Seit einiger Zeit hatte ich Schmerzen im rechten Knie, vor allem abends, und mir war aufgefallen, daß ein heißes Bad immer guttat. Wenn es schnell besser werden sollte, wenn ich zum Beispiel etwas auf dem Herd hatte, legte ich mir einen mit kochendheißem Wasser vollgesogenen Waschlappen aufs Gelenk. Kurz vor ihrem Tod hatte Viviane mich überredet, mit ihr zu einem Rheumatologen zu gehen, weil sie davon überzeugt war, daß es sich um die Anfänge von Arthrose handelte. Ich glaubte kein Wort davon, aber ich wollte mich wegen so einer Kleinigkeit nicht mit ihr streiten. Jetzt, wo sie nicht mehr da war, konnte der Arzt lange auf mich warten.

Gleich nach ihrer Beerdigung hatte ich die Wohnung im ersten Stock leergeräumt. Ich hatte diese Prüfung so schnell wie möglich hinter mich gebracht, ohne ihre Sachen auch nur im geringsten auszusortieren, bevor ich sie in Kartons packte und nach unten in die Garage trug. Jetzt mußte ich beenden, was ich angefangen hatte, oder ich würde nie mehr den Mut dazu finden. Ich bereute es schon, daß ich nicht alles in einem Zug erledigt, sondern das Schlimmste vor mir hergeschoben hatte.

Ich stellte den Ton des Fernsehers lauter, bevor ich hinunter in die Garage ging. Mir schien, daß mit Einbruch der

Dunkelheit zum Wind noch ein feiner Regen gekommen war, jedenfalls hörte ich ein Geräusch wie von knisterndem Papier an der Metalljalousie. Es hatte viel geregnet am Tag ihrer Beerdigung, und obwohl eine Plane über dem Grab lag, hatten wir ihren Sarg in eine gut zehn Zentimeter dicke rötliche Schlammschicht hinuntergelassen. Ich hoffte, daß sich das Wetter in den nächsten Stunden bessern würde und ich meine Kartons in Ruhe nach draußen bringen könnte.

Die meisten Sachen, mit denen ich keine Erinnerung verband, warf ich weg, ebenso alles, was von meiner Frau stammte und von Viviane nur aus mütterlicher Schwäche aufgehoben worden war. Zwei große Kartons packte ich mit fast neuen Kleidern voll, die Viviane meines Wissens nie getragen hatte, jedenfalls nicht, seit sie und ihre Tochter bei mir wohnten. Ich verbrannte, was ich weder wegwerfen noch wohltätigen Zwecken zukommen lassen konnte. Ein paar Dinge machten mir zu schaffen. Einige Male ging ich mit einem Schal, einer Sonnenbrille oder einem japanischen Nackenkissen im Kreis herum. Vor einem Bündel Briefe drückte ich mich. Und dann saß ich vor der Klappe des Heizkessels und schaute mir Fotos an.

Wenn ich schließlich nichts davon behielt, dann sicher nicht, weil ich der Sache zu wenig Zeit gewidmet hätte. Als ich meine Garage aufmachte, wunderte ich mich, daß der Morgen schon dämmerte, und ich bemerkte sogar die Sonnenstrahlen auf den Kabeln der Brücke und den Wipfeln der Bäume auf der anderen Seite des Flusses. Ich beeilte mich, die Kartons nach draußen zu tragen, und stapelte sie auf dem Bürgersteig. Dann ging ich zurück in meinen Garten, um mir eine Zigarette anzustecken. Ich lächelte, denn es war Samstag morgen. Das Wetter war frisch, aber trocken. Ich hatte etwas hinter mich gebracht, das mich tagelang in Schrecken versetzt hatte, wenn ich nur daran dachte. Und in der Ruhe und dem Frieden dieses Morgens, an dem sogar der Wind nachgelassen hatte, beobachtete ich, wie sich ein Wagen der Müllabfuhr langsam der Nummer 134 in der Avenue des Chasseurs näherte, einem der letzten Häuser vor dem Ende von Hénochville.

Ich wollte dabeisein, wenn die Müllmänner meine Kartons aufluden. Und das war gut so, denn sie fuhren an mir vorbei, als ob ich überhaupt nicht existierte. Noch im gleichen Moment sprang ich über die Einzäunung. Wieder spürte ich einen heftigen Schmerz im Knie. Nicht zu vergleichen allerdings mit der Wut, an der ich fast erstickte, bis mir ein langer Schrei entfuhr. Ich holte sie vor dem Haus der Borrys ein und kletterte auf das Trittbrett des Führerhauses.

Der Fahrer erklärte mir, der Wagen sei zu voll, sie könnten sich nicht um mein Problem kümmern, nicht vor Montag morgen. Ich zog Geld aus meiner Brieftasche, mehr als ich mir am Ende dieses Monats, in dem ich durch Vivianes Beerdigung finanziell ausgeblutet war, eigentlich erlauben konnte. Aber ich wollte lieber eine Woche lang nichts essen, als den Müll nur eine Sekunde länger auf meinem Bürgersteig zu behalten. Ich hatte das Gefühl, all diese Dinge wollten sich an mich klammern.

Das Warnsignal beim Rückwärtsfahren hatte in der Stille dieses frühen Morgens einen traurigen Klang, und der Wagen setzte mit der Geschwindigkeit eines Leichenzuges zurück. Sie hatten behauptet, daß sie keinen Platz mehr hätten, doch ich beobachtete, wie meine Kartons einer nach dem anderen inmitten der Abfälle verschwanden, aufgerissen, zerquetscht und zermalmt, als wären sie nichts. Ich sagte ihnen, wir hätten in der Fabrik nur ein kleines Problem gehabt und alles sei wieder in Ordnung. Dann, als sie wegfuhren und ich sah, wie die Zahnbacken des Müllwagens den Abfall zusammenpreßten, bemerkte ich, daß einer von Vivianes Schuhen an der Öffnung hängenblieb und gleich auf die Straße fallen würde. Ich rief, doch sie hörten mich nicht. Nach einem Augenblick des Zögerns und einem kurzen Blick nach allen Seiten ging ich leicht hinkend hin und hob ihn auf, erfüllt von einem Gefühl der Enttäuschung. Als ich mich noch fragte, was ich mit ihrem Schuh in der Hand anstellen sollte, blieb mein Blick an einem Gully vor dem Haus der Vanledairs hängen. Bei dem, was mir durch den Kopf ging, begehrte irgend etwas in mir auf. Gleichzeitig schätzte ich die Größe der Öffnung ein. Sie kam mir zu eng vor.

Ich wußte, daß Viviane über mich gelacht hätte. Unglücklicherweise war sie nicht mehr da, um es mir zu bestätigen. Ich blickte mich noch einmal nach allen Seiten um, bereit, mein Vorhaben bei dem geringsten Anzeichen menschlichen Lebens aufzugeben. Mein Arm baumelte herunter, ich hielt Vivianes Schuh in den Fingerspitzen und versetzte mir ein paar leichte Schläge auf den Schenkel, noch immer mit lauerndem Blick, dann ließ ich den Schuh mit einem Mal los.

Ich drückte ihn mit dem Fuß in den Schlitz, der sich als genauso eng erwies, wie ich befürchtet hatte. Stur und irgendwie auch nervös machte ich weiter und brachte es auf die Art fertig, daß die sperrige Reliquie quer in der Öffnung hängenblieb. In dieser Situation blieb mir nichts anderes übrig, als einen Zweig von dem jungen Ahorn abzubrechen, den Thomas vor ein paar Jahren gepflanzt hatte, als Roy Orbison gestorben war.

Ich mußte ihn sehr schnell wieder loswerden, weil Thomas an seinem Fenster erschien. Er sah schlecht gelaunt aus.

»Ach, du bist es, Patrick! Was treibst du denn da?!«

Ich hörte, wie der Zweig im Garten der Borrys zu Boden fiel.

»Na, was meinst du denn, was ich hier treibe? Sieh dir doch mal diesen Tag an!« rief ich und streckte die Arme zum Himmel aus.

Zwischen den Tannenwipfeln auf dem gegenüberliegenden Ufer lag ein leuchtender Streifen aus purem Gold, und das vom Wind, der die ganze Nacht lang geheult hatte, saubergefegte Azurblau über den Häusern war von einer vollkommenen Zartheit. Die Rauchwolken der Fabrik, die sich auf Hénochville wie der Deckel auf einen gußeisernen Topf legen konnten, stiegen an diesem Morgen kraftlos in den Himmel, zerfaserten wie feine Wattebäusche, bevor sie sich in der Ferne verflüchtigten. Thomas hatte mir angekündigt, er werde nach unten kommen.

Ich hatte genug Zeit, mich zu vergewissern, daß Vivianes Schuh dank meines befehlsmäßigen Stopfens in der Kanalisation verschwunden war. Als ich mich wieder aufrichtete, spürte ich, daß mein Knie steif geworden war. Mir kam es vor, als wäre es doppelt so dick. Thomas meinte, ich sollte ein entzündungshemmendes Mittel nehmen, das er vor einem Monat verschrieben bekommen hatte, als ihm zwei

Weisheitszähne gezogen worden waren. Doch ich mochte keine Medikamente schlucken und konnte mich trotz seines guten Zuredens nicht dazu entschließen. Wir tranken Kaffee, aßen Toast mit Hagebuttenkonfitüre, die niemand so wie Jackie machte. Die Schmerzen in meinem Knie ließen langsam nach, bis Thomas mich daran erinnerte, daß wir in die Fabrik müßten, was ich völlig vergessen hatte.

Jackie kam herunter. Sie fegte die Medikamente mit einer Hand vom Tisch, tastete durch die Hose hindurch mein Knie ab und verkündete, daß eine ganz bestimmte Salbe zusammen mit der geeigneten Massage helfen könnten. Allerdings nur, wenn in den nächsten Stunden eine ordentliche Packung mit grüner Heilerde auf das Knie käme. »Du mußt wissen«, sagte Thomas vertraulich zu mir, während sie nach oben ging, um die Salbe zu holen, »daß ich schon mal erlebt habe, wie sie einen Abszeß im Mund mit einem gekochten Zwiebelring geheilt hat. Also, warum nicht?«

Als ich meine Hose herunterließ, konnten wir meine Knie vergleichen und sahen, daß das rechte geschwollen und gerötet war. Jackie kniete sich vor meinen Stuhl, um Erste Hilfe zu leisten. Wir lachten alle drei, als Thomas mich warnte, ja keine Erektion zu bekommen. Dann, im Vertrauen auf die Wirkung von Calendula und einem festen Verband, schleppte ich den Rest von Vivianes Sachen aus der Garage und lud sie hinten in Jackies Geländewagen: ein gutes halbes Dutzend volle Säcke, die sie bei der Armenhilfe abliefern wollte. Inzwischen machte Thomas sich fertig. So, wie mein Bein aussah, nahmen wir lieber seinen Wagen. Jackie sagte zu mir, sie würde die Heilerde vorbereiten und mir die Packung in der Sonne auflegen.

Der Parkplatz von Camex-Largaud war am Wochenende wie ausgestorben. Die Maschinen liefen langsamer, und die Fabrik war in den Händen eines soweit wie möglich reduzierten Teams von Technikern, was uns zweifellos den Ärger der letzten Tage eingebracht hatte – man verdächtigte einen Typ der Ebene 2, der an den Kontrollbildschirmen saß, aus einem Grund, den die Untersuchung noch herauszufinden hätte, nicht auf seinem Posten gewesen zu sein. Marc gab uns vom Fenster seines Büros aus ein Zeichen, also aus der dritten und letzten Etage dieses in einem bläulichen Weiß gestrichenen Backsteingebäudes, auf dessen Terrasse sich mit entnervender Langsamkeit das Firmenzeichen von Camex-Largaud drehte: eine Nachbildung des Einfahrt-verboten-Schilds, ungefähr drei Meter hoch, mit vertauschten Farben.

Wir waren noch nicht richtig in seinem Büro, als Marc uns schon die Untersuchungsergebnisse seiner Frau zeigte.

»Diesmal bleibt keine Hoffnung mehr!« seufzte er und ließ sich in seinen Sessel mit Rollen fallen.

Er stieß sich mit den Füßen ab, um das breite Fenster zu erreichen, und starrte zum Horizont, während wir uns über den Laborbefund beugten, der, für mich jedenfalls, völlig unverständlich war.

»In diesem Stadium«, sagte Marc, »ist Morphium nicht mehr allmächtig. Himmelherrgott! Ich habe sie in ihrem Bett weinen hören, weinen, das könnt ihr euch nicht vorstellen.«

Ich wußte, daß all dies für mich bestimmt war. Schon länger als einen Monat lag Gladys Largaud in ihrem Zimmer und rang mit dem Tod, litt Schmerzen, bei denen er nicht übertrieb, die sich jedoch in den letzten drei Tagen auch nicht verschlimmert hatten.

»Ich bin vielleicht ein Mörder«, stieß er düster hervor. »Aber ich habe sicher mehr Herz als ihr beiden zusammen.«

»Hör mal zu, keiner hat dich einen Mörder genannt«, unterbrach ihn Thomas.

»Doch! *Er* hat das zu mir gesagt!« knirschte Marc und zeigte mit dem Finger auf mich.

Diese Unterhaltung wurde auf dem Gang fortgesetzt, dann in den Technikräumen, wo wir in weiße Kittel schlüpften, uns einen Plastikhelm aufsetzten und Identifikations-Badges ansteckten, bis in den Aufzug, der uns hinunter in den zweiten Stock brachte. Marc war davon überzeugt, daß ich ihm die paar Tonnen tote Fische im Fluß persönlich zum Vorwurf machte. Ich hatte in dem Moment einfach spontan reagiert. Wie jeder. Wie alle, die am nächsten Morgen wieder zu Camex-Largaud zur Arbeit gekommen waren. Wie alle Einwohner von Hénochville. Doch dieser kurze Ärger hatte keine Folgen, er war bei den meisten schon verraucht, bevor ihnen etwas über die Lippen kam. Und ich hatte ihn zwischen Tür und Angel aus eher vagen Gründen, die wir beide nicht ansprechen wollten und die von unserer Freundschaft zugedeckt wurden, »Mörder« genannt. Was die verendeten Fische anging, hielt ich ihn natürlich für einen Mörder. Genauso wie Thomas und mich oder irgendeinen Angestellten von Camex-Largaud oder den kleinsten Geschäftsmann der Stadt. Das hatte weiter keine Bedeutung. In dieser Situation steckten wir schon so lange, daß niemand mehr im Traum daran dachte, darüber zu diskutieren.

»Sehe ich das richtig, daß du letzte Nacht kein Auge zugetan hast?«

Ich bejahte, während er den Inhalt eines Reagenzglases untersuchte. Thomas machte sich mit ungewöhnlichem Eifer Notizen.

»Ich dachte, du warst zu müde«, hakte er nach.

Er war frisch rasiert, sein Hemd hatte nicht die kleinste falsche Falte, es gab kein einziges Detail seiner Erscheinung, das ihn verriet. Doch ich konnte mit Sicherheit sagen, daß er sich nur mit Mühe auf den Beinen hielt.

Etwas später brachten wir ihn nach Hause. Er wollte nicht zugeben, daß er im Auto eingenickt war, doch es gelang uns, ihn bis in sein Zimmer zu bringen. Er fiel auf sein Bett, als hätte ihn ein Blitz niedergestreckt. Ich erklärte Thomas, daß ich nicht mit Marc zusammen weggehen konnte, daß ich die drei Abende davor mit ihm verbracht hatte und daß er mir keine Zeit mehr ließ, zu Atem zu kommen.

»Ich sage das nicht gerne«, antwortete er. »Aber solange sie noch am Leben ist...«

Wir blieben vor Gladys Tür stehen. Wir hatten nicht den Mut hineinzugehen, doch wir horchten. Wir sahen uns an, ohne ein Wort zu sagen.

Wir sprachen noch einmal mit Jackie darüber, während sie die Heilerde auf mein Knie packte.

»Oh, ich weiß sehr gut, wie besitzergreifend er sein kann, das weiß ich genausogut wie ihr!«

»Nein, es ist mehr als das, seit einiger Zeit ist es fast krankhaft.«

»Hör mal, Patrick, es ist nicht meine Sache, dich darauf hinzuweisen, aber erinnere dich doch mal an deine Probleme mit Marion. Wir haben dir alle geholfen, aber Marc hat zehnmal mehr getan als wir alle zusammen, das weißt du sehr gut. Und zuletzt, als Viviane im Krankenhaus war.«

Ich machte den Mund auf, beließ es dann aber gleich bei einem Nicken.

»Warte, das ist nicht das gleiche«, warf Thomas ein. »Du mußt doch zugeben, Marc ist einer, der dir etwas Schlechtes wünscht, um dich trösten zu können. Das ist nur ein ganz klein bißchen übertrieben! Nein, ich verstehe, was Patrick meint. Das ist so, das liegt in seiner Natur. Und umgekehrt ist Marc fähig, dich bis zum letzten Tropfen Blut zu fordern, davon bin ich überzeugt.«

Jackie sah auf mein Knie, das sie mit den Handbewegungen einer peniblen Töpferin vollkommen umhüllte.

»Auf jeden Fall macht er eine schlimme Zeit durch«, seufzte sie. »Diese Geschichte in der Fabrik hatte gerade noch gefehlt. Meinst du wirklich, das war der richtige Moment, ihn einen Mörder zu nennen?«

»Wer hat dir gesagt, ich hätte ihn einen Mörder genannt?«

»Ach, du glaubst doch nicht etwa, er ruft hier nicht jeden Tag an?! Und sogar mitten in der Nacht, wenn du es wissen willst.«

Ich gab zu, daß ich beim Anblick all der krepierten Fische wütend geworden war. Und die Müdigkeit nach diesen drei Nächten, die wir zusammen durchgemacht hatten, war noch dazugekommen. Jackie vergaß – was Thomas gestern abend zu den Gesetzen in diesem Land gemeint hatte, schien mir vielsagend –, daß wir uns niemals sicher waren, ob es sich um Unfälle, Bedienungsfehler oder um etwas Unvermeidliches handelte. Ein Teil der Wahrheit blieb immer im Dunkel, ohne daß man sagen konnte, was sich in diesem Dunkel verbarg: eine wirkliche Zwangsläufigkeit, der widerliche Zynismus bestimmter Leute oder einfach nur die Blödheit von einem von uns. Vielleicht eine subtile Kombination dieser drei Faktoren? Wie dem auch sei – und weil Marc immer die Frauen auf seiner Seite hatte, versprach ich Jackie, auf meine Worte zu achten. Dann fragte ich sie, wie lange ich dieses Ding um mein Knie herum behalten müsse.

»So lange wie möglich. Das Zeug wird hart, du darfst dich möglichst nicht bewegen.«

Ich hatte nicht die Absicht, kreuz und quer herumzulaufen. Ich hatte Lust, mich auszuruhen, und sonst gar nichts. Sie warteten, daß ihre Kinder heimkamen, um sich an den Tisch zu setzen, doch ich sagte ihnen, daß ich todmüde sei. Weil ich nicht ohne Hose nach draußen wollte, lieh Thomas mir eine Jogginghose. Und weil ich mein Knie nicht beugen durfte, half er mir dabei, nach Hause zu kommen. Ich stand hinter meiner Gardine und beobachtete ihn, wie er zurückging und sich seinen Ahorn ansah. Ich hörte ihn auf irgendeinen »Hurensohn« schimpfen, den er nicht zu fassen bekam.

Ich schaltete das Radio in der Küche ein und setzte mich ins Wohnzimmer in meinen Sessel, legte mein Bein auf einen dieser formlosen, mit Styroporkügelchen gefüllten Sitze, mit denen Marion in einem Anfall das ganze Haus vollgestopft hatte. Ich griff nach einer Illustrierten, die neben mir lag, aber ich schlug sie nicht auf. Ich legte sie auf meine Brust und schloß die Augen.

Als es an der Tür klopfte, wäre ich um ein Haar aufgesprungen. Ich weiß nicht, durch welches Wunder es mir gelang, mich zurückzuhalten, wo ich doch so tief schlief, so weit weg von meinem momentanen Handicap war. Ich bemerkte sofort, daß es regnete. Ich schloß die Augen wieder, um meinen Lauf fortzusetzen. Die Sonne schien wieder ins Stadion, an diesem Tag, als ich dabei war, den Rekord über fünftausend Meter zu brechen, vor all den Mädchen aus dem dritten Jahr, und das bei einem Wettkampf, bei dem wir durch meine großartige Leistung den Pokal der Universitätsmeisterschaft gewinnen sollten, am 3. Juni 1971, an meinem zweiundzwanzigsten Geburtstag.

Ich erlebte noch einmal den Augenblick, als man mich über und über mit Küssen bedeckte, als ich spürte, wie Hände nach meinem Trikot griffen, Fingernägel über meine Brust fuhren, und da war Marc, der versuchte, mich von meinen stürmischen Verehrerinnen fortzureißen, als es wieder an der Tür klingelte und sogar heftig geklopft wurde.

Ich ging schließlich hin und gab acht, die Schale aus Heilerde, die mein Knie umschloß, nicht zu zerbrechen. Ich sagte: »Ja – einen Moment – gleich – ich komme«, um Zeit zu gewinnen, und erinnerte mich, daß Viviane immer so redete, wenn sie öffnen ging, und wie mir diese Marotte auf die Nerven gefallen war.

Es war eine junge Frau. Tropfnaß vom Regen, mit blaßblauen Augen und Sommersprossen. Der Himmel hinter ihr sah erschreckend, fast krankhaft düster aus. Die Brastains im Haus gegenüber hatten Licht gemacht.

»Guten Tag! Ich störe Sie doch hoffentlich nicht?«

»Nein, überhaupt nicht.«

»Eileen MacKeogh«, sagte sie lächelnd und hielt mir die Hand hin. »Ich komme wegen der Wohnung.«

Ich hatte ihre Hand schon genommen. Ich fühlte mich gestört.

»In diesem Fall…«

»Sie heißen Patrick Sheahan?« unterbrach sie mich.

Weil ich ein so erstauntes Gesicht machte, zeigte sie auf den Namen an meiner Tür.

»Sind Sie Ire?«

»Nein, mein Urgroßvater war Ire.«

Es regnete ihr weiter so heftig auf den Kopf, daß ich nicht wußte, was tun. Ich begann damit, meine Hand aus der ihren zu ziehen, dann trat ich ein wenig zurück, damit sie einen Fuß ins Trockene setzen konnte.

»Hören Sie, Fräulein…« (Es hatte keinerlei Bedeutung, doch ich registrierte, daß sie das »Fräulein« nicht berichtigte.) »Hören Sie, es tut mir wirklich leid.«

Ich hatte meinen Satz noch nicht beendet, als ihr Lächeln schon verschwunden war.

»Oh… Komme ich zu spät?«

»Also vor allem sind Sie nicht an der richtigen Adresse. Sie müssen zurück zur Nummer vierunddreißig, sehen Sie.«

Ich beugte mich vor, um ihr das andere Ende der Straße zu zeigen, doch man konnte nichts erkennen, was weiter als zwanzig Meter entfernt lag. Ein Wetter, bei dem man keinen Hund vor die Tür jagen würde.

»Ich glaube, ich werde laufen müssen«, scherzte sie.

»Tja, das sieht mir ganz so aus, nicht wahr«, antwortete ich in einem amüsierten Ton.

Sie zögerte. Ich zögerte auch. Mit dem Auto wären es für mich nur fünf Minuten gewesen. Aber andererseits war mir einfach nicht danach.

»Entschuldigen Sie, Herr Sheahan. Darf ich Sie um einen Gefallen bitten?«

»Unglücklicherweise ist mein Auto kaputt. Sonst mit Vergnügen.«

»O nein, bemühen Sie sich nicht. Aber könnte ich Ihnen vielleicht meine Koffer anvertrauen?«

Mir war nicht aufgefallen, daß sie Koffer dabei hatte. Ich sah nach unten und entdeckte auf der Schwelle zwei Gepäckstücke, glitzernd vom Regenwasser. Als ich nicht reagierte, erklärte sie, was sie meinte.

»Es ist nur, wissen Sie, wenn ich laufen muß.«

Ich ergriff die Gelegenheit, etwas gegen die Gewissensbisse zu tun, die mich quälen könnten.

»Aber natürlich. Das ist doch kein Problem.«

Wir stellten ihre Koffer in den Eingang. Ich erklärte ihr, daß die Ränder, die sie auf meinem Teppich hinterließen, keinerlei Aufmerksamkeit lohnten, und wünschte ihr viel Glück.

Ich sah, wie sie mit einer Energie, die bei ihrer etwas massigen Figur doch erstaunlich war, auf ihr Ziel losstürmte. Nachdem sie in dem Wolkenbruch verschwunden war, schaltete ich den Fernseher ein und ging dann in die Küche. Ich machte das Radio aus und kochte mir Tee. Ich fragte mich, was einen Menschen dazu bringen konnte, nach Hénochville zu ziehen. Bei einer etwas rundlichen Irin von ungefähr dreißig Jahren, allein und vom Pech verfolgt, fielen mir dazu nur unsere heißen Quellen, Ärger mit Scotland Yard oder eine vollständig handkolorierte Adaption des *Ulysses* ein.

Ich rief Jackie an, um sie zu fragen, ob ich das Ding noch

lange behalten müsse. Auf ihren Rat hin, und da man für die Operation einen passenderen Ort brauchte, ging ich ins Bad. Man konnte das Ganze entweder mit warmem Wasser entfernen oder es mit einem entschlossenen Ruck abreißen, ohne sich um die drei unglücklichen Härchen zu kümmern, die man dabei mitnahm. Die zweite Lösung war die schnellere, doch ich hatte ja den ganzen Abend noch vor mir. Als ich durch die Diele kam, blieb ich vor dem Gepäck dieser Eileen MacKeogh stehen. Es handelte sich um einen Koffer von recht guter Qualität und ein Kosmetikköfferchen, verziert mit schwarzen Gummibesätzen, das ein ganz schönes Gewicht hatte. Ich dachte, daß ein Mensch ohne Scham nicht gezögert hätte, ihre Sachen zu durchwühlen. Der Koffer war mit einem Kombinationsschloß gesichert. Ich faßte in dem Köfferchen nichts an. Ich stellte nur fest, daß es sorgfältig eingeräumt war und daß sie Produkte benutzte, die man nicht im Supermarkt bekam. Vor allem beeindruckte mich, und zwar so sehr, daß ich das Ding mehrere Sekunden lang mit einer gewissen Bewunderung anstarrte, daß sie ihre Zahnpastatube je nach Verbrauch aufrollte, so daß sie auch halb leer noch immer nach etwas aussah. Marion drückte mit der ganzen Hand daran herum, zerquetschte sie ohne Grund, knickte sie und klemmte sie so ab, daß sie schließlich aufbrach. Wir verbrauchten jeden Monat ein halbes Dutzend Tuben. Und es ging nicht darum, was das kostete.

Ich drehte gerade an den Wasserhähnen der Badewanne herum, als meine Irin wieder auftauchte. Ich mußte ihr einfach vorschlagen, einen Moment hereinzukommen. Nicht daß die Gefahr bestand, daß sie noch mehr durchweichte, doch sie machte ein so enttäuschtes Gesicht, daß sie die finsterste Bestie gerührt hätte.

»Schlechte Neuigkeiten?« riet ich.

»Nein... Na ja, es ist keiner da.«

»Dann ist ja noch nicht alles verloren.«

Jetzt, da ich gesehen hatte, wie sie mit einer Tube Zahnpasta umging, war ich ihr gegenüber ziemlich freundlich gestimmt. Und bei diesem Gedanken ließ ich mich von einer kurzen Euphorie hinreißen und bot ihr das Handtuch an, das über meiner Schulter lag. Sie lehnte ab, weil sie meinte, sie habe schon genug von mir verlangt. Dann bedankte sie sich für meine Freundlichkeit und wandte sich ihrem Gepäck zu.

»Hören Sie«, sagte ich zu ihr. »Lassen Sie uns doch versuchen, uns wie intelligente Menschen zu verhalten. Wer weiß? Wir werden vielleicht Nachbarn.«

Ich stellte fest, daß ich den richtigen Ton getroffen hatte.

»Aber eine etwas aufdringliche Nachbarin«, präzisierte sie.

Die Situation ging ihr offensichtlich gegen den Strich. Um ihr aus der Klemme zu helfen, führte ich die besonderen Umstände an: den sintflutartigen Regen, der draußen niederging, und auch, daß sie nicht zufällig bei mir geklingelt hatte, sondern wegen dieses Fehlers in der Zeitung. Ich blinzelte ihr zu, damit sie etwas lockerer würde, und versprach ihr, daß wir aus diesem Pech das Beste machen würden, wie zwei zivilisierte Menschen. »Recht so!« sagte ich, als sie endlich mein Handtuch annahm. Dann fragte ich sie, ob sie Lust auf eine Tasse Tee hätte.

»Also... nein... wissen Sie, ich möchte nicht...«

Ich mußte ihr schwören, daß es mir keine Umstände machte, daß der Tee schon fertig war und daß sie die Tassen spülen könnte, um quitt mit mir zu sein. Ich wartete ihre Antwort nicht ab, sondern wandte mich der Küche zu und riet ihr, ihren Regenmantel in die Diele zu hängen, sofern sie ihn nicht anbehalten wolle. Langsam fand ich sie ein bißchen anstrengend. Ich wollte einfach freundlich sein, aber ich hatte nicht die Absicht, noch wer weiß was zu versuchen, um sie hierzubehalten.

Halbwegs trocken und in einem helleren Licht, spielte ihr Haar in ein prächtiges Rot. Wenn ich nicht gefürchtet hätte, daß wir stundenlang darüber diskutieren müßten, hätte ich ihr meinen Fön angeboten. Allerdings hielt ich mich nicht zurück, ihr zu sagen, daß ihr Haar sehr schön sei. Sie überhörte mein Kompliment, weil es sie sicherlich voll und ganz beanspruchte, sich an den Tisch zu setzen.

Während ich den Tee servierte, beschrieb ich ihr die Ruhe und die gute Luft dieses Viertels, in dem sie mit etwas Glück bald wohnen würde. Wir machten auf diese Art weiter, sprachen über Themen, die ohne jegliches Interesse waren und mir lediglich die Gelegenheit boten, sie in aller Ruhe zu betrachten. Sie hatte ein bezauberndes Gesicht, übersät mit Sommersprossen. Ihre Stimme war angenehm, ihre Haut sehr weiß, und obwohl mich die Korrektheit daran hinderte, mich über sie zu beugen, hatte ich den Eindruck, sie habe einen besonderen, vielleicht anziehenden Duft, zweifellos dadurch verstärkt, daß sie durchnäßt war. Und dann war sie ziemlich kräftig, jedenfalls gut beieinander. Ihre Armbänder hatten bestimmt den Zweck, kleine Wülste an den Handgelenken zu verbergen.

Sie erzählte mir, daß sie eine Stelle als Englischlehrerin an der Hotelfachschule von Hénochville bekommen habe, als Ersatz für eine Kollegin, die Opfer einer Lebensmittelvergiftung geworden sei. Ich glaubte, daß sie einen Witz machte, aber es war ernst und hatte nichts mit der ehrenwerten Einrichtung zu tun, die sich allerdings beeilt hatte, die Affäre zu vertuschen. Dann trank sie ihren Tee aus, und als es zwischen uns still wurde, beschloß sie, einen neuen Versuch zu wagen, weil sie diese Wohnung auf jeden Fall bekommen müsse.

Diesmal lieh ich ihr einen Regenschirm. Nachdem ich die Tür hinter ihr geschlossen hatte, blieb ich aufrecht in der Diele stehen. Ich bewohnte dieses Haus seit vielen Jahren, doch ich hatte es niemals geliebt. Ich betrachtete die dunklen Flecken auf dem Teppich, dort, wo Eileen MacKeogh gestanden hatte, klatschnaß. Die einzige Stelle, die in dieser Bruchbude ein klein wenig Interesse bei mir weckte, das wurde mir vollkommen klar. Andererseits war ich aber auch nicht gerade begeistert. Und dieses Mädchen hatte auf mich auch nicht besonders aufmunternd gewirkt.

Trotz allem überraschte ich mich dabei, auf ihre Rückkehr zu warten. Wofür hätte ich mich sonst interessieren können, in dieser düsteren Atmosphäre, an diesem Herbstnachmittag, an dem nichts passierte und an dem ein einfacher Lichtblick alles geändert hätte. Ich hatte genug geschlafen, um mich von einem Zimmer ins andere zu schleppen, mein Kopf war gerade klar genug, um sich um eine Unbekannte auf Wohnungssuche zu kümmern. Ich war schon soweit gekommen, unsere banale Unterhaltung zu bedauern, und erkannte jetzt ihre lindernde Kraft. Das war viel besser, als der Hintergrundlärm, den ich mit Radio oder Fernsehen erzeugte, um so mehr, als sie große blaue Augen hatte, was nicht ohne Reiz war. Ich machte mir klar, wie sehr ich dieses Haus haßte und wie unerträglich Vivianes Tod es für mich machte. Ich begriff, daß ich auf ein verdrängtes Problem gestoßen war, das sich nicht von allein regeln würde.

»Die Wohnung war eben nicht zu vermieten. Jetzt ist sie es.«

Statt sich zu entscheiden, warf sie mir abwechselnd erstaunte und mißtrauische Blicke zu.

»Das ist wie mit Ihrem Auto«, meinte sie. »Plötzlich fährt es wieder.«

»Hören Sie, überlegen Sie es sich.«

Ich stieg aus, und meine Packung zerbröckelte endgültig. Es war mir ziemlich egal, was sie von den Wundern der Mechanik hielt. Ich war hinter ihr hergefahren, weil ich eine schnelle Antwort brauchte. Und ich hatte gehofft, sie sofort zu bekommen. Ich setzte mich in meinen Sessel, den Daumennagel zwischen den Zähnen. Ich wollte es vermeiden, das Problem in allen Einzelheiten zu untersuchen. Wenn es eine Dummheit war, würde ich genug Zeit haben, darüber nachzudenken. Lieber wollte ich für diese Verrücktheit mit einer Menge späterer Sorgen zahlen, als diesen sterbenslangweiligen Nachmittag durchstehen zu müssen. Wenigstens wußte dieses Mädchen, wie man mit einer Zahnpastatube umging. Und wenn es nicht funktionierte, könnte ich sie immer noch vor die Tür setzen.

»Kann man im Fluß baden?«

»Nein, das sollte man besser lassen. Ich kann Ihnen ein

paar Stellen stromaufwärts zeigen. Aber da hat das Wasser nur ein paar Grad.«

»Ach, das bin ich gewöhnt.«

Jackie rief an, als wir gerade eine Art Mietvertrag aufsetzten, wobei weder die junge Frau noch ich genau wußten, wie man so etwas abfaßt. Jackie erkundigte sich, ob es mir vielleicht schon besser ging. Ich sagte ihr, daß ich mich sehr viel besser fühlte. Wenn ich Zeit hätte, sollte ich aber trotzdem kurz vorbeikommen, meinte sie. Sie schwankte, ob man noch einmal Heilerde oder ätherisches Öl anwenden sollte. Ich meinte, wir könnten das zu gegebener Zeit spontan entscheiden, dann legte ich auf, und wir unterschrieben den Vertrag, Eileen MacKeogh und ich, ohne richtig zu verstehen, was wir da taten.

»Ich kann Ihnen ein paar Kissen und Bettücher leihen, wenn Sie möchten. Also, ich weiß nicht, aber Sie sind ja jetzt hier zu Hause.«

»Gut. Es wäre schön, nicht noch eine Nacht im Hotel verbringen zu müssen. Wenn es Ihnen nicht zu viele Umstände macht.«

»Nein, das macht überhaupt keine Umstände.«

Ich berichtete Thomas und Jackie, daß ich soeben die Wohnung im ersten Stock vermietet hatte, und erzählte ihnen schnell die ganze Geschichte.

»Kommt, wir laden sie zum Essen ein«, beschloß Jackie.

»Ich rufe sie an«, erklärte Thomas.

»Nein, wartet einen Moment! Darf ich vielleicht meine Meinung dazu sagen? Ausgezeichnet. Dann lassen wir sie, wo sie ist, und du stellst das Telefon wieder hin.«

»Also wirklich, Patrick, die Arme!« beharrte Jackie.

Ich wedelte mit der Hand, schüttelte den Kopf, schloß die Augen, um ihnen zu zeigen, daß sie aufhören sollten:

»Nein, tut mir leid, kommt nicht in Frage! Sie ist meine Mieterin, sonst nichts. Und darüber hinaus soll es nicht gehen. Bringt bitte nicht alles durcheinander. Wißt ihr, ich will es so einrichten, daß wir uns möglichst wenig begegnen, also sollten wir nicht alles vermengen. Seid freundlich zu ihr, aber haltet Distanz. Wir wollen uns nicht in eine Geschichte stürzen, die leicht schiefgehen könnte. Das war's.«

»Mein Gott, Patrick! Du hast langsam eine derartige Paranoia…«

»Hör mal zu, Jackie. Wenn ich sie eines Tages vor die Tür setzen will, möchte ich nicht, daß ein Melodrama daraus wird. Wenn es zwischen ihr und mir nicht mehr gut läuft… dann erzähl mir mal, was passiert, wenn es zwischen ihr und euch gut läuft, sag mir das mal!«

»Ich habe Marion nie verteidigt, mach dich nicht lächerlich.«

»Aber du hast dich eine Woche lang geweigert, mit mir zu reden!«

»Marion war krank. Das war etwas anderes.«

»Du meinst, daß *ich* sie krank gemacht habe!«

»Ich weigere mich, noch einmal über dieses Thema zu sprechen. Das hatten wir doch abgemacht.«

Genau in diesem Moment kamen Thierry und Caroline, ihre Kinder, aus ihren Zimmern herunter. Thomas lief zur Tür und rief hinter ihnen her, sie sollten nach dem Öl sehen und bergauf den Motor nicht so hochjagen. Jackie nutzte diese Ablenkung, um zu fragen, ob sie sich mein Knie ansehen könne.

»Paul Borrys sagt, da oben seien ein paar Flocken gefallen«, seufzte Thomas.

»Also, was meinst du?« murmelte Jackie.

Ich hatte sie verärgert. Ich versuchte, mich von meiner angenehmeren Seite zu zeigen:

»Toll!« rief ich aus und bewunderte mein Knie. »Jackie, du bist großartig. Flocken? Thomas, was erzählst du uns denn da?!«

»Ich wiederhole nur, was er gesagt hat. Er hat mich angerufen, als er zurück war, um mich zu fragen, ob ich Platz in der Gefriertruhe hätte.«

»Wollen wir nicht am nächsten Wochenende hoch zu den Quellen, was meint ihr?«

Sie waren einverstanden. Ich sah, daß Jackies Augen zufrieden aufleuchteten, wie ich es gehofft hatte. Wir sprachen noch einmal von Eileen MacKeogh, während sie mein Gelenk abtastete und Thomas uns etwas zu trinken brachte. Ich versuchte, sie damit zu amüsieren, daß ich meine Irin imitierte, wie sie sich fragte, ob sie eine Tasse Tee annehmen könne, oder mein Handtuch oder zwei oder drei Kissen, ohne mich zu stören, mir Umstände zu machen, mir zuviel zuzumuten. Ich übertrieb natürlich, doch man konnte mir eigentlich nicht vorwerfen, irgend etwas zu erfinden. Thomas schloß daraus, ich hätte die ideale Mieterin gefunden, eine von der Sorte, deren Bestimmung es ist, sich in einen Schatten zu verwandeln.

»Wenigstens, falls sich nicht irgendwas dahinter verbirgt«, meinte er, doch ich bat ihn gleich, es nicht zu beschwören.

»Mach dir keine Sorgen«, beruhigte mich Jackie. »Ich bin

sicher, daß alles gut geht. Und noch einmal: Ich mische mich nicht in deine Angelegenheiten, doch ich bleibe dabei, daß es falsch von dir war, so dickköpfig zu sein. Bbrrr... in diesem halbleeren Haus! Also herzlichen Glückwunsch. Es ist nicht so wichtig, an wen du vermietet hast. Du hast die richtige Entscheidung getroffen, das kannst du mir glauben. Ich freue mich für dich.«

Wir erhoben unsere Gläser, um auf meine Glanzleistung zu trinken.

Am Sonntag morgen wurde ich in absoluter Stille wach. Auf gut Glück machte ich doppelt soviel Kaffee wie sonst. Dann inspizierte ich meinen Kühlschrank, um zu sehen, ob sie meinem Rat gefolgt war. Wie erwartet hatte sie nichts angerührt und war mit leerem Magen schlafen gegangen. Ich blieb mitten auf der Treppe stehen, um zu horchen. Ich wollte sie nicht stören, es hätte mich nur gefreut, ein Geräusch zu hören.

Irgendwie enttäuscht kehrte ich zu meinem Frühstück zurück und entdeckte einen Zettel an der Tür.

Guten Tag,
dank Ihnen beginne ich diesen Tag mit leichtem Herzen. Man hat mir gesagt, daß das Einkaufszentrum morgens geöffnet ist. Wenn ich Sie bei meiner Rückkehr nicht sehen sollte: Könnten Sie mir die Schlüssel für den Ausgang über die Treppe zum Hof dalassen? Dann bräuchte ich Sie nicht mehr zu stören. Es hat aufgehört zu regnen. Ich bin sehr zufrieden.

Es war fast Mittag. Ich schaltete den Fernseher ein und ging mich rasieren. Ich sah noch müde aus. Es war mir ernst, als ich sagte, daß ich nicht mehr mit Marc herumziehen könne. Wenn ich zuviel trank, sah man es meinem Gesicht inzwischen zwei oder drei Tage lang an, und ich hatte Mühe, wieder in Form zu kommen. Mit fünfundvierzig Jahren wußte ich nicht, ob ich im besten Alter war oder ganz simpel dabei, auf die Schnauze zu fallen. Mich im Spiegel kritisch anzusehen, die Elastizität meiner Haut zu prüfen oder mit einem Finger unter den Augen herzufahren machte mich oft sprachlos. Dann bekam ich manchmal einen Anfall, stützte mich auf den Rand des Waschbeckens und machte ein paar wütende Übungen, damit mein Körper verstand, daß ich noch nicht besiegt war. Das war vielleicht ein lächerlicher Kampf! Und was für ein blödes Gefühl am nächsten Tag, wenn die Muskeln schmerzten und ich jede Hoffnung aufgab, mich dem Debakel auslieferte und den Kopf hängen ließ. Im Hinausgehen machte ich noch eine obszöne Geste Richtung Spiegel. Ich gab mir noch fünf Jahre der Verzweiflung. Ich hoffte, daß die Lage dann besser würde.

Ich dachte, daß sie es wäre. Es war Marc. Daß ich die Wohnung, in der Viviane gelebt hatte, vermietet hatte, veranlaßte ihn zu keinem besonderen Kommentar. Er holte mich ab, um mit mir im Rocher de l'Homme Noir essen zu gehen, und etwas anderes interessierte ihn nicht. Er zeigte nur gewisse Anzeichen von Ungeduld, als ich mich daran machte, eine Nachricht für Eileen MacKeogh zu hinterlassen.

Sie stören mich nicht. Richten Sie sich ruhig ein. Sie können über alles im Haus verfügen. In der Garage und in der Küchenschublade, rechts neben der Mikrowelle, finden Sie ein paar Werkzeuge. Aber ich fürchte, daß ich diesen Schlüssel nicht habe. Wenn ich es mir recht überlege, habe ich diese Tür nie benutzt. Ist das ein Problem?

Es gab einen schönen grauen Himmel voller dunkler Wolken, die sich wie Berge auftürmten. Marc riet mir, meine Lederjacke anzuziehen, weil er mit offenem Verdeck fahren wollte. Er selbst trug eine dreiviertellange Alpaka-Jacke, die er bis zum Hals zuknöpfte. Er meinte, wir bräuchten frische Luft.

Als wir durch den Wald hochfuhren, wurde die Luft sehr feucht. Nebel wallte über den Baumwipfeln in tieferen Lagen, und auf meiner Seite kam das Wasser der Gebirgsbäche glitzernd von den Gipfeln geflossen. Marc fuhr nicht schnell. Wir tranken ein paar Schluck eines single malt, der an seiner Brust warm geworden war, aus einem silbernen Flachmann, den ich von meinem Vater hatte.

»Ist sie wenigstens hübsch?«

»Ein bißchen dick. Aber sie hat prächtiges Haar.«

»O Herrgott! Gib mir eine dicke, häßliche, dumme und furchtbare Frau, doch laß sie gesund sein!«

Das fing ja schlecht an, dachte ich, obwohl er all das in einem ruhigen Ton gesagt und mir den Flachmann nicht aus den Händen gerissen hatte. Ich hielt mich bereit, ins Steuer zu greifen, als er die Augen halb schloß und die Luft einsog, den Nacken gegen die Kopfstütze gepreßt.

Ohne sich die Mühe zu machen, sich mir zuzuwenden, sagte er einen Augenblick später: »Patrick, laß mich nie wieder fallen.«

Ich sah ihn an und lachte. Dann schloß ich selbst die Augen. Als ich sie wieder öffnete, kreuzten sich große Tannen am Himmel, direkt über meinem Kopf.

Der Rocher de l'Homme Noir wurde hauptsächlich von wohlhabenden Touristen frequentiert, die zu den Quellen hochstiegen, oder von Zahnärzten, die mit dem Flugzeug ankamen und sich Geländewagen liehen, um auf die Jagd zu gehen. Wir gingen oft dorthin, nicht wegen der Qualität des Essens, das war eher von der prätentiösen Art, sondern weil wir so gut wie sicher sein konnten, daß wir niemanden aus unserem Bekanntenkreis trafen. Und es gab einen tadellosen Weinkeller.

Am Anfang der Mahlzeit waren wir schweigsam, mehr mit der Landschaft beschäftigt als mit dem Inhalt unserer Teller oder der Verwandlung von Zahnärzten in Orang-Utans, wild entschlossen, den Wald erbeben zu lassen, und sei es mit einem Schuß ins eigene Bein. Mit einem Auge auf das Chaos des Himmels – das Blau bedrängt von einem Meer aus dickem Schaum, der nicht genug Platz zu haben schien – kam mir Eileen MacKeogh in den Sinn, wie sie gerade ein Regal oder Gott weiß was in ihrer neuen Wohnung festmachte. Ich stellte sie mir eher von hinten vor, denn ihr Gesicht hatte ich nicht mehr so deutlich vor Augen. Zum Beispiel war ich nicht in der Lage, mich an ihre Nase zu erinnern. Das amüsierte und ärgerte mich gleichzeitig. Ich hatte fast Lust aufzubrechen, um sie mir auf der Stelle genau anzusehen. Wie dem auch sei: ohne einen bestimmten

Grund an diese Frau zu denken war die beruhigendste Übung seit vielen Tagen. An das Schweigen Marcs wagte ich nicht zu rühren, es war einfach ein Segen.

Er fand seine Sprache wieder, als wir die zweite Flasche 82er Château-Margaux leerten.

»Ich habe keinen Spaß gemacht«, sagte er und ließ die Augen auf der Dessertkarte ruhen.

»Ich habe dich nicht fallenlassen. Ich habe unterwegs eine Pause eingelegt, weil ich am Ende meiner Kräfte war.«

»Sieh mich an. Glaubst du, ich habe den Fluß *absichtlich* verseucht, du armer Irrer?«

Ich setzte die Ellbogen auf den Tisch, um mein Kinn in die Hände zu stützen. Ich fragte ihn, ob er sich von einer Crème caramel in Versuchung führen lassen würde.

»Also, was ist los?« hakte er nach.

Ich spürte, daß er tatsächlich beunruhigt war, daß er fürchtete, zwischen uns hätte sich etwas geändert. Ich blieb also den ganzen Nachmittag mit ihm zusammen. Wir fuhren zu ein paar Bauern, die Marc gut kannte und die ich zwei Tage vorher mit meinen Lebensmitteln aufgesucht hatte. Das war natürlich eine Gelegenheit, sich bei einem Glas Wein zusammenzusetzen, doch Marc zeigte sich jedesmal betroffen, wenn wir am Fluß standen und der Bauer ans Ufer ging, um uns die toten Fische zu zeigen. »Also gut, wir schließen die Fabrik! Und die ganze Stadt verschwindet!« brummte er, als wir über die schmalen und einsamen Straßen durch die nebelverhangene, düstere Landschaft rasten. »Wenn du eine Lösung weißt, sag sie mir.« Später mußte ich uns in einer finsteren Bar aus der Klemme helfen, als er damit drohte, alles kaputtzuschlagen, wenn wir nichts zu trinken bekämen. Ich schaffte es, ihn auf den Parkplatz zu schleppen, und hielt ihn so lange fest in meinen Armen, bis er sich beruhigte. Es war ungefähr sieben Uhr abends. Wir waren schneller an diesem Punkt angekommen, als ich gedacht hatte, und ich sah für mich einen ruhigeren Abend voraus, als er ihn uns ansonsten verschafft hätte. Ich ließ ihn sein Ding zu Ende bringen, auf der Erde sitzend, auf dem Teppich seines Wohnzimmers, eine Flasche in der Hand, doch kein Glas in der anderen. Ich legte Musik auf, weil er boshaft sagte, wir wären nicht in einem Krankenhaus. In dem Zustand, in dem er war, konnte ich mich nicht mehr mit ihm unterhalten. Er hatte zweifellos diese Art Situation auch schon mit mir erlebt, doch ich wußte nicht, was er mit mir angestellt hatte. Da ich keine Ahnung hatte, ob er mich geohrfeigt oder unter die Dusche gesteckt hatte, blieb ich im Sessel sitzen, ihm gegenüber, und hörte ihm nicht mehr zu. Ich hatte das Problem, daß mir nicht klar war, in welchem Moment man die Grenzen überschritt, wenn man eine be- stimmte schmerzhafte Periode des Lebens durchmachte. Wußte ich etwa nicht, wie gut es manchmal sein konnte, sich total vollaufen zu lassen?

Im Gegensatz zu mir, der ich in diesem Zustand einfach umkippte, war Marc eher einer, der durchhielt. Ich sah, daß er mit dem Kopf wackelte, sich dann schüttelte, um nicht voll wegzusacken. Er war aber schwer angeschlagen, und wenn er auch die Augen hob, um sich zu vergewissern, daß ich noch da war, schaffte er es doch kaum, die Flasche zu heben, jedenfalls nicht hoch genug, um sie an die Lippen zu führen. Was immer er darüber denken mochte: für mich war er nicht dafür verantwortlich, was wir aus unserem

Leben gemacht hatten. Und die traurige, tiefe, krankhafte Freundschaft, die uns verband, hatte sich nicht verändert. Sie war so alt, daß selbst die Menschen, die uns am nächsten standen, nicht wußten, wie lange sie schon anhielt. Mit ihren Vermutungen lagen sie immer noch ziemlich falsch. Trotzdem war klar, daß es mit unserer Beziehung seit einiger Zeit nicht zum besten stand. Doch wir hatten derartige Stürme überlebt, daß eine Wolke mich nicht beunruhigen konnte. Daß Marc es offenbar ernster als nötig nahm, dagegen meinte ich nicht viel tun zu können. Gegen Ende, als Marion mich wirklich verrückt machte, war ich es, der ihn nicht in Ruhe gelassen und der seine Freundschaft in Zweifel gezogen hatte. Es gibt bei jedem von uns Zeiten, da sind wir ein bißchen durcheinander.

Es war für ihn unerträglich, wie sich Gladys' Krankheit in den letzten beiden Monaten verschlimmert hatte. Niemand hätte mit ihm tauschen mögen, und noch weniger mit Gladys, aber niemand konnte etwas dafür. Und es stimmte nicht, was Jackie mir zu verstehen gab und er selbst mir vorwarf, nämlich daß ich ihn fallengelassen hätte. Ich wollte mich nur nicht jeden Abend betrinken.

Als es dauerte, bis er wegsackte, ging ich Gladys begrüßen. Die Krankenschwester verließ das Zimmer, als ich ans Bett trat. Ich setzte mich neben sie. Ich nahm ihre Hand, und wir sahen uns lächelnd an. Dann sagte ich: »Du kannst ganz beruhigt sein ... ich bringe ihn ins Bett, bevor ich gehe«, und ich küßte ihre Hand.

»Trotzdem... Versuch ihn ein bißchen zu bremsen.«

»Ja. Das ist nicht immer einfach.«

»Ich kann nicht anders, ich muß mich um ihn sorgen.«

»Ich weiß. Und du wirst dich jetzt nicht ändern, nicht wahr?«

»Aber es beruhigt mich auch nicht zu wissen, daß ihr zusammen seid.«

Wir lächelten uns wieder an. Ich blieb noch einen Augenblick bei ihr, dann brachte ich Marc in sein Bett und rief mir ein Taxi, um nach Hause zu fahren.

Herr Sheahan,

bestimmt begegnen wir uns irgendwann doch einmal, denke ich... Stellen Sie sich vor: Es ist mir gelungen, einen Schlosser zu finden. Von nun an benutze ich also die Hoftreppe, was für Sie und mich angenehmer sein dürfte. Ich muß Sie darauf hinweisen, daß in meinem Zimmer die Steckdose an der Fensterwand nicht funktioniert. Doch um diese Kleinigkeiten können wir uns später kümmern. Ich war bei Ihren Nachbarn, Herrn und Frau Vanledair, zum Tee. Sie sind nett. Wenn es Sie nicht stört, würde ich Ihre Kissen gerne noch ein paar Tage behalten. Mein Bett wird am Mittwoch geliefert. Wenn Sie die Kissen selbst brauchen, finde ich eine andere Lösung. Sie haben mich nicht gesehen, doch wir sind uns in der Stadt begegnet. Sie saßen im Auto. Ich kam von einem Spaziergang am Ufer der Sainte-Bob zurück. Was für ein wundervoller Fluß! Ich kann es nicht glauben, daß er verseucht sein soll. Ich hoffe, das ist nur dummes Gerede.

Ich zerknüllte das Papier, während ich auf den Fernseher zuging und ihn in einer Anwandlung von Enttäuschung einschaltete. Ich war mehr als verblüfft, daß sie am Sonntag einen Schlosser aufgetrieben hatte. Zumal ich im Taxi über das Problem nachgedacht und darin eine Möglichkeit gesehen hatte, mich abzulenken, eine dieser harmlosen Unterhaltungen anzuknüpfen, von denen sie mir eine Kostprobe gegeben hatte. Wir hätten simple, banale Sätze gewechselt, uns mit einem Werkzeug in der Hand einfältig und friedlich über irgendein Schloß gebeugt, hätten Worte so fade und süß wie Wasser gesagt, und ich hätte die Last dieses Tages vergessen, hätte nicht mehr an diese tonnenschweren Dinge gedacht, hätte Sätze wie »Ich brauche einen Kreuzschraubenzieher« oder »Ich muß ein Stück Eisendraht haben« gesagt, aber das hatte ich wohl nicht verdient.

Es war noch nicht spät. Doch es war dunkel geworden, und der Mond ging hinter den Bäumen am gegenüberliegenden Ufer der Sainte-Bob auf. Sie machte bei ihrem Eintritt in die Stadt zunächst einen großen Bogen und umspülte kräuselnd die vom Berg heruntergebrochenen Brocken, bevor sie im rosa-orange schimmernden Licht der Camex-Largaud weiterfloß. Ich ging ein Bad nehmen, aus heller Verzweiflung. Es dauerte nur einen Augenblick, und ich nahm den Waschlappen von meinem Knie, um ihn mir auf den Kopf zu setzen. Die Leere in seinen Geist zwingen, dann alle Spannungen des Körpers im Sonnengeflecht zusammenführen, bevor man sie aus sich hinausstößt, wie ein Astronaut den Müll aus seiner Kapsel nach draußen in die interstellare Leere schleudern würde. Das Badewasser war kalt geworden. Ich zog mich wieder an, denn ich konnte in diesem Haus nicht mehr im Bademantel herumlaufen, das machte mir schon lange keinen Spaß mehr. Ich dachte nach und fuhr noch einmal in die Stadt, um ein Glas zu trinken. Ich wartete eine Stunde, dann kehrte ich zurück.

Fräulein MacKeogh,
wir hätten diesen Sonntag nutzen sollen, um zusammen all diese Kleinigkeiten durchzugehen. Wenn Sie Licht sehen, zögern Sie nicht, nach unten zu kommen. Andernfalls sehen wir uns morgen abend, ich verspreche es. Wenn Sie erst einmal eingerichtet sind, werden Sie feststellen, wie angenehm das Haus ist. Und noch einmal: Machen Sie sich keine Gedanken wegen des Lärms, das Stockwerk ist sehr gut isoliert, und ich bin in dieser Hinsicht nicht empfindlich. Ich bedaure, daß Sie sich in unnötige Kosten gestürzt haben. Ich versichere Ihnen, daß ich mich darum kümmere, die Steckdose in Ordnung zu bringen, wie ich mich auch um diese Tür hätte kümmern können. Ich kenne dieses Haus besser als jeder andere. Wann immer ich Ihnen helfen kann, tue ich es gerne. Das ist das wenigste, was ein Sheahan einer MacKeogh anbieten kann. Also seien Sie nicht dumm. Sie würden mich kränken. Ich vergesse nicht, daß Sie sich in einer fremden Stadt befinden. Wir können über dies und jenes reden, wenn wir ein bißchen Zeit haben. Das nennt man gutnachbarliche Beziehungen, und die dürften uns doch nicht schwerfallen. Meinen Sie nicht auch?

Ich fragte mich, ob ich zu weit ging. Auf der anderen Seite, wenn ich mir überlegte, mit wem ich es zu tun hatte, konnte es meiner Mitteilung genausogut an Entschiedenheit fehlen.

Ich schloß daraus, daß ich auch nicht mehr wußte, was ich wollte, und das war die reine Wahrheit.

Ich ging nach oben, um ihr den Zettel unter der Tür durchzuschieben. Ich wollte mich gerade bücken, als ich spürte, daß es mich in der rechten Hand juckte. Ich zögerte, dann legte ich sie auf die Klinke. Als Eigentümer gab ich einer legitimen Neugierde nach, die mir niemand vorwerfen konnte. Mit hocherhobenem Kopf drang ich also in ihre dunkle Wohnung ein, ohne mir auch nur eine Sekunde lang vorzustellen, welcher Schlag auf mich lauern könnte.

Eine Flut von Licht schlug mir voll ins Gesicht.

»Oh!! Herr Sheahan!!!«

Wie ein Blitz fuhr es mir in den Rücken, ich wich zurück und stürzte die halbe Treppe hinunter.

»O verflixt!! Fräulein MacKeogh! Ist alles in Ordnung?«

Ich war ganz außer Atem, fühlte mich absolut unbehaglich und sah noch immer Sternchen vor meinen Augen.

»Es tut mir *leid*, Fräulein MacKeogh! Das ist *unverzeihlich*!!!«

Seit sie auf der Schwelle erschienen war, noch damit beschäftigt, den Gürtel eines ultramarinblauen Morgenmantels zu knoten, über dem ihr Haar aufflammte, war ich erneut ein paar Stufen nach unten gegangen.

»Ich bitte Sie... Ich war mit meinen Gedanken ganz woanders... entschuldigen Sie...«

Da sie nicht allzu wütend schien, wedelte ich mit dem Papier herum, das ich in der Hand hielt.

»Ich wollte Ihnen nur das hier geben. Ich kann es Ihnen erklären, es ist einfach die Gewohnheit, diese Tür ohne Anklopfen zu öffnen.«

»Natürlich, Herr Sheahan. Das ist nicht schlimm. Dann geben Sie mir doch das Papier.«

Ich ging wieder hoch, um ihr den Zettel hinzuhalten, und war mir meiner niedrigen Positionen bewußt.

Zurück in meiner Küche, nutzte ich es aus, daß ich alles, was ich brauchte, bei der Hand hatte, um an Marion zu schreiben und mich zu entschuldigen (dieser Abend nahm eine anstrengende Wendung), daß ich ihr ihren Scheck so spät schickte. Außerdem bat ich sie noch, ihn nicht allzuschnell einzulösen, nicht bevor ich selbst Anfang der Woche einen eingereicht hätte. Es kam mir unangebracht vor, sie daran zu erinnern, daß meine finanziellen Schwierigkeiten mit der Beerdigung ihrer Mutter zu tun hatten, weil sie sich sowieso für keine Erklärung interessiert hätte. Ich schrieb ihr, daß es schlechte Neuigkeiten von Gladys gab, außerdem düstere Aussichten für das Wetter, mit dem sich ein strenger Winter ankündigte, und daß ich die Wohnung, in der Viviane gelebt hatte, vermietet hätte und es noch zu früh sei, um zu sagen, ob das eine gute oder eine schlechte Idee war.

»Mögen Sie Pralinen?«

Ich antwortete: »Ja, natürlich«, klappte dann zuerst meinen Block zu und schraubte die Kappe auf meinen Füller, bevor ich mir eine Leckerei aussuchte. Dann sah ich sie einen Moment lang an, um ihr noch einmal zu zeigen, wie peinlich mir die Sache von vorhin war. Sie mochte nichts mehr davon hören und empfahl mir eine kleine unscheinbare Schokokugel, etwas für Genießer, ich würde es nicht bereuen.

Ich tat, was ich konnte, um ihr zu gefallen. Soweit es

ging, wollte ich es wieder gutmachen, daß ich mich auf üble Art in ihr Zimmer eingeschlichen hatte. Es kam nicht in Frage, daß sie sich diesmal wieder aus dem Staub machte. Ich setzte sie in meinen Sessel und zählte ihr von der Küche aus die Kräutertees des Abends auf.

Ich nahm nicht oft eine Frau mit zu mir nach Hause, besonders nicht in mein Wohnzimmer. Dieses Zimmer verdarb mir einen guten Teil des Vergnügens, das ich dabei empfand, ein paar Worte mit meiner Mieterin zu wechseln. Das Wohnzimmer war trist, ungemütlich, altmodisch, ich schämte mich dafür. Ich hatte Marion alles mitnehmen lassen, was sie wollte, ohne ein einziges Mal den Mund aufzumachen. Ich hätte ihr geholfen, das Parkett herauszureißen und die Leisten von der Decke zu brechen, wenn sie das gewünscht hätte. Wohin mein Blick auch fiel, ich sah immer nur etwas ohne Wert, ohne Interesse, ohne den kleinsten Funken Wärme, ohne den geringsten Witz. Ich saß auf meinem Styroporhaufen wie ein Unglücksrabe auf einem Kartoffelsack, und dieser verdammte Sack knirschte wie verrückt, sobald ich die Beine übereinanderschlug. Mir schien, daß die abgrundtiefe Häßlichkeit dieses Zimmers sich mir zum ersten Mal und gleich im schlimmsten Zustand zeigte. Wegen dieses Zimmers fühlte ich mich plötzlich alt, blaß und verbraucht, und ich wußte nicht, wie ich es schaffen sollte, nicht ganz unterzugehen und Eileen MacKeogh nicht mein wahres Gesicht sehen zu lassen.

Am nächsten Tag kaufte ich nach der Arbeit eine Pflanze.

Patrick Sheahan holt Holz fürs Feuer

Es war eine Pflanze mit hübschen roten Blüten, die nur von Zeit zu Zeit ein halbes Glas Wasser brauchte. Ich hatte nicht die Mittel, im Augenblick mehr Veränderungen vorzunehmen, doch zumindest hatte ich den Finger auf das Problem gelegt. Ich warf einen grauenvollen niedrigen Tisch hinaus und schaffte ihn in die Garage, ganz erstaunt darüber, daß ich ihn so lange vor meinen Augen ertragen konnte. An seinen Platz stellte ich die Pflanze. Dann setzte ich mich in meinen Sessel, um zu sehen, wie sie wirkte. Ich fragte mich, wie ich soweit hatte kommen können.

Am Abend sprach ich mit Marc darüber, denn der Gedanke verfolgte mich. Wir waren in der dritten Etage vom Melloson, in der Abteilung Damenwäsche.

»Hör mal«, sagte er zu mir, »du bist einfach keiner von den Leuten, die sich Sorgen um ihre Einrichtung machen.«

»Nein, das ist es nicht.«

»Na ja, du hast einfach nicht die Mittel dazu.«

»Nein, das ist es nicht.«

»Was denn dann? Was ist mit dir los?«

»Ich weiß nicht. Ich kenne das ja selbst nicht an mir.«

Er warf einen Blick auf seine Uhr.

»Gut. Wir sind eigentlich hier, weil heute abend lange geöffnet ist. In zehn Minuten wird geschlossen.«

Wir teilten uns die Aufgaben. Gladys hatte uns eine ziemlich lange Liste mitgegeben, und ich war mir klar darüber, daß wir uns von meiner plötzlichen Entdeckung nicht ablenken lassen durften. Bevor wir das Warenhaus verließen, bot Marc an, mir einen Teppich zu kaufen, doch ich lehnte ab und erklärte ihm, das sei eigentlich nicht das Problem.

Ich bestand darauf, daß wir bei mir vorbeifuhren.

»Marc, ich will, daß du offen bist!«

Mit einem Seufzer wandte er sich einem kleinen Rollmöbel mit verchromten Ecken zu, das mir dazu diente, meine Flaschen unterzubringen. Jetzt schämte ich mich dafür.

»Also, du darfst nicht vergessen, daß du nicht oft hier bist.«

»Ich bin oft genug hier.«

»Also gut. Wie gehen wir vor? Willst du eine Bewertung auf einer Skala von eins bis zwanzig?«

»Ja, beispielsweise.«

»Fünf. Höchstens sechs.«

Ich nahm das Glas, das er mir hinhielt. Wir hatten uns nicht einmal die Mühe gemacht, unsere Regenmäntel abzulegen, und wir standen immer noch, im dämmrigen Licht meiner Stehlampe mit dem Schottenschirm.

»Herr Sheahan? Sind Sie zu Hause?«

Ich ging ins Treppenhaus.

»Ja, guten Abend. Ist alles in Ordnung?«

»Ja, vielen Dank. Haben Sie einen Moment Zeit?«

»Wissen Sie... Also heute abend eigentlich nicht... Ist es dringend?«

»O nein, überhaupt nicht. Es ist nicht wichtig.«

Während wir auf der Brücke über die Sainte-Bob fuhren und ich auf das glitzernde Wasser sah, mußte ich daran denken, wie herrlich ihr rotes Haar gefunkelt hatte, als sie sich mir zuwandte. Es war keine Frage, daß es nichts im Haus gab, das so leuchtete. Vielleicht sollte ich mich auf die Beleuchtung konzentrieren?

»Patrick, ich bitte dich… Ich habe andere Sorgen!«

Ich hakte nicht nach. Wir hielten vor der Schranke an der Fabrik, weil Marc irgendwelche Papiere holen mußte. Der Pförtner, erstarrt in einer leichenblassen Apathie, brauchte ein paar Sekunden, bevor er es schaffte, uns zu öffnen.

»Marc, hast du diesen Mann gesehen?«

»Warum? Ist was Besonderes mit ihm?«

»Ja. Er ist tot. Ich meine, so gut wie.«

»Na gut, dann bring ihm Blumen. Ich brauche eine Minute.«

Während er im Inneren des Gebäudes verschwand, sah ich mich im Rückspiegel an. Ich untersuchte auch meine Hände, von allen Seiten. Obwohl es draußen recht frisch war, öffnete ich das Fenster.

Einige Tage später bemerkte ich, daß ich keine Spur sexueller Lust mehr hatte. Den ganzen Morgen lang hatte ich eine Gruppe japanischer Techniker durch die Fabrik geführt und war davon derart erschöpft, daß ich mich entschlossen hatte, nach Hause zu gehen. Es war ungefähr zwei Uhr nachmittags. Der Himmel war bedeckt, sah fast nach Schnee aus. Ich spürte, daß eine schreckliche Migräne im Anzug war, also machte ich mich auf die Suche nach einem Aspirin. Ich fand keins. Und obwohl ich davon überzeugt war, allein im Haus zu sein, wagte ich es nicht mehr, bei Eileen MacKeogh einzudringen, weil ich mir sicher war, so absurd meine Befürchtung auch sein mochte, daß sie es auf die eine oder andere Art bemerken würde.

Ich ging rüber zu Jackie. Es war ihr Waschtag. Ich kam gerade recht. Die Tür des Wäschetrockners klemmte, und Thomas würde nicht vor sechs Uhr abends zu Hause sein. Ich ging mit ihr in den Keller und erklärte ihr dabei, weshalb ich so früh da war und was ich wollte.

Doch zunächst kniete ich mich vor den Trockner. Ich fand schnell heraus, weshalb der Schließmechanismus nicht funktionierte: eine Feder hatte sich verschoben, und der Stift konnte nicht zurück. Jackie brachte mir ein paar Werkzeuge. Sie stand fassungslos vor dem Stapel Wäsche, der sich in weniger als einer Woche angehäuft hatte, und meinte, sie würde nicht damit fertig. Ich hörte sie hinter meinem Rücken auf Thierry und Caroline schimpfen, die sich keine Vorstellung davon machten, und auf Thomas, der kaum besser sei.

Was meine Kopfschmerzen anging, riet sie mir, lieber auf Aspirin zu verzichten, weil es auch Nebenwirkungen habe. Als ich mit meiner Reparatur fertig war, ging ich wieder zu ihr, um zu hören, was sie mir wohl empfehlen konnte. Sie stand hinter einem Eisenstuhl, den Thomas und ich damals gebaut hatten, als er sich das Schweißgerät zulegte, und gab mir ein Zeichen, daß ich mich setzen solle.

»Caroline hatte häufig Kopfschmerzen, als sie zwölf oder dreizehn war. Damals habe ich begonnen, mich nach Alternativen umzusehen. Ich hatte genug davon, daß sie ganze Hände voll Pillen schluckte, und sie wirkten auch gar nicht richtig, weißt du ... Ist es gut so?« Es war gut so. Um die Wahrheit zu sagen: richtig schlimme Kopfschmerzen hatte ich noch nicht, als sie mich mit den Händen bearbeitete, und so konnte ich die Wirksamkeit ihrer Massage nicht beurteilen, höchstens sagen, daß sie angenehm war. Ihre Finger fuhren sanft über meine Wangen, und ich hatte Lust, die Augen zu schließen. Nur konnte ich das nicht. Sie hatte schließlich meine Knie zwischen ihre Beine geklemmt. Nach einer Minute fühlte ich, daß ich nicht mehr so tun konnte, als wäre mir die Situation nicht klar. In diesem Augenblick wurde mir bewußt, daß mein Zögern erstaunlich war. Verwirrt schob ich trotzdem eine Hand unter ihre Schürze, ich ging so weit, ihr einen Finger reinzustecken, doch ich konnte nicht weitermachen. Ich bewegte mich und packte sie mit einer Hand am Hintern.

»Unmöglich!« erklärte ich. »Ich glaube, mir platzt gleich der Schädel.«

Sie zog meine Hand aus ihrer Wäsche, ohne ein Wort zu sagen, sanft und fest. Ich stand auf und machte eine schmerzhafte Grimasse, was mich keinerlei Mühe kostete.

Auf der Straße trat mir ein feiner kalter Schweiß auf die Stirn, noch bevor ich mein Taschentuch herausziehen konnte.

Ich wußte nicht recht, was ich hatte. Ich stand in der Küche, war seit zehn Minuten dabei, mir die Hände zu waschen, und sah hinaus, auf den Fluß in der Ferne. Trotz aufmerksamen Beobachtens gelang es mir nicht zu erkennen, ob das Wasser noch floß, und mein Geist weigerte sich einfach, sich für etwas anderes zu interessieren. Es gab andere Fragen, die ich mir stellen mußte, sehr viel ernstere, meiner

Meinung nach, doch ich hielt die Augen fest auf die Sainte-Bob gerichtet, in der Hoffnung, eine Kleinigkeit zu entdecken, die meine Neugierde gestillt hätte, einen Wirbel oder einen Baumstamm. Doch nichts geschah.

»Gut. Du hast Schmerzen im Knie. Jeder hat irgendwo Schmerzen. Ich kenne keinen einzigen Menschen von fünfundvierzig Jahren, der nicht einen Vorgeschmack von dem hätte, was uns später erwartet. Hoffst du noch immer, die fünftausend Meter in weniger als vierzehn Minuten zu laufen? Nein? Na gut, das beruhigt mich.«

Es war mir ein bißchen peinlich, mit ihm darüber zu reden, denn schließlich wußte ich, daß Gladys ein paar Meter von uns entfernt in ihrem Zimmer im Sterben lag. Trotzdem quälte mich noch immer der Gedanke an mein Versagen am Nachmittag. Das war das erste Mal, daß ich keine Lust hatte, es mit Jackie zu machen.

»Trotzdem«, beharrte ich, »sie ist meine beste Freundin! Ich liebe sie wie ein Bruder! Lieber Himmel, sie ist doch gut gebaut, das muß man wirklich sagen. Bin ich etwa so wählerisch geworden? Nein, das ist es nicht. Und genau das macht mir Sorgen.«

Wenn man Marc sagte, daß man sich Sorgen machte, hätte man ihn eigentlich gleich bitten können, einem ein Glas einzuschenken. Ich hatte schon aus meinem Glas getrunken. Es war im Nu wieder voll. Dann beugte Marc sich über die Bar und packte mich am Kragen. Mit einem etwas traurigen Lächeln sah er mich scharf an.

»Patrick, was ist los?« fragte er mich leise. »Glaub mir, das ist nicht der richtige Moment, das Arschloch zu spielen... Einer von uns beiden muß den Kopf aus dem Wasser halten, und im Moment bist du an der Reihe... Einverstanden? *Einverstanden?*«

Ich nickte.

Am nächsten Morgen bereitete ich mich, begleitet von einer Hosteß, darauf vor, einen Umweltinspektor zu empfangen. Er hatte uns nach dem Zwischenfall einen Besuch abgestattet, flankiert von zwei Experten, die unsere Anlagen untersucht hatten, und wir warteten auf die Ergebnisse seines Berichts. Wie er uns erklärt hatte, war er absolut nicht verpflichtet, sie uns zu präsentieren, und wenn er es tat, dann aus reiner Menschenfreundlichkeit. Obwohl er uns gebeten hatte, uns nicht zu bemühen, fuhren Laurence und ich zum Flughafen, um ihn zu empfangen. Er äußerte keine Wünsche, doch Laurence machte eine scherzhafte Bemerkung über die frühe Morgenstunde, die ihr kaum die Zeit gelassen habe, in ein Paar Strümpfe zu schlüpfen. Wir gingen mit ihr in die Cafeteria und bestellten Kaffee. Es war nicht nötig, daß ich irgendeine Unterhaltung anfing, Laurence war eine bemerkenswerte Hosteß. Sie hatte eine Art, die Beine übereinanderzuschlagen, diskret ihren Busen zur Geltung zu bringen und jeden Chefinspektor nervös zu machen, ob er nun Anzeichen von Bestechlichkeit um die Mundwinkel erkennen ließ oder nicht. Die Hände über dem Bauch gefaltet, die Augen zusammengekniffen, betrachtete ich die triste Farbe des Himmels, über den der Wind zog wie ein unsichtbarer Strom. Als sie glaubte, daß unser Mann reif sei, sah Laurence mich an, und ich erklärte, wir müßten jetzt gehen.

Wir begleiteten ihn bis zu Marcs Büro. Ich hielt mich abseits während dieser Diskussion, zu der sich eine Reihe von

Leuten versammelt hatten: einige unserer Ingenieure, der Leiter des Sicherheitsdienstes, Gladys' Rechtsanwalt, der auch die Großaktionäre vertrat, der erste stellvertretende Bürgermeister und der Vorsitzende der Vereinigung, zu der sich die meisten Geschäftsleute der Stadt zusammengeschlossen hatten.

Als wir essen gingen, der Inspektor, Laurence und ich, sagte er: »Also, wenn ich es richtig verstehe, ist das so etwas wie eine Familiengeschichte.« Laurence antwortete ihm mit einem amüsierten Lächeln. Ich breitete meine Serviette auf den Knien aus, hielt meinen Blick fest darauf gerichtet, während ich sie mit der Hand glattstrich, als spräche ich zu ihr: »Ja. Das ist ein bißchen so. Wir sind es gewohnt, zusammen zu leben. Die Fabrik, die Leute, der Fluß... Wir haben von Zeit zu Zeit ein bißchen Ärger, doch wir versuchen, damit fertig zu werden. Und sehen Sie, das Schlimme ist: das Ende für die einen ist auch das Ende für die anderen. Es ist ein heikles Problem.«

Der Inspektor beugte sich zu mir vor: »Aber mein lieber Freund, wissen Sie, *daß Sie verrückt sind*?«

Ich sah ihn nicht an. Ich nahm mir einfach nur die Karte.

»Nehmen Sie es mir bitte nicht übel«, fügte er in einem besänftigenden Ton hinzu, »ich spreche nicht von Ihnen im besonderen, sondern von der ganzen Stadt und den Bauern in der Umgebung. Die Camex ist wie ein Topf voller Fische, das wissen alle, und trotzdem steuert jeder sein Hölzchen bei, damit das Feuer nicht ausgeht und weiter gekocht werden kann.«

Wir wechselten einen bewundernden Blick, Laurence und ich, um ein so schönes Bild zu würdigen.

»Sie glauben, ich mache Witze? Kennen Sie die Geschichte von dem Mann, der schreit, daß man ihn umbringt, während er dabei ist, sich mit seinen eigenen Händen zu würgen?«

Ich hätte ihm fast geantwortet, daß ich nicht wüßte, wo einer geschrien hätte. Ich persönlich kannte die Geschichte von dem Mann, den man daran hinderte, sich zu würgen, indem man ihm beide Arme brach und ihn an Ort und Stelle verfaulen ließ. Bisher hatte uns noch niemand vorgeschlagen, die Camex in eine Champagnerfabrik umzuwandeln. Gleichgültig, in welche Richtung man fuhr, man stieß nach weniger als einer Stunde auf Raffinerien, Wärmekraftwerke, agrochemische Betriebe, auf Schornsteine, die roten, blauen, grünen, farblosen Rauch ausspuckten, der einem in den Mund, die Augen, die Nasenlöcher, die Ohren drang, auf Fabriken, die Schmutz und Staub, allen nur denkbaren Dreck in den Himmel, in die Meere, unter die Erde oder selbst den Kühen in den Arsch jagten. Er war nicht der erste Umweltinspektor, mit dem ich beim Essen saß, und ich hatte ihre verdammten Warnungen schon ein gutes dutzendmal gehört.

»Lieber Herr Sheahan«, fuhr er fort, »ich habe sehr wohl verstanden, daß man mich auffordert, diesen Zwischenfall nicht weiter zu verfolgen, seien Sie unbesorgt. Aber ich weiß nicht recht, ob ich Ihnen damit einen Dienst erweise.«

Da Laurence mir gegenüber saß, sah ich nicht, mit welchem Happen sie unseren Inspektor köderte, dessen Blick in einem begehrlichen Glanz erstarrte. Sie war fähig, Männern wie ihm das Wort abzuschneiden, ohne einen Ton zu sagen.

Nach dem Essen beglich ich die Rechnung und überließ ihnen das Auto. Ich rief im Hotel des Gouverneurs an, um mich zu vergewissern, daß ihr Zimmer auf sie wartete und daß der Service ebenso diskret wie beflissen sein würde. Dann brach ich zu Fuß auf, lediglich des Vergnügens wegen, über die Brücke gehen und feststellen zu können, daß die Sainte-Bob ruhig vor sich hin floß. Ich stützte mich auf das Geländer, den Bericht des Inspektors an meine Brust gepreßt, die tränenden Augen im kalten Wind, der mir ins Gesicht blies. Marc sprang aus seinem Auto und lief auf mich zu, ohne sich die Mühe zu machen, den Motor abzustellen.

»Ach hier bist du?«

Ja, antwortete ich ihm, hier war ich. Ich gab ihm den Bericht, sagte, daß der Inspektor seinen Umschlag genommen habe und daß Laurence so perfekt wie immer gewesen sei.

»Das ist es nicht einmal«, erklärte ich nach einer Minute des Schweigens. »Ich glaubte, das wäre es vielleicht, aber das ist es nicht. Ich mache die Arbeit ohne Freude, doch nicht so, daß ich krank davon werde... Nein, ich glaube, es ist nichts Bestimmtes. Wie soll ich es dir erklären... eine allgemeine Müdigkeit. Siehst du, was mir mit meinem Wohnzimmer passiert ist? Okay, ich mochte es nicht, aber ich habe es jahrelang ertragen, stimmt doch, oder? Und es ist noch nicht so lange her, da habe ich mit Jackie gevögelt, da traf ich nicht an jeder Straßenecke Tote, da versuchte ich nicht, mich mit einer Mieterin zu belasten, findest du das normal?«

Marc biß die Zähne zusammen. Ich bemerkte, daß sein Gesicht blaß geworden war, daß seine Nasenflügel angespannt waren.

»Machst du das extra?« fragte er und starrte weiter vor sich hin.

»Was meinst du, ob ich das extra mache?«

Er wandte sich mir zu, mit dem ganzen Körper, als trüge er eine Halskrause. Doch ich stoppte ihn: »Ich weiß, einer von uns beiden muß den Kopf aus dem Wasser halten, und es sieht wohl so aus, als wäre ich an der Reihe. Wenn das bedeutet, daß ich meine Probleme für mich behalten muß, gut, dann sage ich nichts mehr.«

Er packte mich am Arm, starrte mich an und schüttelte den Kopf. Ich hatte den Eindruck, er schaffte es nicht, auszudrücken, was er dachte.

»He!« fuhr ich ihn an. »Wir sind nicht die Typen, die sich umbringen, weder du noch ich. Dazu haben wir nicht den Mumm, das haben wir bewiesen. Also laß uns zusehen, daß wir irgendwie zurechtkommen. Wenn du dich besser fühlst, wäre es schön, wenn du mich nach Hause fahren könntest.«

Offen gesagt machte ich mir keine allzu großen Sorgen um ihn. Natürlich war mir aufgefallen, daß er eine depressive Phase durchmachte. Doch er hatte schon ganz andere überstanden. Ich hatte Dutzende von Gründen, mich nicht übermäßig zu sorgen. Sollte Jackie mir doch vorwerfen, ihm nicht die ganze Aufmerksamkeit zu schenken, die er verdiente – von seinem Standpunkt aus. Ich kannte ihn nicht erst seit fünf oder sechs Jahren, ich hatte sozusagen keine Erinnerung an ein Leben ohne ihn. Nichts hatte sich zwischen ihm und mir geändert. Was sich geändert hatte, war meine Fähigkeit, große Mengen Alkohol zu verarbeiten, die Ausdauer, mit der ich mir die Nächte um die Ohren schlug, und der Blick, den ich jetzt auf unser Leben warf. Dabei hatte ich vielleicht unrecht, ihn einen Mörder zu nennen. Er war dafür nicht mehr verantwortlich als ich. Und wofür genau verantwortlich? War ich in einem Alter, in dem man sich noch irgendwelche Geschichten vormachte?

Wir verabschiedeten uns vor meiner Tür, nachdem er gezögert hatte, noch mit hineinzukommen, und ich zu lange gebraucht hatte, ihn einzuladen. Seine Reifen quietschten hundert Meter weit. Es ging ihm nicht gut.

Durch mein Küchenfenster sah ich Jackie bei der Hausarbeit. Ich rief sie an, um zu fragen, ob sie Hilfe brauche.

»Kommt darauf an. Wie fühlst du dich?«

»Ich komme, wenn es zuviel für dich ist.«

»Ich glaube, ich werde schon damit fertig, mach dir keine Sorgen.«

Ich winkte ihr aufmunternd zu, bevor ich auflegte. Ich drehte eine Runde durch mein Wohnzimmer, verzichtete aber darauf, den Fernseher einzuschalten, und setzte mich an den Tisch.

Habe ich Ihnen schon von unseren heißen Quellen erzählt? Wir haben so wenig Gelegenheit, ein paar Worte miteinander zu wechseln, daß es mich wundern würde. Bei dem Glück, das wir haben, werden wir uns auch diesmal wieder verpassen. Hier also mein Vorschlag, auch wenn ich bedaure, ihn nicht mündlich machen zu können: Kommen Sie doch morgen früh mit. Alles ist bestens vorbereitet. Bei Tagesanbruch geht es los. Ich glaube, es wird Ihnen gefallen, und wenn ich mir ansehe, wie Ihre Zeit eingeteilt ist, sind

Sie bestimmt erschöpft und verdienen ein paar Stunden Entspannung. Lassen Sie sich vor allen Dingen nicht bitten, das wäre lächerlich.

Mir ist aufgefallen, daß Sie nicht zu Hause essen. Ich mische mich in Dinge ein, die mich nichts angehen. Aber wenn es etwas mit Küchengeräten zu tun haben sollte und Sie meinen Herd oder sonst irgend etwas benutzen möchten ... Ich lebe allein. Es besteht kein allzugroßes Risiko, daß wir uns in die Quere kommen, selbst wenn wir es darauf anlegten. Sie können auch meinen Kühlschrank und meine Waschmaschine benutzen. Verstehen Sie mich richtig: Sie sind so diskret, daß ich mich frage, ob alles in Ordnung ist. Um mehr geht es mir eigentlich nicht. Ich denke auch ans Fernsehen: Wenn Sie eine Sendung sehen möchten, tun Sie mir den Gefallen und kommen Sie herunter. Was kann ich Ihnen sonst noch sagen? Vielleicht also bis morgen.

Ich wußte nicht, was mich dazu trieb, ihr solche Briefchen zu schreiben. Das war ein Rätsel, das ich nicht einmal zu lösen versuchte, so harmlos erschien mir diese Marotte. Ihr nicht nachzugeben wäre mir gegen den Strich gegangen, denke ich mir, und ich hatte keinen Grund, mir das Leben weniger fröhlich zu machen, als es war.

Am frühen Morgen schlug ich im Halbdunkel meines Zimmers verwundert und erfreut die Augen auf. Ich brauchte ein paar Sekunden, bis mir klar wurde, daß dieses behagliche Gefühl, das ich empfand, von einer Melodie kam, die im Haus geträllert wurde. Ich hatte schon immer ein Faible für *Johnny, I Hardly Knew Ye* gehabt, das war etwas, das ich meiner irischen Herkunft zuschrieb, ohne eine Sekunde daran zu glauben.

Eileen MacKeogh hatte eine sehr hübsche Stimme. Mit einem Lächeln zog ich mich an.

Ich beglückwünschte sie zu ihrem Repertoire. Während sie sich dafür entschuldigte, meine Ruhe gestört zu haben, warf ich einen Blick aus dem Fenster. Der Himmel ging von blaßblau in hellgrau über. Mir schien, daß sie zusammenzuckte, als ich erklärte, daß wir nicht zu den Quellen fuhren, um ein Glas Wasser zu trinken, sondern um zu baden, und daß sie, wenn sie wolle, einen Badeanzug mitnehmen könne. Ich war guter Stimmung. Sie konnte ja in letzter Minute noch kneifen, das wäre nicht weiter schlimm gewesen.

Thomas und Jackie waren fertig. Weit davon entfernt, mir vorzuwerfen, daß ich Eileen MacKeogh eingeladen hatte, erklärten sie, das sei eine wunderbare Idee. Wir warteten darauf, daß Marc kam, und beluden inzwischen Jackies Geländewagen. In der Windschutzscheibe spiegelte sich der von Nebelstreifen zerschnittene Berg wider. Sie hatte zweifellos beschlossen, einen Badeanzug mitzunehmen, denn sie wirkte ziemlich entspannt. Dann bekam ich mit, daß sie Thomas beim Vornamen nannte, als er seine Angelruten einpackte: »Nein, Thomas, ich versichere Ihnen ... Herr Sheahan hat mir nichts davon gesagt!«

Er antwortete, das sei normal, ich interessierte mich nicht fürs Angeln. Ich wartete, bis er wieder hineinging.

»Sagen Sie mal«, brachte ich mit meinem nettesten Lächeln heraus, »ich hoffe, daß Sie mich nicht bis in alle Ewigkeit ›Herr Sheahan‹ nennen, oder?«

Sie errötete wie ein kleines Mädchen. Ich fühlte mich wie eingeschlossen, und das hatte nichts Beneidenswertes.

»Hören Sie«, fuhr ich fort, »ich werde Sie Eileen nennen... Das ist Ihnen doch hoffentlich nicht unangenehm?«

Sie machte den Mund auf. Ich hörte nichts, doch ich sah, daß sie den Kopf schüttelte. Vielleicht blieb ihr ein einfaches Wort wie »Patrick« im Hals stecken, wer weiß?

Marc stieg aus seinem Wagen und sagte, er komme nicht mit. Ich meinte, er hätte anrufen können und sich nicht extra herbemühen müssen, worauf er entgegnete, daß er sich erst unterwegs entschieden habe.

Etwas später, als wir im Auto saßen und uns in die scharfen Kurven legten, mußte er unbedingt Jackies Geländewagen überholen. Ich versuchte, ihn davon abzubringen, doch dann hatte ich keine Lust mehr zu diskutieren. Jackie tippte sich mit dem Finger an die Stirn, als wir uns mitten in einer Haarnadelkurve, neben der sich ein Abgrund auftat, auf ihre Höhe schoben.

Er fuhr so schnell, daß wir im Nu an den Quellen vorbei waren. Ich sagte nichts. Ich erinnerte mich daran, wie sehr ich ihn bedrängt hatte, uns zu begleiten. Als wir unter dem blauen Himmel dahinrasten, heraus aus einem Nebelstreifen, der sich wie ein Schal um den Gipfel schlang, fragte ich ihn, wie denn das weitere Programm aussehe.

Er stoppte am Straßenrand, an einer Stelle, wo man die Weite spürte. Er stieg aus, um den Kofferraum zu öffnen. Ich rührte mich nicht, weil ich ungeduldig darauf wartete, daß wir umkehrten, und nichts, was ihm durch den Kopf ging, konnte mich im Augenblick interessieren. »Patrick, kannst du mal eine Sekunde kommen?« Da dachte ich dann, je schneller ich seiner Verrücktheit nachgab, desto schneller wären wir wieder bei den anderen.

Als ich näher kam, schloß er den Kofferraum wieder. Dieses Spiel kannte ich noch nicht. Nach der in Falten gelegten Stirn meines Partners zu urteilen, war es wohl nicht ganz einfach. Er warf einen fragenden Blick zum Horizont, steckte seine Hand in die Tasche, damit sie aufhörte, gegen sein Bein zu schlagen. Ich räusperte mich. Endlich war er soweit: »Hör mal, Patrick... Wir sind in einer furchtbaren Situation!«

»Wir?« fragte ich spöttisch.

Er durchbohrte mich mit einem Blick.

»Ja, *wir*!« wiederholte er. »Falls du mich nicht noch einmal im Stich läßt. Aber vielleicht wird das ja zur Gewohnheit?«

Er lauerte auf meine Reaktion, mit einem Gesichtsausdruck, der fast böse war. Dann muß ihn irgend etwas an mir beruhigt haben.

»Frag mich nicht, wie wir an diesen Punkt gekommen sind«, fing er wieder an. »Eins hat einfach unheimlich schnell das andere nach sich gezogen, verstehst du... Niemand ist wirklich verantwortlich.«

So, wie er die Sache anging, hatte ich das Gefühl, daß die Geschichte noch nicht zu Ende war. Ich schickte mich also an, mich auf den Kofferraum zu setzen, doch er hinderte mich daran.

»Warte einen Moment«, erklärte er und packte mich am Arm. »Bitte, laß mich ausreden... Hör zu, es ist sehr ernst, aber es hätte noch schlimmer kommen können... Also, ich meine nicht, daß alles verloren ist, doch wir müssen schnell eine Lösung finden. Patrick, du wirst sehen, es ist eigentlich nicht zu glauben!«

Ich hatte selten die Gelegenheit gehabt, ihn so zu erleben. Auch in schwierigen Situationen fiel ihm normalerweise nicht die Kinnlade runter. Selbst wenn er fassungslos war, blieb sein Gesicht verschlossen, niemals sackte er in sich zusammen. Und plötzlich hatte ich einen Menschen vor mir, der den Kopf hängen ließ. Ich begann, mir ernsthaft Sorgen zu machen.

»Also? Was willst du mir zeigen?«

Er fing sich wieder, verwischte in einer Sekunde das jämmerliche Bild, das mich so bestürzt hatte. Er warf mir einen schnellen Blick zu, bevor er den Kofferraum öffnete. Ich sah nach unten, ins Innere. Dann schloß er ihn sofort wieder.

Ich schlug mir mit der Hand gegen die Stirn. Einen Augenblick später glitt mir die Hand über die Augen, um sich schließlich auf meinem Mund zu verkrampfen.

»Tot ist er aber nicht«, betonte Marc.

Ich beschränkte mich darauf, den Kopf zu schütteln.

»Komm, Patrick, hier können wir nicht bleiben.«

In weniger als einer Minute brachten wir den Paß hinter uns. Dann ging es in einer schwindelerregenden Talfahrt auf einer dunklen, von Tannen gesäumten Straße bergab.

»Es geht ihm gut, ich habe ihm Schlafmittel gegeben«, erklärte mir Marc. »Seine Verletzung ist nicht schlimm. Aber siehst du, Laurence wußte nicht, was tun, sie hat einfach genommen, was sie gerade zur Hand hatte.«

Ich sah ihn von Zeit zu Zeit an, um mich zu vergewissern, daß ich nicht träumte. Das war eine Wirklichkeit wie im Film, die einen mit aller Gewalt ansprang. Ich brauchte die kalte Luft, die mir ins Gesicht schlug, damit es mir ganz klar und deutlich wurde.

»Also, es ist so: Er ist seit gestern abend im Kofferraum.«

»Hast du nicht Angst, daß er sich erkältet?«

Er antwortete mir nicht.

»Das habe ich ernst gemeint«, seufzte ich.

Er hielt an. Ich nahm die Decke vom Rücksitz und ging den Kofferraum öffnen. Ich rief: »Wir könnten ihn vielleicht zu uns nach vorn nehmen?!« Marc schüttelte den Kopf. Als ich wieder einstieg, sagte er zu mir, daß wir gewisse Dinge nicht aus dem Blick verlieren dürften.

»Vergiß nicht, daß dieser Kerl nichts von einem armen Opfer hat. Absolut nichts. Er nimmt das Geld, er bumst das Mädchen, aber das reicht ihm nicht. Weißt du, daß Laurence sich zum ersten Mal erniedrigt gefühlt hat? Als er zu ihr sagte, daß es niemals für ihn in Frage gekommen sei, die Angelegenheit zu vergessen, hatte sie Tränen in den Augen deswegen, du kannst sie ja fragen. Schon allein aus dem Grund, finde ich, ist mein Kofferraum ziemlich gut für ihn, und sogar eher komfortabel. Und noch etwas: Ich hatte niemals die Absicht, jemanden zu entführen und gefangenzuhalten. Es ist einfach so gekommen. Es hat sich so ergeben, daß da einer seit gestern abend gefesselt in meinem Kofferraum liegt, und damit haben wir jetzt den Ärger!«

»Und was willst du nun tun?«

»Ich weiß nicht«, antwortete er schroff. »Ich weiß überhaupt nichts. Aber ich werde ihn nicht unten auf der Straße laufenlassen und mich bei ihm entschuldigen.« Er sah mich an, bevor er hinzufügte: »Das ganz bestimmt nicht!«

Ich sagte nichts mehr, weil ich rasch verstand, wohin wir

fuhren. Im Augenblick war dies sicher die beste Lösung. Wenn wir schon versuchen mußten, eine Entscheidung zu treffen, dann war es wohl am besten, erst einmal damit aufzuhören, einen Verletzten durch die Gegend zu fahren, der noch dazu gefesselt, geknebelt und mit Schlafmitteln vollgestopft im Kofferraum lag. Wenn ich nur daran dachte, hatte ich ein vollkommen dumpfes Gefühl, so, als hätte ich nicht genug Sauerstoff im Hirn.

Wir schleppten ihn in ein Zimmer des Chalets. Marc schob ihm ein Lid hoch. Dann verband er ihm die Augen, steckte ihm Pillen in den Mund, kontrollierte die Fesseln und wandte sich mir mit der Frage zu, ob sonst noch etwas zu tun sei. Bis dahin hatte ich nichts gefunden, um mich nützlich zu machen. Es überraschte mich außerdem, wie kaltblütig er diese Dinge erledigte, und auch, wie natürlich sich eins aus dem anderen ergab. Auf alle Fälle schlug ich ihm vor, daß wir die Heizung anstellen sollten.

»Deine Vorschläge haben wenigstens eine Linie«, witzelte er.

Ich ging nach draußen, während er sich darum kümmerte, daß im Haus alles funktionierte. Ich wandte mich dem hinteren Teil des Geländes zu, die Hände in den Taschen, ohne irgendeine genaue Absicht, und ließ meinen Blick schweifen, wie der Gast eines Hotels, der ein bißchen durch den Park spaziert, bevor er an die Bar geht. Ich sah in der Ferne, weiter unten gelegen, die Dächer des Rocher de l'Homme Noir und die Rauchwolken aus den Küchen. Wenn die Bäume nicht gewesen wären, hätte ich auch die Quellen und das glitzernde Wasser in den Becken sehen können.

Wir waren lange nicht mehr hiergewesen, seit Gladys krank geworden war nicht mehr. Wir hatten hier schöne Augenblicke erlebt. Bevor es zwischen Marion und mir bergab ging, hatten wir hier ganze Monate verbracht, in der Hoffnung, daß die Schönheit dieses Orts uns helfen würde, mit unserer Kinderlosigkeit fertig zu werden. Nach unserer Trennung blieb ich tagelang hier, allein auf der Terrasse, mit einer Decke auf den Knien, meiner Sonnencreme und meinen Beruhigungsmitteln. Gladys hatte mir die Schlüssel gegeben, und Marc richtete es so ein, daß er mich besuchen konnte, sobald er aus dem Büro kam, oder auch am Abend, bis ich schlafen ging. Ich erinnerte mich, daß die wenigen Meter, die ich gerade gegangen war, damals meine einzigen Spaziergänge darstellten. Wie angewurzelt stand ich manchmal stundenlang da, um die Landschaft zu betrachten, mit einer unmerklichen Bewegung des Blicks, wie in einem Film von Straub und Huillet. Ich schauderte bei der Erinnerung an diese Zeit. Dann dachte ich, daß die Gegenwart ihr in nichts nachstand.

Marc rief mich. Ich ging zu ihm auf die Terrasse.

»Also, das sieht gar nicht so schlecht aus!« meinte er mit zufriedener Miene.

»O ja, das läuft alles bestens!« bekräftigte ich mit einem Nicken und klammerte mich an die Armlehnen eines Gartensessels, um mich zu setzen, ohne hinzufallen.

»Hör zu, ich bestreite ja nicht, daß wir ein Problem haben. Aber eine bessere Möglichkeit, es zu lösen, können wir uns doch gar nicht wünschen. Meinst du nicht?«

Ich schob das Glas weg, das er gerade vor mich auf den Tisch gestellt hatte, und beugte mich zu ihm hinüber.

»Marc, bitte sag mir, daß wir einen Mann entführt haben, der in diesem Augenblick gefesselt und geknebelt in einem Zimmer direkt hinter mir ist. Bitte sag mir, daß wir das getan haben und daß die Sache gar nicht so schlecht aussieht, sag mir das, verdammt!«

Er schlug die Beine übereinander und rieb sich sanft die Hände, ohne mich aus den Augen zu lassen.

»Na gut, ich werde es dir sagen… aber vielleicht auf eine andere Art. Wir haben gerade einen Dreckskerl daran gehindert, Schaden anzurichten. Und wir haben ihm nichts getan, er liegt in diesem Moment auf meinem Bett und schläft. Wir sind ihm nur in den Arm gefallen, bevor er uns schlagen konnte, dich genauso wie mich oder irgendeine Familie in der Gegend. Nun sind wir also hier, um zu entscheiden, wie diese Geschichte weitergeht, und ich sehe nicht ein, warum wir das tragisch nehmen sollten. War es das, was du von mir hören wolltest?«

Marc war schlank und verfügte über eine natürliche Eleganz. Zwei Dinge, die ich bewunderte, da ich eine massigere Figur hatte und unbeholfener war, die mir jedoch schnell auf die Nerven gingen, wenn es zwischen uns schwierig wurde. Ich besaß ein Foto, auf dem wir beide helle Leinenanzüge trugen. Zum Glück waren wir gleich groß, doch Marc hatte auf diesem Bild die zerknitterte Lässigkeit eines Orientexpress-Passagiers, während ich aussah, als hätte man mich in einem Waschbottich bearbeitet. Seit dem Tag war mir aufgefallen, daß er sich diese Vorteile zunutze machte, um die Oberhand zu gewinnen, wenn eines unserer Gespräche sich zuspitzte. Deshalb packte ich ihn gerne am Kragen und zerknitterte das Ding zwischen meinen Fingern. Und genau das tat ich also, nachdem er aufgehört hatte, sich über mich lustig zu machen.

»Wir stecken bis zum Hals drin, und das weißt du genau!« zischte ich ihm ins Gesicht. »Und wir werden hundertfach dafür bezahlen!«

»Aber die schönste Frau der Welt kann auch nur geben, was sie hat, scheint mir«, brummte er mit einem finsteren Lächeln.

Ich ließ das Revers seiner Jacke los, und sie war sofort wieder in Form. Es mußte ein knitterfreier Stoff sein, und eine Sekunde lang staunte ich über die Qualität. Genau die Art dummer Reflex, die er mir eingeimpft hatte! Doch das war mein Fehler. An dem Tag, als ich mich darauf eingelassen hatte, bei der Auswahl meiner Anzüge auf ihn angewiesen zu sein, hatte ich eine Blenderwelt betreten, die ich nicht so leicht wieder verlassen konnte, um mich wie früher, als ich jung war, in Billigläden einzukleiden. Marc nutzte diesen lächerlichen Augenblick der Verwirrung, um die Spannung zu lösen, die so plötzlich entstanden war.

»Patrick, hör mir zu. Wir werden mit ihm reden. Wir binden ihn los, bevor er wieder richtig zu sich kommt. Er wird nicht mal wissen, was mit ihm passiert ist. Und wenn er uns verspricht, Vernunft anzunehmen, können wir diese Geschichte bald vergessen. Bist du einverstanden?«

Ich hätte ihn fast gefragt, ob ich eine andere Wahl hatte. Ließen mir meine Gefühle für ihn die kleinste Freiheit? Keinen Moment hatte ich geglaubt, es allein bewältigen zu können, weder dieses Abenteuer noch das Leben im allgemeinen. Wir hatten zu viele Dinge gemeinsam. Ein Wirrwarr verzwickter Bindungen fesselte uns aneinander. Und sie hatten sich über eine so lange Zeit entwickelt, daß sich niemand mehr darin zurechtfinden konnte. Das war hoffnungslos.

Ich fand nicht die Kraft, mich ihm zu widersetzen. Andererseits erschien mir seine Strategie auch nicht allzu gewagt, und ich hatte mir noch keine andere ausgedacht. Ich warf einen Blick auf die Landschaft, die uns umgab, und empfand dabei das gleiche wie früher: dieser Ort war zu sehr von der Welt abgeschieden, zu großartig und zu erhaben, als daß man die Chance hätte, hier das kleinste Problem zu lösen. Alles erschien einem so fern, so winzig, so unbedeutend. Man konnte wie ein Packesel beladen hier heraufkommen, mit Schwierigkeiten, daß man nicht mehr ein noch aus wußte, und sobald man auf die Esplanade hinaustrat, sobald man den Fuß in das weiche Grün setzte und die Augen zusammenkniff, wußte man nicht einmal, wo man war, und noch weniger, vor welchen Bagatellen man eigentlich floh. Wäre man bereit gewesen, seine Probleme schon unten anzugehen, dann wären sie vor einem zu Staub zerfallen. Ein Ort, der allzu fern von der Welt war, zu rein, zu ruhig. Mit einer resignierenden Geste wandte ich meinen Blick wieder Marc zu. Das Licht war noch so angenehm, die Luft einfach unglaublich mild. Ich streckte die Hand nach meinem Glas aus.

Während Marc die Vorräte in den Schränken sichtete, ging ich nachsehen, was unser Gefangener machte. Er schlief noch immer – ich vergewisserte mich, daß er richtig atmete – und hatte sich keinen Millimeter bewegt. Seine Verletzung am Hinterkopf kam mir nicht so schlimm vor. Sie hatte aufgehört zu bluten, und seine Haare, nebenbei gesagt voller Schuppen, waren mit Blut verkrustet. Wenn man ihn etwas näher betrachtete, war der Typ nicht sehr sauber. Ich fragte mich, wie Laurence, die auf mich immer einen klinisch sauberen Eindruck machte, es schaffte, mit bösen Überraschungen dieser Art fertigzuwerden. Ich wußte nicht einmal, wieviel Marc ihr gab, um mit einem solchen Typ zu schlafen. Diese Frau hatte entweder etwas Perverses oder aber großartigen Mut. Der Typ roch auch nicht gut, säuerlich und widersinnigerweise irgendwie nach Reinigung. Es tat mir leid, daß ich nicht das kleinste bißchen Sympathie für den Kerl empfand, selbst wenn er in der nächsten Sekunde die Augen geöffnet hätte, um mir zu erklären, daß er mich liebte.

Dennoch erinnerte ich Marc in einem Anflug von Menschlichkeit daran, daß wir zum Essen zu dritt seien.

»Ja, das sehen wir dann.«

»Nein, nicht ›das sehen wir dann‹. Und das Blut, das er verloren hat?«

»Echt nicht der Rede wert. Das ist ein Kratzer.«

»Tut mir leid, aber das ist kein Kratzer.«

Er dachte einen Augenblick nach. Dann machte er ein Gesicht, als hätte er eine Erleuchtung.

»Na gut. Wir geben ihm was zu essen.«

»Wunderbar.«

Er ging um den Tisch herum, packte mich an der Schulter und zog mich mit sich zur Tür, die wir offengelassen hatten, um zu lüften und das Zimmer ein bißchen aufzuwärmen, bis die Heizkörper warm genug waren.

»Weißt du, was ich meine?« eiferte er sich, als wir zum Holzhaufen gingen. »Wenn man sich selber nicht mehr helfen kann, muß man versuchen, den anderen zu helfen. Jedenfalls sehe ich keine andere Lösung, und das war eine Chance, die man blitzschnell ergreifen mußte. Vergessen wir für einen Moment die heikle Seite der Angelegenheit, die ist nun mal so wie sie ist, darauf müssen wir nicht zurückkommen. Denk nur an all die Menschen, ganze Familien, die diesem Kerl ausgeliefert sind. Du weißt gut, daß ich nichts davon habe. Doch die Camex muß nur ein halbes Jahr schließen, und es geht der ganzen Stadt an die Gurgel!«

Wir blieben stehen, um ein paar Scheite aufzusammeln. Ich mochte seine Erklärungen nicht besonders, und ebensowenig seine Art dabei. Er schien mir auch ein bißchen zu aufgedreht, zu ungeduldig, diese neue Richtung einzuschlagen, um auf diesem Umweg glücklich zu werden. Nicht er, nicht in dieser Verfassung. Und ich mochte es auch nicht, daß er mir sagte, er könne sich selber nicht mehr helfen. Das war nicht der richtige Augenblick. Ich fand, die Situation war schon unsicher genug. Ich wäre glücklich gewesen, wenn wir sie nicht durch unsere geistige Verfassung noch verwirrender machen würden, falls das möglich war. Doch vielleicht war es besser, daß wir nicht darüber sprachen. Jedenfalls ließ ich ihm, um das unbehagliche Gefühl loszuwerden, das mich gepackt hatte, ein Holzscheit auf den Fuß fallen.

Das erlaubte uns, Luft zu holen, ihm und mir. Sein Schrei schreckte eine Krähe aus den Zweigen auf, und der schwarze Vogel erhob sich zu meiner großen Erleichterung in die Lüfte. Ich schüttelte mich sogar und freute mich schon im voraus auf das Feuer, denn es würde nicht mehr lange dauern, bis es kühl wurde.

Als ich in die Flammen sah, mußte ich an Eileen Mac Keogh denken. Wir hatten um das Haus herum ein paar Steinpilze gefunden. Marc hatte die Ärmel aufgekrempelt, sich eine Schürze umgebunden und uns das einfachste und zugleich eines der besten Gerichte auf der Welt versprochen. Ich dachte an Eileen, während er mich mit Kochrezepten und dem schrecklichen Drama, daß wir keine Eier hatten, unterhielt. Ich schob mit der Fußspitze Scheite ins Feuer, damit es Funken gab, und während ich das tat, bekam ich Lust, sie zu sehen. Ich stellte sie mir auf einem Felsen vor, während die ganze Stadt in einer Kloake versank. Das war eine so alberne Vision, daß ich lächelte und dabei das Feuer schürte. Doch ich hätte gerne noch andere Visionen dieser Art gehabt, noch lächerlichere. Und ich bedauerte es auch, nicht allein zu sein, denn ich hatte plötzlich Lust, ihr zu schreiben. Meiner Ansicht nach wußte unser Inspektor nicht, in welche Hände er gefallen war.

Ich stattete ihm einen Besuch ab, ohne mich darum zu kümmern, was Marc für ein Gesicht zog.

Als ich zurück war, fragte ich ihn, was für ein Schlafmittel er ihm denn gegeben habe, und in welchen Mengen. Er setzte eine unschuldige Miene auf, große Augen, vorgeschobene Unterlippe wie der Rand einer Rührschüssel, und meinte, soweit er wisse, habe er ihm nichts Besonderes verabreicht.

»Er schläft aber schon lange«, sagte ich, während ich mich mit der Hüfte an den Kamin schob.

Ich machte Platz, damit er die Pfanne aufs Feuer stellen konnte. Als er sich vor die Flammen hockte und der Feuerschein auf seine Haare fiel, konnte ich seinen wohlgeformten Kopf bewundern, der schon ganz schön kahl war. Nicht erst seit heute waren seine Locken dünn geworden, doch das hinderte die Frauen nicht daran, ihn unwiderstehlich zu finden. Eine furchtbare Ungerechtigkeit gegenüber denen, die es geschafft hatten, ihre Haarpracht zu erhalten. Es ging soweit, daß ich mir eines Tages den Schädel rasiert hatte, um auszuprobieren, wie ich dann aussah, doch Marion hatte es nicht gefallen. Ich hörte auf, seinen Kopf anzustarren, und spitzte statt dessen die Ohren. Marc hatte auch etwas gehört. Ich trat ans Fenster.

»Tja, das war vorauszusehen!« meinte ich.

Marc sprang zur Zimmertür und schloß sie ab. Ich streckte den Arm aus, hielt den Daumen hoch: auf das Gelingen seines unfehlbaren Plans. Daß er darauf mit einer ohnmächtigen Geste reagierte, änderte meine Meinung nicht.

Jackie kam als erste herein.

»Stören wir euch?«

Sie stellte den Korb mit Proviant auf den Tisch, bevor sie uns ansah. Marc wandte sich seinen Pilzen zu.

»Wir hatten was zu besprechen«, behauptete ich und deutete mit einer sanften Kopfbewegung auf Marc, der uns seinen gekrümmten Rücken zugedreht hatte. »Aber nicht vor Eileen, und wir wollten euch den Ausflug nicht verderben.«

»Ihr habt überhaupt nichts verdorben«, seufzte sie und zog ihre Jacke aus. »Aber ich habe schon gedacht, daß der Korb hier übrigbleibt.«

Sie fing gleich an, ihn auszupacken, die in Alufolie eingewickelten Päckchen auf den Tisch zu legen, und nebenbei zu sagen, was es war. Nur mit Gewalt hätte man sie daran hindern können. Denn seit ihre Kinder groß waren und sich von ihr abgenabelt hatten, verteilte sie den Rest ihrer mütterlichen Gefühle auf Marc und mich. Manchmal hatten wir Lust, in ihren Armen einzuschlafen, manchmal, sie in eine Schlucht zu stürzen, je nachdem.

Ich überließ es Marc, mit ihr zurechtzukommen, und ging hinaus. Thomas war dabei, Eileen MacKeogh die Gegend zu erklären, hatte einen Arm zum Horizont ausgestreckt und ließ seinen mit Fliegen, Blinkern und Ködern dekorierten Hut daran entlangwandern. Ich hatte das Vergnügen, die untergehende Sonne vor mir zu haben, als ich auf sie zuging, und dieses Vergnügen wurde noch dadurch gesteigert, daß Eileen MacKeogh sich in meine Richtung wandte und ihr Haar durch die einfache Bewegung aufleuchtete. Ich mußte mich zurückhalten, es nicht zu berühren. Zu Thomas sagte ich, die Dinge hätten sich mehr oder weniger geregelt, und zu ihr, unsere Angelegenheiten müßten ihr doch ziemlich verworren vorkommen. Sie antwortete: »Nein, überhaupt nicht, aber ich möchte mich vor allen Dingen nicht aufdrängen.«

»Da können Sie ganz beruhigt sein«, lächelte ich.

Marc hatte die Idee, sie mit der Begründung, was er in seiner Pfanne habe, sei jetzt wirklich lächerlich, Pilze suchen zu schicken. Jackie wollte mich mitnehmen, doch er seufzte: »Ich bitte dich, laß ihn mir noch eine Sekunde da!«

Sobald sie abgezogen waren, warf er seine Schürze auf den Boden.

»Sie sollen sich zum Teufel scheren!« brummte er. »Das hat uns gerade noch gefehlt!«

Ich ging zur Tür, um mich zu vergewissern, daß Jackie

nichts vergessen hatte. Sie hatte uns »ihr macht mir Sorgen, alle beide« zugeflüstert, was eine Rückkehr zu ungelegener Zeit befürchten ließ. Ich beobachtete, wie sie im Wald verschwanden.

»Wir müssen uns etwas einfallen lassen, damit sie abhauen!« meinte Marc. »Egal was!«

»Sie werden etwas merken«, antwortete ich über die Schulter. »Wenn du meine Meinung hören willst: wir sollten gar nicht erst versuchen, Widerstand zu leisten. Lassen wir uns von der Strömung tragen. Das ist im Augenblick das Beste, was wir tun können.«

»Verdammt noch mal! Wir wären prima damit fertiggeworden, wir beide, wir hätten keinen gebraucht! Warum mußten die kommen, diese drei da? Konnten sie uns nicht in Ruhe lassen?«

Ich dachte einen Augenblick darüber nach, was er gesagt hatte. Doch ich weigerte mich, es tragisch zu nehmen. Vor allem, weil es Dringenderes gab, als die wirkliche Bedeutung seiner Worte zu analysieren. Wenn es überhaupt eine gab. Wir gingen nachsehen, wie es um unseren Gefangenen stand. Marc schüttelte ihn ein bißchen, um zu testen, wie fest er schlief. Diesmal war ich es, der riet, ihm noch einige Schlaftabletten zu verabreichen, und ich nutzte die Gelegenheit, um mich zu vergewissern, daß die Fesseln hielten und Marc ihm den Knebel wieder richtig in den Mund steckte. So schnell wie möglich verließen wir das Zimmer wieder.

Wir probierten die Pilze.

»Weißt du, was ich glaube?« sagte Marc mit der Pfanne in der Hand und zeigte mit dem Kopf auf das Zimmer. »Ich glaube, man würde, wenn man bis zum Ursprung zurückginge, wenn man die Ursache der meisten Streitigkeiten, bei denen die Leute sich gegenseitig umgebracht haben, erforschen würde, auf so einen Kerl stoßen, der sein Wort nicht gehalten und sich unanständig benommen hat. Am Anfang jedes Konflikts ist etwas Simpleres, als man denkt: ganz schlicht ein gemeiner Dreckskerl, ein Gauner, der einen Tropfen von seinem Gift verspritzt, und dann steht das Meer in Flammen.«

Ich hatte meinen köstlichen Pilz gegessen und nickte anerkennend mit dem Kopf.

»Was genau willst du damit sagen? Schlägst du vor, daß wir ihn uns vom Hals schaffen?«

»Nein, nicht ernsthaft ... ich fasse es nur nicht, wie er uns reinlegen wollte. Offen gesagt wüßte ich gerne, was im Kopf eines Kerls vorgeht, der ganz kalt beschließt, sich wie ein Schwein zu verhalten, egal, wie die Folgen aussehen. Weißt du noch, was meine Mutter über die Heerscharen des Teufels sagte?«

»...und sie erhoben sich und erkannten sich im schwarzen Himmel, der sich über ihnen bildete, in den Feuern, die auf ihrem Weg erglühten, in den entsetzten Schreien der Menschen, die sich ihnen zu Füßen warfen.«

»Ja, das ist es ungefähr.«

»Nein, das ist es *genau*. Wir haben es zur Genüge gehört. Meinst du, daß er uns Schwefel ins Gesicht spuckt?«

Wir sahen sie, am Waldrand, wie sie sich im Gras bückten, in einem Licht, das nach dem Verschwinden der Sonne milder geworden war. Wir beobachteten sie schweigend, während es im Kamin knisterte.

»Wo immer wir gewesen wären, sie hätte uns gefunden«, schloß ich. »Zuerst hat sie sich zusammengerissen und dann die beiden dazu gebracht, sich schnell wieder anzuziehen. Ich habe schon gedacht, sie würde uns ihren Korb in den Hals stopfen.«

»Und wenn wir ihr einen Tip geben, daß Thomas um dieses Mädchen herumschleicht? Das wäre ein gutes Mittel, den Abend abzukürzen, was meinst du?«

»Nein, da ist doch nichts dran. Hast du ihn dir angesehen? Daran glaubt er nicht mal selbst. Nein, sie ist schon ein seltsames Mädchen.«

»Ist das was Neues, dieser Appetit auf Dicke? Oder hat er sich nie in die Karten sehen lassen?«

»Sie ist nicht dick. Das kann man nicht sagen.«

Als sie wieder auf das Haus zukamen, verglich er ihre Figur mit der von Jackie.

»Ich weiß nicht«, antwortete ich ihm. »Ich bin nicht recht überzeugt.«

»Ich hoffe, du machst Witze.«

Ich lächelte ihm zu.

Die Ernte war gut gewesen. Jackie meinte, alles in allem verspreche dieser Abend sehr viel besser zu werden, als sie gedacht habe, das Essen werde alle Picknicks in den Schatten stellen, die man hätte organisieren können. Marc machte wieder ein finsteres Gesicht.

»Was hat er denn?« wollte sie von mir wissen und verfolgte mich mit einem Glas nach draußen.

»Nichts Spezielles. Jedenfalls nichts, was du nicht schon wüßtest.«

»Weißt du, ich bin gekommen, weil ich dachte, es ist richtig. Ich weiß auch, daß es dich mitnimmt. Er muß dich zu Atem kommen lassen, du bist auch nicht sehr gut in Form. Ich bin mir nicht sicher, ob ihr euch gegenseitig wirklich helft. Ihr seht eher aus wie zwei halbe Leichen im gleichen Boot.«

»Hör mal, wollen wir das nicht überprüfen? Gehst du mit mir hinters Haus?«

»Jetzt nicht, später können wir mal sehen.«

Ich pfiff zwischen den Zähnen durch.

»He! Solltest du Lust am Risiko bekommen haben?«

Sie überging meine Frage mit einem Griff in ihr Haar. Doch als ich sie mir etwas genauer ansah, entdeckte ich, daß meine Unlust von neulich ihr noch durch den Kopf ging. Und vielleicht auf beunruhigende Art in ihr arbeitete.

»Ich meine es ernst«, fing sie wieder an. »Es ist jedenfalls schrecklich, daß man immer so empfangen wird, wenn man versucht, euch zu helfen!«

Ich nutzte diesen Augenblick, da wir allein waren, um sie an meine Schulter zu ziehen. Ich spürte, daß sie nervöser war als gewöhnlich und sich seltsam anders an mich preßte als bei unseren Umarmungen am hellen Tag. Ich fand es unpassend, sie zu fragen, ob bei ihr alles in Ordnung sei, und hatte sie schon wieder losgelassen, als Thomas kam, um mir zu sagen, daß Eileen MacKeogh im Alter von dreizehn Jahren mit Fliegen gefischt habe. Er starrte mich an, als hätte er einen Schlag auf den Kopf bekommen.

»Na und...?« fragte ich schließlich.

»Wie: na und?!« lachte er laut auf. »Kennst du viele solcher Mädchen? Also für mich ist sie die erste, die ich treffe! Und sie versteht sich darauf, das kannst du mir glauben.

Versuch dir eine dreizehnjährige Göre bei diesem Sport vorzustellen. Ist's dir jetzt klarer?«

Während er sprach, bemerkte ich, daß sie auf die Terrasse kam. Jackie ging ihr entgegen. Thomas schüttelte den Kopf und besah sich den Himmel.

»Ach! Ich hätte sie gerne mitgenommen, um ein bißchen Spaß zu haben, aber das lohnt sich jetzt wirklich nicht mehr, es wird langsam dunkel.«

Er kniff die Augen zusammen, das Kinn in die Luft gereckt, als versuche er, das Rauschen des Flusses weiter unten wahrzunehmen.

Wir gingen auf die beiden Frauen zu und setzten uns neben sie, an den Rand der Terrasse. Auf der Bergseite fiel der Nebel, breitete sich aus und ließ das Tal blau erscheinen. Die schwarzen Tannen versanken darin oder ragten wie starre Bohrer heraus. Der Himmel war blaßlila, fast wolkenlos. Einen Augenblick lang betrachtete jeder von uns die Umgebung, die Arme um die Knie geschlungen, mit träumerischer Miene, in vollkommenem Gleichklang. Dann sagte Jackie zu ihrer Nachbarin, daß die Abendstimmung an diesem Ort sie immer bedrücke und sie sich niemals daran gewöhnen könne. Um einen Scherz zu machen, meinte Thomas, sie empfinde das gleiche bei einem Stau in der Innenstadt.

»Spar dir deine dummen Bemerkungen«, entgegnete sie augenblicklich. »Das findet keiner komisch.«

Meistens verstand Thomas schnell, wann er sich besser zurückzog. Er kannte Jackies Launen ziemlich gut und hatte mich oft mit seinem chirurgischen Geschick in Erstaunen versetzt, eine Bombe zu entschärfen, die vielen

Männern ins Gesicht geflogen wäre. Doch aus welchem Grund auch immer und als müßte er die Ehre des Angelns mit der Spinnrute verteidigen: er ließ nicht locker.

»Aber die Wahrheit ist es trotzdem, das mußt du zugeben«, beharrte er. »Hör mal, erst letzte Woche, als die Kinder da waren...«

»Also, es reicht, *kannst du jetzt bitte den Mund halten*?!«

Sie sprang mit einem Satz auf, um sie herum sprühte es Funken, und dann verschwand sie im Haus. Mit einem spöttischen Lachen senkte Thomas den Kopf. Nach einer Minute verkündete er, die Welt sei nicht untergegangen und man dürfe ruhig ein Glas trinken. Wir sollten einfach hier sitzen bleiben, meinte er, er werde gleich wiederkommen. »Es sei denn, daß meine liebe Frau die Scheidung verlangt«, witzelte er, zu Eileen MacKeogh gewandt, von der ich mich gerade durch eine große Leere getrennt fühlte.

Es wurde immer dunkler, und mehr und mehr saßen wir im Schein der Lichter vom Haus. Damit sie nicht etwa meinte, ich hätte sie vergessen, fragte ich schließlich, ob ihr nicht kalt sei. Ihr war überhaupt nicht kalt. Ich hatte keine große Lust zu reden, in Anbetracht des Abgesandten des Teufels, der im Zimmer nebenan vermoderte und einen guten Teil meiner Gedanken besetzte, doch ich wollte nicht, daß sie mich ihrer Gesellschaft beraubte. Mir war nicht klar, warum diese Frau eine beruhigende Wirkung auf mich ausübte, wie ich es jetzt wieder erlebte und bewußter wahrnahm. Ich glaubte nicht, daß ein paar unglückliche überflüssige Pfund der dumme Grund für dieses mehr oder weniger vage Gefühl von Trost waren, das ich empfand, wenn ich mit ihr zusammen war oder auch nur an sie dachte. Ich glaubte gar nichts. Ich untersuchte das unerklärliche Phänomen, ohne mir mehr Fragen zu stellen als ein Hund vor einem Knochen. Und da ich nicht wollte, daß sie wegging, und da die Temperatur mir nicht zu Hilfe kam, mußte ich die Unterhaltung wohl auf die eine oder andere Art wieder in Gang bringen.

»Wissen Sie... Ja also, normalerweise ist die Atmosphäre sehr viel angenehmer. Unsere Ausflüge sind nicht immer Rodeos, und die meisten Abende verlaufen in allgemein guter Stimmung. Glauben Sie mir, das ist die Wahrheit.«

Sie lächelte, lehnte den Oberkörper zurück und stützte sich mit gestreckten Armen ab.

»Und dann«, fuhr ich fort, »haben wir uns gedacht, wir bieten Ihnen nicht das Beste auf einen Schlag. Wir wollen noch etwas für die nächsten Gelegenheiten aufsparen.«

Es gelang mir nicht, witzig zu sein, und ich wußte es. Ihre Miene hatte sich nicht verändert, doch ich war sicher, daß sie mir nicht mehr zuhörte, daß ein Nachtfalter oder eine zu Boden fallende Piniennadel sie zweimal mehr interessiert hätten.

»Sie haben den falschen Zeitpunkt erwischt«, fuhr ich leiser fort. »Es tut mir leid für Sie.«

»Machen Sie sich meinetwegen keine Sorgen. Solche Dinge passieren eben.«

»Alle finden Sie großartig, wissen Sie. Lassen Sie ihnen Zeit, es zu zeigen.«

Mir fiel gerade auf, daß ich zuviel redete, als Thomas mit den Gläsern kam und sich wieder zwischen uns setzte. Ich konnte also nicht sehen, ob meine Worte irgendeine Wirkung auf Eileen MacKeogh gehabt hatten – aber wollte ich das überhaupt wissen?

Ich ging zu den beiden anderen, um mich um die Pilze zu kümmern. Jackie vertraute Marc, dessen Aufmerksamkeit zwischendurch wegsackte, gerade an, daß Thomas sie immer häufiger wütend mache und daß sie fürchte, sie beiden rutschten mehr und mehr ab. Als sie mich bemerkte, wollte sie wissen, ob er diesem Mädchen noch immer den smarten Typ vorspiele.

»Mein Gott«, seufzte sie. »Mach, daß sie ihn uns einen Moment vom Hals hält!«

Marcs Blick traf sich mit meinem, als ich mich an den Tisch setzte, wo sie die Pilze putzten. Jackie stand kurz auf, um einen Lappen zu holen. »Wird schon werden«, flüsterte ich Marc zu, der sich zusammenriß, das Kinn in die Hand gestützt hatte und mit den Fingern sanft gegen die Oberlippe trommelte. Jackie kam zurück, um uns ein bißchen was über den langsamen und unaufhaltsamen Verfall ihrer Beziehung zu erzählen, wobei Thomas nicht gerade gut abschnitt.

Dann kamen Thomas und Eileen wieder herein. Für das Essen war es eigentlich noch etwas früh, doch Marc erklärte, es sei Zeit, den Tisch zu decken. Ich ging nach draußen, um Holz zu holen. Ich hoffte, Marc würde die Gelegenheit nutzen, sich mit mir auf eine Strategie zu einigen, wie wir die anderen wieder loswurden, sobald das Essen vorbei war. Doch es war Thomas, der neben mir auftauchte. Er steckte sich eine Zigarette an, und aus dem Dunkeln leuchtete ein Gesicht auf, das durch so etwas wie ekstatisches Glück zu strahlen schien.

»Lieber Himmel! Wo hast du die bloß aufgetrieben?!« murmelte er und blies den Rauch in den fast schwarzen Himmel. »Endlich eine Frau, die zuhören kann und selbst interessante Dinge zu erzählen hat! Ich dachte, so was gibt es gar nicht mehr, ehrlich. Und wenn du mal richtig überlegst, braucht es ja eigentlich nicht viel. Ah! Ich frage mich, wie lange ich mit keiner Frau mehr gesprochen habe. Zehn Jahre! Zwanzig Jahre? Ich weiß es nicht mal mehr. Das sind Sachen, die man mit der Zeit vergißt und dann denkt, man kann darauf verzichten. Weißt du, es wundert mich nicht, daß sie gerne angelt, das habe ich sofort gespürt. Ah, aber wirklich, das tut gut, das kannst du mir glauben.«

Als ich das Gefühl hatte, daß er fertig war, machte ich mich daran, ein paar Holzscheite aufzusammeln.

»Liebe Scheiße!« stieß er hervor. »Ist das alles, was du dazu zu sagen hast?!«

Ich warf ihm einen Blick zu, ohne meine Arbeit zu unterbrechen.

»Also gut! Patrick, was ist denn los?«

Ich ließ ihn vor dem Holzhaufen stehen. Er holte mich nach wenigen Metern ein und begleitete mich, mit offenem Mund, doch ohne etwas zu sagen.

»Ich kenne euch, Jackie und dich, schon ziemlich lange«, sagte ich, ohne stehenzubleiben und mir die Mühe zu machen, ihn anzusehen. »Also will ich deine Geschichten nicht hören. Mach, was du willst, aber erzähl es mir nicht.«

»Aber was tue ich denn?! Was stellst du dir denn vor?!«

Ich blieb einen Moment stehen.

»Gut! Wunderbar! Ich muß etwas wissen... Sieh mich an und antworte mir: *bist du zu allem bereit*?«

»Zu allem was?«

Die Liste war so lang, daß ich nicht den Mut hatte, damit anzufangen.

»Hör zu«, seufzte ich. »Willst du einen Rat? Sieh dir gut an, welches Blatt du auf der Hand hast, bevor du ausspielst. Und wenn du meinst, etwas zu verlieren zu haben, dann mach vorher keine wilden Handzeichen.«

»Warte einen Moment... Sehen wir uns ein anderes Blatt an. Bei dem man mit kleinem Einsatz viel gewinnt.«

Er kniff die Augen zusammen, um pfiffig auszusehen. Ich konnte nicht anders, als ihn anzulächeln.

»Du hast die Mentalität eines Gelegenheitsspielers«, sagte ich zu ihm, bevor ich mich wieder auf den Weg machte.

Ich bekam ein paar Tropfen auf den Kopf, gerade in dem Augenblick, als ich wieder hineinging. Das kam so unerwartet, daß ich zwei oder drei Schritte zurück machte, um mir den Himmel anzusehen. Doch es war derart finster, daß ich nicht erkennen konnte, ob es Wolken gab.

Ich sagte zu Marc, daß es zu regnen anfing und das Verdeck seines Cabrios noch offen war. Jackie und er glaubten mir nicht gleich, denn einen Augenblick vorher war es noch klar gewesen. Dann rief Thomas von der Terrasse, wir sollten kommen und ihm helfen, die Kissen von den Sitzen zu nehmen. Marc und Jackie gingen nach draußen.

Ich legte das Holz in die Nähe des Kamins. Eileen sah sich die Bücher auf den Regalen an. Ich sagte ihr, daß sich der Himmel in den Bergen schnell verändern könne.

III

Patrick Sheahan gibt sein Hemd her

Jetzt waren es dicke Tropfen, die auf die Terrasse klatsch-
ten. Eileen sagte zu mir, der Regen mache ihr nichts aus,
sie könne sich mit jedem Wetter anfreunden. Sonne oder
Regen, Sommer oder Winter. Sie hatte ein Buch in der
Hand, das sie mir empfahl, bevor sie es ins Regal zurück-
stellte, doch ich hatte es schon gelesen. Dann blickte sie
hoch zum Dach, weil das Prasseln des Regens heftiger
wurde.

»Das hört nicht so bald auf, wissen Sie.«

»Aber nein, das dauert nicht lange«, behauptete ich.

Ich sah sie an und erinnerte mich an die Wassermassen,
die über die Stadt hereingebrochen waren, als sie zum ersten Mal an meine Tür geklopft hatte. Fast hätte ich mich
darüber lustig gemacht und zu ihr gesagt, daß sie wirklich
alles gehabt habe, wenn zur üblen Laune der Gäste noch
das schlechte Wetter komme. »Vielleicht werden Sie ja verfolgt«, setzte ich an. Das geräuschvolle Eintreten der drei
anderen hinderte mich daran weiterzusprechen.

Sie stapelten die Kissen aufeinander, standen vor der Tür
und schüttelten sich. Ich reagierte ziemlich schnell. Jedenfalls eher als Marc, der nicht von der Stelle kam.

»He, bleibt, wo ihr seid!« rief ich ihnen zu. »Es gibt unten keine Handtücher mehr, ich bringe euch welche!«

Ich stieg hinauf in den ersten Stock und holte einen Stapel Handtücher aus dem oberen Badezimmer. Schon aus halber Höhe warf ich sie ihnen zu, damit es schneller ging. Als ich unten ankam, hörte Marc auf, sich den Kopf zu frottieren, und warf mir einen dümmlichen Blick zu. Doch ich hatte keine Zeit, mich über meine Geistesgegenwart zu freuen, denn Thomas ging mit großen Schritten auf das Zimmer zu. Ich konnte nichts tun, ihn daran zu hindern. Nicht einmal ein Wort herausbringen, bevor er den Türgriff hin und her drehte und prompt nervös wurde. In dieser Situation griff Marc ein: »Vielen Dank, Thomas«, sagte er mit einer gewissen Ruhe zu ihm. »Aber wenn wir sie demolieren wollten, hätten wir das schon getan.«

»Ist der Schlüssel nicht da?«

»Wie du siehst, ist der Schlüssel nicht da«, entgegnete Marc lächelnd. »Doch vielleicht könnten wir uns mit diesem Problem etwas später beschäftigen. Falls du ihn nicht jetzt gleich suchen willst. Er wird sich sicher irgendwo finden.«

Dann ließ er ihn stehen und folgte Jackie zum Kamin. Thomas war auf der Suche nach einem Fön. Ich schickte ihn nach oben.

»Also wirklich«, sagte Jackie. »Ich weiß nicht, was er heute abend hat.«

Marc hob die Augen zum Himmel, dann ging er zur Eingangstür, um einen prüfenden Blick ins Dunkel zu werfen, wo es heftig prasselte. Er kam mit besorgter Miene zurück. Ich wollte mich zu Jackie und Eileen setzen, um ein Glas zu trinken, doch er erklärte, daß wir beide uns um die Pilze kümmern würden, weil das unsere Sache sei.

Kaum daß wir uns über die Feuerstelle gebeugt hatten, den Rücken den beiden Frauen zugewandt, die sich schon darauf freuten, unsere Küche zu kosten, knurrte Marc zwischen den Zähnen: »Wir verlieren die Kontrolle über die Situation! Wo soll das enden?«

Ich wich mit einer Grimasse vor den Flammen zurück. »Es ist noch Zeit«, flüsterte ich ihm ins Ohr. »Wir werden schon sehen.«

Ich kam nur mit Schwierigkeiten wieder hoch, wegen meines Knies. Ich überlegte, ob vielleicht die Feuchtigkeit etwas damit zu tun hatte. Eileen sah mich genau in diesem Augenblick an, und das war meine Chance. Hinkend steuerte ich auf die Sessel zu.

»Oh, Patrick ... wieder das schlimme Knie?« erriet Jackie.

Ich beugte mich unbeholfen zu dem niedrigen Tisch hinunter, um an mein Glas zu kommen. Thomas kam bester Laune und mit einer tadellos geföteten Frisur zurück. Jackie drehte sich in unsere Richtung, um ihm den Rücken zuzukehren.

»Aber beklag dich bloß nicht«, sagte sie zu mir. »Ich kann mich ja nicht selbst an deiner Stelle behandeln.« Sie wandte sich Eileen zu. »Ich habe ihm ein paar Massagesitzungen angeboten und warte immer noch auf ihn. Ich habe ein seltenes Öl, das nur in Japan hergestellt wird, in der Gegend von Setouchi, an der Japanischen Inlandsee...«

»...und das man mit Opium aufwiegt!« witzelte Thomas. »Unsere ganzen Ersparnisse gehen dabei drauf. Die anderen leitenden Angestellten der Camex haben Aktien an der Börse, und wir, wir sammeln die seltensten Arzneien, die auf diesem Planeten zu finden sind. Aber ehrlich, Patrick, es wäre schön, wenn du es versuchen würdest!«

»Keiner fragt dich, was du für deine Ausrüstung ausgibst«, erwiderte Jackie und sah uns an, Eileen und mich.

»Ah, ich geb's ja zu, das ist eben meine Leidenschaft! Aber das können nur wenige verstehen, nicht wahr, mein Liebling.«

Sie wandte sich augenblicklich zu ihm um: »Sag mal, Thomas, *willst du mich…?!*«

Er beugte sich vor, um sich ein paar Erdnüsse zu angeln, sah sie in seiner Hand prüfend an, bevor er sie sich in den Mund schob.

»Aber natürlich nicht!« behauptete er. »Ich finde nur, du bist etwas nervös.«

»Und du bist es, der mich nervt!«

»Vielleicht bin ich es, der dich nervt, aber bis wir deine letzten Bestellungen in diesem Monat und deine beiden Kurse in Bio-weiß-nicht-mehr-was und psychotherapeutischer Körperarbeit bezahlt hatten, fandest du mich nicht so unausstehlich, scheint mir.«

»Ah, haben wir es endlich! Natürlich, für dich ist alles eine Frage des Geldes. Dein einziger Ehrgeiz ist, ein paar kleine Ersparnisse auf der Bank zu haben, darüber hinaus geht es nicht, du hast nicht mal den Ehrgeiz, reich zu werden, das wäre ja wenigstens noch lustig. Nein, du hast den Horizont eines mittleren Angestellten, du wärst schon mit der Aussicht auf eine Schuhschachtel voller Geldscheine zufrieden, um dich dieser Bande von Schwachköpfen ebenbürtig zu fühlen. Doch du bist ihnen sehr ähnlich, da kannst

du ganz beruhigt sein. Armer Kerl, du bist sterbenslang-
weilig!«

Er verschlang noch eine Handvoll Erdnüsse und grinste
spöttisch. Jackie und er gerieten ungefähr fünf- oder sechs-
mal im Jahr auf diese Art aneinander, mit Vorliebe – und
ohne daß man recht begriff, warum – wenn Fremde dabei
waren. Sie schreckten nicht davor zurück, ein Fest oder ein
Essen mit ihren Streitereien zu verderben, wenn sie nicht
gar so weit gingen, die anderen in Diskussionen hineinzuziehen, deren Bitterkeit noch das geringste Übel war. Marc
und ich waren kein Publikum, das sie inspirierte, und sie
hätten uns die Szene erspart, wäre Eileen nicht dagewesen.
Wenn das Wetter es erlaubt hätte, wäre ich mit ihr hinaus-
gegangen, und die Vorführung der beiden wäre in sich
zusammengefallen wie ein Soufflé, das man aus dem Ofen
reißt. Doch hinter den Fenstern war der Regen wie eine
Mauer aus Wasser, so dick und tief, als wäre ein Fluß bis
übers Dach gestiegen.

»Also, zeig ihr dein Knie. Das wird sie ein wenig beruhigen«, riet mir Marc und stand auf.

Ich antwortete nicht, um das Ganze nicht noch schlimmer zu machen. Außerdem legte Jackie ihre Hand auf
meine, was bedeutete, ich sollte ihren komischen Ehemann
ignorieren. Ich zog meine Hand weg, aus Angst, Eileen
könnte es mißverstehen.

»Nun ja, Kinder«, seufzte Jackie, »wenn wir geahnt hätten, daß es ein solches Unwetter gibt! Soll ich Ihnen einen
Rat geben, Eileen? Heiraten Sie nicht. Denn die Erwartung
der Männer an uns ist, daß sie ruhig zu ihren kleinen Ma-
rotten zurückkehren können – mit dem Gefühl, ihre Auf-

gabe erfüllt zu haben. Im Moment hört man überall, sie seien schwach und zerbrechlich oder auf der Suche nach ihrer Identität.« Sie lachte. »Was für ein dummer Gedanke. Sie sind vielleicht ein bißchen zerbrechlich, von außen und aus ein paar Zentimetern Entfernung gesehen, doch darunter sind sie schwarz, hart wie Stein und mit sich selbst beschäftigt, wie verbitterte alte Weiber, taub für alles, was sie nicht betrifft. Abgesehen von einer Handvoll blöder und unfähiger Daumenlutscher und Zeitungsfuzzis haben die Männer doch nichts am Hut mit ihrer sogenannten Identität, ob sie nun ins Wanken geraten ist oder nicht. Sie lenken uns damit ab und lassen es sich weiter gutgehen, nicht wahr, meine Lieben? Oh, natürlich, von Zeit zu Zeit kochen sie. Und es duftet langsam gut, das muß man schon zugeben.«

Auch Jackie stand jetzt auf und ging zu Marc und Thomas, die am Kamin beschäftigt waren. Ich starrte Eileen eine Sekunde lang an und sagte zu ihr, ich könne es nicht glauben, daß wir uns durch eine falsche Zahl in der Zeitung kennengelernt hätten.

»Vermutlich geschieht so etwas jeden Tag«, antwortete sie mit einem Lächeln.

Ich schüttelte den Kopf, denn davon war ich nicht überzeugt.

»Nein, das ist ganz und gar seltsam. Sie sind in einem ganz bestimmten Augenblick aufgetaucht. Jedenfalls, was mich betrifft, auf mein Leben bezogen. Ich muß Ihnen das irgendwann einmal erklären.«

»Das ist das zweite Mal, daß Sie Ihre Erklärungen auf später verschieben.«

Sie hatte recht. Ich verhielt mich, als wäre ich davon überzeugt, daß es noch irgendein Anderswo gäbe. Nun, das war die Frage, die ich mir seit langem durch den Kopf gehen ließ.

»Das kommt, weil ich im Grunde nicht sicher bin, ob Erklärungen nützlich sind«, sagte ich ausweichend. »Doch ich werde darauf zurückkommen. Ein andermal. Und in einem günstigeren Augenblick, wenn Sie dann immer noch Lust darauf haben.«

Als Thomas mir seine Hand auf die Schulter legte, hatte ich das Gefühl, als reiße er mich mitten aus einer Umarmung, als breche ein Koitus ab, der schon in vollem Gange war. Es durchfuhr mich wie ein Blitz.

»Hüten Sie sich vor diesem Tier!« sagte er zu Eileen. »Er zeigt Ihnen sonst noch seine Narben, damit Sie Mitleid mit seinem Schicksal haben!«

Das Glas zitterte mir noch in den Fingern, als er mir mit seiner anderen Hand auf die zweite Schulter schlug. Er machte Faxen über mir.

»Glauben Sie mir, Eileen. Und was das Fischen angeht, ist der Kerl hier eher einer von denen, die einem Steinchen ins Wasser werfen!«

Die Pilze waren fertig. Wir gingen zu Tisch. Jackie hatte die Sandwiches und Kuchenstücke aus der Alufolie gewickelt und sie auf Platten hübsch arrangiert. Es gab auch Radieschen, harte Eier und Käse, um unsere Mahlzeit abwechslungsreicher zu gestalten. Ein Tischtuch, Teller mit mexikanischen Motiven und bunte, mattierte Gläser verliehen ihr Farbe. Marion und ich hatten sie aus Italien mitgebracht, und sie hatte mich gezwungen, sie im Flugzeug auf meinen Knien zu halten. Darüber war es zu unserem ersten Streit gekommen. Diese Gläser stellten für mich den ersten Knacks in unserer Überlebensverbindung dar.

Als Thomas eine Flasche entkorkte, zeigte er sich besorgt darüber, wie es wohl um unsere Reserven stand. Marc versicherte ihm, für diese Mahlzeit reiche es problemlos und er habe alles, was man brauche, in der Vorratskammer.

»Also, ich meine ...«, fuhr Thomas fort, »wenn wir die ganze Nacht hier festsitzen ...«

Marc wurde blaß. Er warf ihm einen böse blitzenden Blick zu, den Thomas, ganz damit beschäftigt, die Flasche zu öffnen, nicht bemerkte. Ich dachte, er würde explodieren, vom Tisch aufstehen und seinen Stuhl umwerfen, doch er hatte sich schnell wieder unter Kontrolle, und als Jackie Eileen eine Platte reichte, war niemandem etwas aufgefallen.

»Keine Sorge«, brachte er schließlich heraus. »Ihr werdet nicht hier festsitzen. Es regnet sicher nicht stundenlang, Gott sei Dank.«

»Bah, Patrick meint, man muß auf alles gefaßt sein.«

»Ja, das ist ein wertvoller Rat. Aber heute abend wirst du nicht herausfinden, ob er auch richtig ist.«

»... was nicht heißt, daß du ihn vergessen darfst«, fuhr Jackie fort. »Man weiß nie.«

»Oh! Oh!« erwiderte Thomas und goß Wein in unsere Gläser. »Sollte ich da etwa mit der Nase auf etwas gestoßen werden?«

»Keine Ahnung. Das mußt du wissen. Schließlich ist es ja deine Nase.«

»Ausgezeichnet, dieser Zwiebelkuchen!« warf ich ein.

»Vielen Dank, Patrick. Das ist nett von dir.«

»Ah, der da!« seufzte Thomas. »Der weiß, wie man mit Frauen umgeht!«

Die Pilze stopften uns das Maul. Sie waren köstlich. Hier waren einmal alle einer Meinung. In dieser aufgekratzten Stimmung ließ Eileen sich überreden, uns ein irisches Essen zu kochen, an einem Abend in der nächsten Woche. Marc wußte, wo man eine bestimmte Biersorte bekam, über die sie sich kurz unterhielten, während ich in aller Ruhe ihr Profil bewunderte. Thomas und Marc boten ihr an, sie in die Stadt zu begleiten, um ihr zu zeigen, wo sie die speziellen Zutaten bekommen würde.

Wir begaben uns mit unseren Tellern und Gläsern zu dem niedrigen Tisch und den Sesseln, um den Kuchen mit Hagebuttenkonfitüre zu essen. Bei diesem kurzen Umzug setzten Thomas und ich einen Fuß nach draußen, unter das schmale Vordach. Der Regen kam mit einer derartigen Wucht herunter, daß uns die Tropfen ins Gesicht spritzten. »O je!« sagte Thomas und zog den Kopf ein. Jenseits der Terrasse erkannte man mit Mühe die überflutete Esplanade, die ein erschreckendes Bild bot und in der Dunkelheit ungeheuer abstoßend schimmerte.

Marc kochte Kaffee. Ich ging zu ihm, um ihm klarzumachen, daß wir unser Pech mit Geduld ertragen müßten. Er schnitt eine Grimasse und sah es ein, meinte aber, daß er entschlossen sei, sie rauszusetzen, »selbst wenn die Bäume quer über dem Weg liegen sollten«, weil ein Moment kommen würde, wo wir nicht mehr ausweichen könnten. Mir war nicht recht klar, woran wir diesen besonderen Augenblick erkennen würden, doch ich stimmte ihm zu.

Thomas kam mit einer neuen Flasche in der Hand zurück und verkündete, daß Wasser in die Vorratskammer einsickere. Wir sahen gleich nach, konnten aber nur feststellen, daß es leider stimmte, ohne daß viel dagegen zu machen war. Das Terrain ging hinter dem Haus steil hoch, und man konnte sich sehr gut vorstellen, was sich dort abspielte. Mit der Hand an der Mauer war sogar zu spüren, daß ein Schwall von Wasser dagegenschlug und man später für einen Abfluß würde sorgen müssen. Wie dem auch sei, wir warfen einen Haufen Tücher und irgendwelche Lappen dem nicht weiter beachtenswerten Anstieg des Wassers zum Fraß vor und ließen das Ganze mit einem Fingerdruck auf den Schalter im Dunkel versinken.

Hatten wir damit etwas Falsches getan? Jedenfalls fiel in der nächsten Minute der Strom aus. Doch das passierte in den Bergen ziemlich häufig, wenn das Wetter verrückt spielte, so daß dieses Zusammentreffen Anlaß für Witzeleien war. Um so mehr, als wir tonnenweise Kerzen in Reserve hatten, ohne die Fackeln zu zählen, die Taschenlampen und Batterien, die Gaslampen mit Kartuschen, die Feuerzeuge und Streichhölzer. Was das anging, hätten wir einer Belagerung standhalten können. Wir machten deshalb überall Kerzen an, ohne auf die Verschwendung zu achten, und Jackie fragte sich, warum wir nicht früher darauf gekommen seien. Dann zog sie ihre Schuhe aus und nahm auf der Couch eine Pose ein, die sie vorteilhaft aussehen ließ. Sie forderte Eileen auf, an ihrer Seite Platz zu nehmen, in einer Absicht, die mir offensichtlich schien.

»Erzählen Sie uns doch ein wenig über sich!« fing Jackie an, bevor sie die Kaffeetasse an ihre Lippen führte. »Mein Gott, Sie sind so geheimnisvoll.«

Eileen lachte herzlich: »Gerne, aber ich glaube nicht, daß Sie das interessiert. Ich habe nichts Geheimnisvolles, wissen Sie, ich bin der durchsichtigste Mensch, den man sich vorstellen kann.«

»Aber, aber!« fuhr Jackie fort und kniff die Augen zusammen. »Nicht so bescheiden, sonst denken wir schließlich noch, Sie haben etwas zu verbergen, seien Sie gewarnt.«

Lächelnd beugte Eileen sich nach vorn, um sich noch ein Stück Zucker zu nehmen.

»Meinen Sie, daß jeder etwas zu verbergen hat?« antwortete sie in einem unschuldigen Ton.

Jetzt lachte Jackie. Sie hielt ihre Tasse Marc hin, der mit einer vollen Kaffeekanne kam, während Thomas die Flaschen mit Alkohol auf den Tisch stellte.

»Hat hier jemand etwas zu verbergen?« fragte sie mit einem strahlenden Gesicht, dem man ansah, daß sie wirklich Spaß hatte, in die Runde.

Bewußt sparte ihr Blick mich aus, glitt über Thomas hinweg und blieb an Marc hängen, der das Pech hatte, der letzte in der Runde zu sein, und sie schließlich anschaute.

»Na ja, wenn das der Fall ist«, sagte er zu ihr, »dann können wir gleich bei dir anfangen.«

Das gefiel ihr nicht.

»Das ist gemein, was du da sagst, weißt du.«

»Aber nein, das ist nicht gemein«, seufzte Marc. »Was wolltest du denn?!«

»Überhaupt nichts! Also entschuldige, wenn du dich angesprochen gefühlt hast.«

»Bei dir weiß man einfach nie.«

Sie zündete sich eine Zigarette an und stieß den Rauch mit ganzer Kraft aus. Das war kein sehr gutes Zeichen.

»Du kennst mich jedenfalls schlecht«, zischte sie mit finsterem Blick durch die Zähne.

Er schüttelte den Kopf: »Lieber Himmel, Jackie! Du weißt sehr gut, was ich sagen wollte.«

So sah sie nicht aus. Nach vorn gebeugt, mühte sie sich, ihre Zigarette auszudrücken. Funken flogen in alle Richtungen.

»Ich bitte dich! Du mußt es mir nicht genauer erklären!«

Er setzte sich auf eine Sessellehne, schloß einen Moment die Augen und hielt dabei die Nasenwurzel zwischen Daumen und Zeigefinger. Man spürte deutlich, wie er sich zusammennahm.

»Hör zu, Jackie«, setzte er an, die Stirn gerunzelt. »Wenn ich nicht mit euch zu den Quellen wollte, wie du bemerkt hast, dann weil ich mich nicht so gut fühlte. Ich habe nicht gerade wenig Sorgen im Augenblick, und ich hoffe, du kannst darauf Rücksicht nehmen. Also wäre es mir lieb, du würdest mir keine Szene wegen eines Satzes machen, der mir so herausgerutscht ist und für den ich dich um Entschuldigung bitte. Und vor allem, vor allem weißt du doch ganz genau, daß weder du noch ich ein Sterbenswörtchen davon glauben, verdammt noch mal!!«

Thomas beugte sich zu Eileen vor, eine Hand an den Mund gelegt, als wollte er ihr etwas Vertrauliches mitteilen: »Man sollte es nicht glauben, aber ihr Mann, das bin ich«, sagte er.

Jackie bedachte ihn mit einem frostigen Blick, bevor sie sich wieder Marc zuwandte.

»Nun gut, ich habe auch meine Sorgen, stell dir vor. Du bist nicht der einzige, dem auffällt, daß im Leben nicht alles so rosig ist, wie man es sich gewünscht hatte. Aber es wird nicht dadurch besser, daß du mich dafür verantwortlich machst. Du kennst meine Gefühle für Gladys und weißt, wie weh es mir tut, sie in diesem Zustand zu sehen. Und für deine Probleme mit der Fabrik kann ich auch nichts.«

»*Probleme* nennst du das?!« sagte Marc spöttisch. »Eine kleine Unannehmlichkeit, allenfalls. Aber verflucht noch mal! Weißt du, daß uns die Umweltbehörde im Nacken sitzt und daß sie uns diesmal mit Sicherheit das Fell abziehen wollen?!«

»Das war zu erwarten«, unterbrach ihn Thomas. »Bei Umweltverschmutzung verstehen sie immer weniger Spaß.«

Marc schüttelte den Kopf.

»Und all der Dreck, der in den Köpfen der Leute abgeladen wird, den ganzen Tag lang?! Hat man vielleicht eine Stelle eingerichtet, die sich damit mal etwas näher befaßt?! Einiges, was man zu hören bekommt, ist giftiger als alles Gift aus den Fabriken im ganzen Land!«

»Das ist keine Entschuldigung«, erklärte Eileen.

Sie hatte nicht lauter gesprochen, doch ihr Ton war so sicher, daß wir alle erstaunt waren.

»Nein, das ist keine Entschuldigung«, seufzte Marc. »Aber um Ihnen die Situation kurz klarzumachen: Die halbe Stadt wäre arbeitslos, wenn die Camex je ihre Tore schließen müßte. Und man treibt nicht den Teufel mit dem Beelzebub aus. Es gibt keine schnelle und schmerzlose Lösung für diese Art von Problem. Ich glaube, daß wir in der Klemme sitzen, und zwar weltweit gesehen. Wissen Sie, es gibt verzweifelte Menschen, die dafür kämpfen müssen, daß sie weiterhin einen Lohn bekommen, der gerade mal reicht, Frau und Kinder zu ernähren. Und nun kann es sein, daß diese Menschen in Fabriken arbeiten, die Kanonen und Raketen bauen, oder was Sie sich sonst noch Schreckliches vorstellen können. Meinen Sie, es genügt, die Unternehmer ins Gefängnis zu stecken? Oder daß diese Industrie durch Fabriken für Holzspielzeug ersetzt wird und es Arbeit für alle gibt? Ich weiß nicht, was zu tun ist. Vielleicht sind wir zu weit gegangen, und jetzt ist es zu spät, den Rückzug anzutreten, das kann sehr gut sein. Aber mal ehrlich, glauben Sie, daß man Tschernobyl aus reiner Dummheit wieder in Betrieb genommen hat?«

Genau in diesem Augenblick war von draußen ein lautes Knarren zu hören, sofort darauf ein schrilles Quietschen. Aufgeschreckt gingen wir nachsehen, was los war, und beobachteten, unsere Gläser noch immer in der Hand, wie die Dachrinne an der Nordseite herunterkrachte. Einen Augenblick standen wir alle entlang der Fassade aufgereiht. »Dieses ganze Wasser, langsam wird es beunruhigend«, fand Jackie, obwohl ihr Gesicht vermuten ließ, daß sie an etwas anderes dachte. Thomas schätzte, daß die Sainte-Bob sicher um einen Meter gestiegen war. Marc antwortete, das sei gut, ein schönes Hochwasser würde alles reinigen. Was Eileen anging, so versuchte sie, uns von der Hauswand wegzuziehen. Mit drei Schritten war sie in den Regen gerannt und schien einen solchen Spaß daran zu haben, daß sie ihn mit uns teilen wollte. Doch wir anderen trauten uns nicht.

Jackie breitete Eileens Sachen vor dem Kamin aus, während sie sich im oberen Stockwerk trocknete. Thomas goß uns weiter nach, und Marc warf ängstliche Blicke zu der Tür des Zimmers, in dem der Inspektor eingesperrt war. Man könnte sagen, daß wir durch die Abwesenheit Eileens verstummt waren und in unseren jeweiligen Sackgassen festsaßen. Jedem von uns war klar, daß man uns vier zusammenstecken konnte, ohne daß deshalb viel passierte. An dem Punkt waren wir schon so lange, daß man nicht recht wußte, wann sich dieser Schatten über uns gelegt hatte. Wir waren angeschlagen. Es fehlte uns an nichts, doch es mangelte uns an allem. Ich dachte seit Vivianes Tod immer wieder daran, seit dieses Gefühl der Einsamkeit wirklich Tatsache geworden war. Ich hatte mir bewußt gemacht, daß mein Leben irgendwo zum Stillstand gekommen war – wo, das wußte ich nicht – und daß ich bis dahin einfach so weitergelebt hatte. Leider hatte mir diese Einsicht nicht den notwendigen Schlag mit der Peitsche versetzt, und ich hätte mich nicht gewundert, wenn mir die anderen bei einem Gespräch darüber mit einem Seufzen geantwortet hätten, daß wir alle am gleichen Punkt seien. Vielleicht war es dieses Bewußtsein, was man am besten miteinander teilen konnte.

Thomas holte mich aus meinen Gedanken, als er sich vor den Kamin hockte. Die beiden anderen und ich hatten sich wieder in die Sessel gesetzt, und da er sich unbeobachtet glaubte, steckte er seine Nase in die noch nasse Wolle von Eileens Strickjacke. Er bedauerte es mit Sicherheit, daß sie Jackie nicht ihr Höschen und ihren BH anvertraut hatte, doch auf seinem Gesicht lag trotzdem ein zufriedenes Lächeln, das im Feuerschein aufleuchtete. Beschäftigt, wie er war, klangen ihm wohl nicht die Ohren, trotz allem, was Jackie zu Marc sagte, immer darauf bedacht, die Stimme nicht zu heben. Sie war wieder bei ihrem Thema und vertraute ihm an, wie sehr er und ich für sie zählten und daß unsere Beziehung das wertvollste sei, was sie habe. Ich wußte nicht, ob sie damit stillschweigend *nach* Thomas meinte, doch für mich, der ich mich für solche Dinge seit einiger Zeit leidenschaftlich interessierte, wurde klar, daß auch sie begann, von ihrem Weg abzuweichen und einen Pfad einzuschlagen, der dann immer enger werden und zu nichts führen würde, nachdem sie sich eine Weile im Kreis bewegt hätte. Gab es eine Möglichkeit, dem zu entkommen? War das ein lächerlicher, ein dummer Kampf gegen ein Leben, von dem man schon einen guten Teil hinter sich hatte? Riskierte man unnötigerweise, daß alles durchbrach, wenn man das Unvermeidbare zurückdrängen wollte? Und machte man damit zu allem Überfluß nicht alles noch komplizierter?

Als ich sie ansah, kam mir der Gedanke, daß sie vielleicht zusammen schliefen. Im Grund war das nicht unmöglich, obwohl keiner von beiden mir gegenüber je irgend etwas angedeutet hatte. Ich lächelte in mich hinein und spürte Sympathie für Thomas, der immer noch in den Kleidern unserer Irin herumschnüffelte, ganz glücklich, daß seine Frau in irgendein von der Vorsehung gesandtes Gespräch versunken war. Ich fand, wir waren perfekt.

Ich streckte mein Bein mit dem schmerzenden Knie aus und legte es auf den niedrigen Tisch. Dann wartete ich, daß Eileen erschien und beobachtete sie still, als sie aus dem ersten Stock herunterkam. Obwohl ihr auffiel, was ich tat, sah ich ihr nicht in die Augen, sondern betrachtete sie mit dem größten Interesse von oben bis unten. Sie hatte einen Pullover übergezogen, den Marc ihr geliehen hatte, dazu eine alte Jagdhose, in der sie nicht gerade vorteilhaft aussah. Litt sie nun unter diesem lächerlichen Aufzug? Keine Sekunde! Ich rieb mir eifrig die Hände und beugte mich vor, um mein Glas zu nehmen.

Es war noch nicht spät, kaum zehn Uhr abends. Marc erklärte, er fühle sich müde. Thomas behauptete, er könne einen Kaffee machen, der einen Toten zum Leben erwecken würde. Marc lehnte ab und gähnte so übertrieben, daß ein Schmierenkomödiant es sofort in sein Repertoire übernommen hätte. Was mich anging, so waren meine Besorgnis und meine Grimassen auch nicht mehr sehr echt. Ich hatte nicht die leiseste Idee, wie wir aus dieser Geschichte herauskommen sollten, und so, wie sich die Situation entwickelte, ging es eher in die Richtung, daß wir festsaßen. Aber ich empfand nicht mehr diese absolute Dringlichkeit. Es gelang mir, Marc zuzuflüstern, daß wir den Gedanken, die anderen bei diesem Wetter vor die Tür zu setzen, fallenlassen müßten. Er knurrte mir ins Ohr, das würden wir noch sehen.

In der Zwischenzeit suchte er in seiner Jacke nach Zigarren. Er fand sie nicht gleich, mußte all seine Taschen durchkramen, dann noch seinen Regenmantel, und war ganz offensichtlich schlecht gelaunt. Jackie sagte, er mache sich zu viele Sorgen, und sie denke an eine Mixtur aus Ginseng, Bai-Zhu- und Chuan-Xiong-Wurzeln, außerdem Baumpilze, das Ganze angereichert mit Gelée Royale und Vitamin E. Eileen tendierte eher zu einer Karotten-Orangen-Cremesuppe, die ihre Mutter immer für sie kochte, wenn sie müde war; er müsse aber gut drei Liter am Tag davon zu sich nehmen. Thomas interessierte sich gleich für dieses seltsame Gebräu und setzte sich neben Eileen, um ganz genau zu erfahren, wie die Suppe zubereitet wurde. Ich dachte daran, daß ich ihn noch fragen mußte, ob er diesen speziellen Duft bemerkt habe, den sie ausströmte, wenn man ihr so nah war.

»Wissen Sie, Eileen«, erklärte Jackie, »Sie dürfen keine Hemmungen haben, ihn abblitzen zu lassen. Nach ein paar Gläsern wird er sehr schnell zudringlich.«

Er streckte sich, legte beide Arme auf die Rückenlehne und ließ den Kopf nach hinten sinken, um zur Decke zu lächeln.

»Ah, Jackie! Du bist wirklich schrecklich zu mir!« murmelte er. »Wenn du wüßtest, wie unverschämt ich es von dir finde, eine solche Bemerkung zu machen!«

Er fuhr fort, mit seliger Miene die Decke zu inspizieren, als wäre dort oben ein komischer Film zu sehen. Jackie tat so, als sei ihr der Zwischenfall gleichgültig. Sie zögerte wohl, sich auf ein Terrain locken zu lassen, das sie selbst überall unterhöhlt hatte.

»Es tut mir leid, daß du mich für blind oder bescheuert hältst«, fügte er hinzu. »Es ist immer falsch, die anderen zu unterschätzen, doch bei dir kommt es durch ein so unterentwickeltes Urteilsvermögen, daß man dir fast verzeihen möchte.«

»O bitte, Thomas!« sagte sie mit vor Ärger bebender Stimme. »Erspar uns die Nummer vom unverstandenen Mann voller Geheimnisse, hab Erbarmen! Es tut mir leid für dich, daß du nicht der Mittelpunkt der Welt bist, aber damit mußt du dich abfinden. Sieh dich doch mal an, im Ernst!«

Ich sah ihn auch gerade an. Und ich sah einen Wassertropfen auf seiner Stirn platzen, dann noch einen, bevor er von der Couch aufsprang.

Wir mußten das Möbel wegrücken und eine Schüssel unter der undichten Stelle plazieren, die sich in der Ecke einer Luke auf halber Höhe des Dachs zeigte. Dort hatten wir an so manchen Sommerabenden vom Zwischenstock aus ein starkes Teleskop aufgebaut, um die Sterne zu bewundern und uns gleichzeitig vor der abendlichen Kühle zu schützen. Thomas sagte, das sei ein Mangel dieser Sorte Dachfenster und daß nur ein Klempner das Problem lösen könne, genauso wie bei der Dachrinne. »Ich sehe durchaus, daß diese alten Häuser ihren Charme haben«, fügte er hinzu. »Aber es genügt nicht, die elektrischen Leitungen zu erneuern, die Wände weiß zu streichen, eine Küche oder ein ultramodernes Bad einzubauen, man muß sich auch vergewissern, daß das Ganze gut zusammenhält und die Fundamente solide sind. Sonst kann es böse Überraschungen geben.«

Unter dem Eindruck dieser Worte gingen wir nachsehen, was sich in der Vorratskammer tat. Auch dort wurde die Sache nicht von allein besser. »Meiner Ansicht nach ist es über die ganze Länge so«, vermutete Thomas, den nichts mehr zu verwundern schien. Tatsächlich entdeckten wir auch im Arbeitszimmer eine Lache. Hier drang das Wasser unten an der Wand ein, und der Teppich in der Mitte war schon durchnäßt. »Das gleiche gilt für das Zimmer«, sagte Thomas, wobei er das Gesicht verzog und müde mit den Schultern zuckte. »Nur daß wir den Schlüssel nicht haben.«

Marc folgte ihm, den Blick auf das Ende seiner Zigarre gerichtet.

»Ich merke, daß das Verschwinden dieses Schlüssels dich unruhig macht«, meinte er in einem amüsierten Ton. »Wenn es dich derart beschäftigt, dann kannst du dir meinetwegen ein paar Werkzeuge suchen, um das Schloß auseinanderzunehmen. Aber nicht die Tür einschlagen. Ich möchte, daß dieses Haus keinen weiteren Schaden nimmt, wenn du weißt, was ich meine. Gladys würde es mir nicht verzeihen.«

Als ich sah, daß Thomas sich nicht entscheiden konnte, sagte ich zu ihm: »Du solltest es ruhig versuchen. Möchtest du, daß ich dir einen Schraubenzieher hole? Du würdest nur ein oder zwei Minuten brauchen.«

Marc und Thomas lächelten beide. Wir setzten uns wieder hin, doch ich ließ nicht locker: »Na los, Thomas, sei ein bißchen neugierig. Ich garantiere dir, du wirst es nicht bereuen!«

Marc warf mir einen Blick zu, der mich warnen sollte, es noch weiter zu treiben. Was Thomas anging, so versank er in seinem Sessel und schüttelte den Kopf, um zu zeigen, daß er verzichtete und daß das Geheimnis dieses Zimmers ihn nicht mehr interessierte.

»Na gut!« fing ich wieder an. »Wenn du die Tür nicht öffnen willst, dann müßt ihr jetzt das Feld räumen, denn Marc und ich können nicht mehr länger warten.«

Marc verschränkte die Arme auf der Brust und starrte mich aus zusammengekniffenen Augen an. Die beiden Frauen schenkten mir ihre Aufmerksamkeit, während Thomas versuchte, mich mit einer Handbewegung zu verscheuchen, mich und meine Geschichte. Ich hielt seine Hand in der Luft fest.

»Entweder du gehst jetzt, Thomas, oder du erlebst eine unangenehme Überraschung.«

»Ich hoffe, du weißt, was du tust«, warnte mich Marc, bevor er sich seine Zigarre wieder zwischen die Lippen schob.

»Gib mir den Schlüssel«, antwortete ich ihm.

Er zog ihn aus der Tasche, hielt ihn mir hin und stieß dabei eine so penetrante Rauchwolke aus, daß die Flammen aller Kerzen auf dem Tisch flackerten.

»Jetzt hört mir mal gut zu«, verkündete ich. »Ich will euch erklären, was hier vor sich geht.«

Mir blieben dafür keine dreißig Sekunden. Dann wollte Thomas, daß ich ihm den Schlüssel gab, um den beiden Frauen zu beweisen, daß ich mir nur irgendwas ausdachte. Sehr schnell kam er aus dem Zimmer zurück. Die Stirn in Sorgenfalten gelegt, blieb er vor Jackie stehen und sagte zu ihr: »Komm. Wir gehen.«

Während er seine Jacke anzog und sie wortlos zuknöpfte, den Blick starr auf den Boden gerichtet, gingen Eileen und Jackie sich unseren Gefangenen ansehen.

»Ihr seid verrückt geworden!« stöhnte Thomas und drückte sich seinen Hut in die Stirn.

»Wohin gehst du?« fragte ihn Jackie. »Hast du es so eilig, dich draußen ins Unwetter zu stürzen?«

»Der wirkliche Sturm wird in diesem Haus losbrechen!« sagte Thomas grimmig, während die an seinem Hut festgesteckten Anhänger schaurig klimperten.

Er wedelte mit einer Hand in Jackies Richtung: »Kukkuck! Ich bin hier!« rief er. »Du träumst nicht, meine Liebe, wach auf!«

Er dachte wohl, daß Jackie den Ernst der Lage nicht recht

erfaßte. Und tatsächlich wirkten sie und Eileen nach dem Besuch, den sie unserem verschnürten und geknebelten Oberinspektor abgestattet hatten, nicht besonders bestürzt.

»Thomas, das ist wirklich nicht der richtige Augenblick, dich wie ein Idiot zu benehmen«, wies sie ihn zurecht.

»Ich sehe schon, was los ist!« sagte er mit einer Stimme voller Bitterkeit. »Diese beiden da müßten dich doch nur darum bitten, und du würdest für sie eine Bank ausrauben oder mitten auf der Straße einen umlegen! Einfach toll! Ich sehe, du hast nicht lange gebraucht, dich zu entscheiden, auf welche Seite du gehörst, meine Glückwünsche! Das wird die Dinge wenigstens klären!«

Er schlug seinen Kragen hoch und ging zum Ausgang, ohne auf die Beschwichtigungen zu hören, die seine Frau ihm nachschickte. Als er die Tür hinaus in den Wolkenbruch öffnete, rief Jackie hinter ihm her: »Vergiß nicht, daß du nicht schwimmen kannst, du verdammter Dickkopf!« Doch nach kurzem Zögern schlug er die Tür zu und war verschwunden.

»Klug ist das jedenfalls nicht«, murmelte Jackie. »Er kann überhaupt nichts sehen da draußen.«

Ich dachte auch an die Holzbrücke unten auf der Straße und an die Möglichkeit eines Erdrutsches, der durch das teilweise massive Abholzen auf dieser Seite zu befürchten war.

»Ich werde ihn suchen«, verkündete ich.

Das war nicht der kalte und aggressive Regen, auf den ich mich gefaßt gemacht hatte. Der Regen war derart dicht, daß er insgesamt den Eindruck eines kompakten Wasserschwalls machte und man sich darin, nachdem das erste

Schaudern vorbei war, wie in einer eher angenehmen Masse bewegte. Das Atmen machte mir keine besonderen Probleme, doch ich sah nicht sehr viel. Trotzdem fand ich, dank der röhrenden Anlassergeräusche, die aus der Dunkelheit drangen, schließlich den Platz, wo die Autos parkten.

»Der ist abgesoffen!« schrie ich Thomas durch die Scheibe zu.

Er wollte es noch einmal probieren, aber es kam nichts mehr dabei heraus, und so starrte er mich wütend und ziemlich einfältig an, während die Batterie immer schwächer wurde.

»Schluß! Leer!« gab ich ihm durch beredte Kopfbewegungen und weitere Faustschläge an die Scheibe zu verstehen. »Thomas, komm da raus, verflucht noch mal!«

Gebückt rannten wir zum Haus zurück. Ich konnte nicht feststellen, ob uns das Wasser bis zu den Knöcheln stand, was nach der Lage des Orts eigentlich unmöglich war, doch ich hatte das vage Gefühl von einem Sog in meinen Schuhen.

Kaum waren wir wieder im Haus, riß Thomas sich den Hut vom Kopf und warf ihn zu Boden, trampelte darauf herum, als wäre er eine Giftschlange, die er wütend mit dem Absatz zertreten wollte. Dann brachte ich ihn in das Badezimmer im ersten Stock. Von der Treppe aus schlug ich Marc vor, eine von diesen Flaschen Wein für uns aufzumachen, die wir keinem zeigten und deren Name so etwas wie Legende war.

»Heee! Was denkst du dir denn?!« sagte Marc finster.

»Keine Angst! Ich rühre deinen Wein nicht an!« rief Thomas, über das Geländer gebeugt. »Ich bin nicht dein

Komplize, stell dir vor! Du mußt dich mit meiner Frau begnügen!«

Ich packte ihn am Arm, um ihn weiterzuziehen, bevor Jackie sich in die Unterhaltung einmischte, und schloß sofort die Tür hinter uns. Absolut gleichzeitig entdeckten wir die Unterwäsche Eileens, die auf einem Heizkörper trocknete. Ich schloß daraus, daß er sich ruhig verhalten würde und ich zwei trockene Hosen holen konnte. Das war kein Problem, weil ich normalerweise im Zimmer nebenan wohnte und die wenigen Sachen im Schrank mir gehörten. Ich setzte mich auf die Bettkante, nachdem ich mich von Kopf bis Fuß abgetrocknet und umgezogen hatte, und wartete darauf, daß er mich rief.

Im Kerzenlicht sah ich, daß er noch immer schlechte Laune hatte, ausgeprägte Schatten lagen auf seinem Gesicht. Doch er hatte sich beruhigt, auf die eine oder andere Art, obwohl ich nicht behaupten könnte, daß Eileens Unterwäsche jetzt anders lag. Während er mit mißtrauischer Miene die Hose untersuchte, die ich für ihn mitgebracht hatte, erklärte ich ihm, daß wir ihn auf keinen Fall in unsere Geschichte hineinziehen würden, falls es schlecht ausgehen sollte.

»Du denkst wirklich, das geht glatt über die Bühne?« brummte er. »Glaubst du vielleicht, Entführung und Freiheitsberaubung, das sind Freiluftsportarten?! Daß ihr ein bißchen daneben seid, Marc und du, daran habe ich nie gezweifelt, aber jetzt merke ich, ihr seid reif für die Anstalt, nicht mehr und nicht weniger. Sag mir mal ehrlich, Patrick, ist dir klar, *was* ihr da anstellt?«

Ich sagte ihm, wir hätten uns überlegt, ihn loszubinden,

bevor er wach wurde, und daß es ihm dann freistehe zu gehen, wenn er das wolle.

»Hast du etwa gesehen, daß wir jemanden entführt haben?« fragte ich ihn. »Hast du etwa gesehen, daß wir ihn mit Gewalt zurückhalten?«

»Und wenn er sich weigert, den Mund zu halten, was macht ihr dann? Ihn in Scheiben schneiden?«

Ich bot ihm ein tolles kariertes Baumwollhemd an, weil ich mich daran erinnerte, daß er sich im Frühjahr dafür interessiert hatte, bei einer Kanufahrt der Vereinigung der u.s.e.m. von Hénochville auf einem kleinen Nebenfluß der Sainte-Bob. Ich konnte feststellen, daß es ihm gefiel, um so mehr, als er davon überzeugt war, das Grün bringe seine Augenfarbe besser zur Geltung.

»Vergiß nicht, daß dieser Typ uns viel Ärger bereiten kann«, seufzte ich.

»Das versuche ich dir ja mit allen Mitteln klarzumachen!«

»Nein, ich meine, was die Camex angeht. Wir müssen ein paar ernste Worte mit ihm reden. Ich darf dich nur daran erinnern, daß er das Geld genommen und Laurence vernascht hat, um ihr dann zu sagen, er habe seine Meinung doch geändert. Aber noch einmal: Es kommt nicht in Frage, dich in diese Geschichte mit hineinzuziehen. Du sitzt hier wegen des schlechten Wetters fest, es gibt kein Telefon, keine Möglichkeit, irgend jemanden zu benachrichtigen. Niemand wird dir etwas vorwerfen können.«

Er knöpfte schweigend das Hemd zu. Als er in die Hose schlüpfte, stieß er mit dem Ellbogen an die Heizung, und Eileens Höschen fiel herunter. Es war seine Sache, es aufzuheben, doch dann zögerten wir beide. Wir sahen es an und wechselten ein paar unsichere Blicke, wie zwei Diebe, die einen Geldschein auf dem Boden gefunden haben und damit rechnen, daß derjenige einen bösen Schlag auf den Kopf bekommt, der sich zuerst danach bückt.

»Patrick, du bist mein Freund, das weißt du«, erklärte er, ohne Eileens Höschen aus den Augen zu lassen. »Glaubst du, daß wahre Freundschaft Grenzen haben kann?«

»Das ist eine Frage, die man sich früher oder später immer stellt. Doch wenn es sich um wahre Freundschaft handelt, glaube ich, bedarf es eines gewissen Muts, sich ins Unbekannte zu stürzen. Was ist es wert, diese Grenzen zu überschreiten, wenn es überhaupt welche gibt? Wenn deine Frage lautet: Kann man Freundschaft für einen höheren Zweck opfern? würde ich dir antworten, daß ich mich das auch frage. Wenn es nur darum geht, ob Freundschaft Grenzen hat, würde ich mit nein antworten, meines Wissens nicht. Aus diesem Grunde sage ich dir, daß es Mut braucht, sie aufzugeben.«

Nachdem ich das gesagt hatte, bückte ich mich schnell und bekam das Höschen vor ihm zu fassen.

»Eines mußt du richtig verstehen«, fuhr ich fort, während ich mich damit beschäftigte, das Höschen vorsichtig auf seinen Platz zurückzulegen. »Marc und Gladys, Jackie und du, ihr seid alles, was ich habe. Ich sehe nichts besonders Aufregendes, was ich erwarten oder erhoffen könnte, wenn ich weiter hier lebe. Außer daß ihr hier seid und daß ich sonst nichts habe.« Ich hörte nur ungern auf, Eileens Höschen auf dem Heizkörper richtig zu arrangieren, und trat einen Schritt zurück, um mein Werk zu betrachten. »Ihr seid meine Kraft und meine Schwäche zugleich. Und mit Frauen habe ich keine besonders guten Erfahrungen gemacht.«

Er legte seine Hände auf meine Schultern.

»Patrick!« seufzte er. »Wie kann es sein, daß Marc und du meine Freunde seid und ich bei dieser Geschichte nicht mitmachen will?!«

»Weiß ich nicht.«

»Dieses Mädchen interessiert dich, nicht wahr? Also wie kommt es, daß ich keine Lust habe, sie dir zu überlassen? Hat Freundschaft ihre Grenzen, oder bin ich unfähig zu einer noblen Geste, bin ich einer, von dem man keinerlei Großzügigkeit erwarten kann? Was meinst du?«

»Ich glaube, daß man immer etwas für sich behalten muß, das man mißbilligen kann. Das ist die einzige Möglichkeit, in Kontakt mit der Welt zu bleiben.«

»Das habe ich befürchtet!« murmelte er und nahm mich in die Arme. »Aber kannst du mir vielleicht sagen, wie meine Chancen stehen, noch einmal eine Frau zu treffen, die weiß, wie man eine Fliege festmacht und sich je nach Intensität des Lichts zwischen einer Woodstock und einer Crazy Charley entscheiden kann? Patrick, das kommt vielleicht nie wieder vor!«

»Sicher. Ich kann dir nicht das Gegenteil versprechen.«

Wir lösten uns voneinander, von unserem Schwung fast behindert, weil es hier so wenig Platz gab.

»Ich warte nicht mehr auf Jackie, um zu erfahren, ob ich noch im Rennen bin«, erklärte er vor dem Spiegel, damit beschäftigt, sein Haar füllig zu frisieren. »Wenn ein Kapitän keine Karten mehr hat, muß er auf die Brücke und die Sterne befragen. Was meinst du, ist das vielleicht die letzte Prüfung: ob man einer Frau gefällt? Also ich meine damit, sollte das der alleinige und einzige Beweis sein, daß wir noch am Leben sind und daß es jemanden gibt, der uns zuhört?«

»Ja also, kann sein, auf eine gewisse Art. Das ist mit Sicherheit die einfachste und wirkungsvollste Methode. Vielleicht sind die Frauen dafür da, dafür, daß wir uns nicht den Kopf zerbrechen.«

Es war eine gute Idee gewesen, ihm dieses Hemd zu leihen. Er sah sich noch einmal zufrieden an. Dann wandte er sich zu mir um und fragte mich, ob ich mit Jackie schlief. Ich antwortete, es bringe ihm nichts, für sich selbst nach Entschuldigungen zu suchen.

»Dann muß Marc mit ihr schlafen, anders ist es nicht möglich!«

»Aber nein. Es ist einfach so, daß ihnen nicht die gleichen Dinge angst machen wie uns. Alle Gesetzlosen waren von schönen Frauen umgeben. Sie vertrauen ihrem Instinkt, wenn es eine Gewissensfrage zu regeln gibt. Da kommen wir nicht mit, und das geht uns auf die Nerven, denn ganz sicher ist es das, was wir eigentlich möchten. Weißt du, wenn Jackie an deiner Stelle zur Tür hinaus wäre, hätten wir uns Fragen stellen müssen.«

»Ja, aber ich glaube, sie ist verrückt, manchmal.«

»Mach dir keine Sorgen. Hör zu, ich glaube, ich habe Lust, dir dieses Hemd zu *schenken*. Es steht dir einfach besser als mir!«

»Ja... Und ich mag den Kragen... ganz einfach, nicht zu modisch ... Man kann ihn offenlassen, mit einem T-Shirt drunter.«

»Steck es nicht in den Wäschetrockner und wasch es in

lauwarmem Wasser. Du wirst sehen, nach zwei- oder dreimal Waschen sieht es wirklich gut aus. Sogar Marc hat
schließlich zugegeben, daß solche Hemden ideal fürs Wochenende sind, und du kennst ihn ja.«

»Wirklich... Das sieht man schon daran, wie die Knöpfe
angenäht sind. Diese Sorte Kragen ist stark! Ist dir aufgefallen, wie schwer es geworden ist, einen Kragen zu finden,
der nicht zu lang und nicht zu kurz ist? Genauso wie ein
T-Shirt ohne Schrift drauf, dafür muß man schon früh aufstehen. Ich mußte bis zu den Wäschewochen bei Melloson
warten, da gab es welche bei den Boxer-Shorts, ganz einfach.«

»Ja, und außerdem habe ich das Monogramm auf der
Tasche herausgetrennt. Ich bin gegen Gratiswerbung. Und
hast du gesehen, daß es abgerundete Ecken hat? Also weniger Stoff in der Hose und weniger Geknitter um die Taille
herum.«

»Nein, aber ich gebe ja zu, es ist perfekt. Schade, daß wir
nicht mehr Licht haben.«

»Thomas, es geht alles gut, du wirst schon sehen.«

»Hör zu, was ihr mit diesem Typ da macht, das will ich
nicht wissen. Ich war über nichts informiert und habe nichts
damit zu tun!«

»Darüber sind wir uns einig.«

»Jedenfalls danke ich dir für das Hemd.«

»Gern geschehen.«

Als wir nach unten kamen, zögerte Marc eine Sekunde.
Dann hob er beruhigt Flasche und Gläser in unsere Richtung. Und Thomas saß noch nicht richtig, als Jackie schon
zu ihm sagte, wie gut ihm dieses Hemd stehe. Er antwor-

tete, ein bißchen verkrampft vielleicht, daß man es nicht in den Wäschetrockner stecken dürfe. Marc schenkte ihm zuerst ein, und Eileen reichte ihm sein Glas.

»Trinken wir auf eine Lösegeldforderung, von der ich noch nichts weiß?« fragte er und verzog das Gesicht zu einem Lächeln.

Marc meinte, er sei froh, daß er daran gedacht habe, Heizöl für den Winter zu bestellen. Das sollte, wie er mit einem Blick auf die undichte Stelle am Dachfenster hinzufügte, diesem Haus einen Schein von Komfort bewahren, wenn wir nasse Füße bekämen.

»Bah, es scheint, daß die Kerker feucht sind«, fuhr Thomas fort.

Wir erlebten einen Augenblick reinen Genusses beim ersten Schluck Wein. Jackie behauptete, daß sie seit ihren Flitterwochen so etwas nicht mehr gehabt habe, und Thomas antwortete, wir würden noch mehr Flaschen leeren. Eileen wandte sich ihm zu: »Wissen Sie, Thomas«, sprach sie ihn vertraulich mit sanfter Stimme an, »ich glaube, daß niemand hier Spaß an der Situation hat. Ich spüre die gleichen Vorbehalte wie Sie, doch solange dieser Regen anhält, sehe ich nicht, was wir tun könnten. Wir gewinnen nichts, wenn wir das Warten noch unangenehmer machen.«

Wir fragten uns, ob sie ihn mit einem Zauberstab berührt hatte. Ah! Dieser Ausdruck eines geprügelten Hundes, den er gleich annahm. Ihr hätte er nicht geantwortet, daß das Warten viel trostloser wäre, wenn wir zwanzig Jahre sitzen müßten. Gerade so eben schaffte er es, den Kopf zu bewegen, um ihr zu verstehen zu geben, daß sie recht habe.

Wir ließen ihn bei Eileen und gingen rüber, um den Inspektor loszubinden. Er grunzte, während wir ihn hin und her wälzten, damit er es bequemer hatte. Jackie untersuchte mit Sachverstand seine Verletzung und beruhigte uns, was die mutmaßliche Härte des Schlags anging, den Laurence ihm versetzt hatte, und der nach Marcs Meinung verdient war. Ich riet ihm, solche Überlegungen zu vermeiden, wenn Thomas dabei war. »Bah, übertreib nicht«, sagte Jackie. »Er ist ein guter Schauspieler, weißt du.« Dann fragte sie, welches Schlafmittel wir ihm gegeben hätten, und in welchen Mengen. Nachdem sie Marcs Erklärungen gehört und einen letzten Blick auf den Inspektor geworfen hatte, dessen Kinn sie prüfend in die Hand nahm, verkündete sie, er habe noch genug für eine Stunde, danach könnten wir ihm Kaffee einflößen oder ihn unter die Dusche stellen, und fügte noch hinzu: »Wie eklig! Dieser Typ ist voller Schuppen!« Bevor wir hinausgingen, schoben Marc und ich ihm das Kissen unter den Kopf und legten ihm die Hände auf dem Bauch zusammen. Eins gab das andere, und wir dachten zum ersten Mal daran, ihn zu filzen. Wir fanden das Geld nicht, das er eingesteckt hatte. Marc schwor, er könne es nicht fassen und er habe Laurence immer für absolut vertrauenswürdig gehalten. Die Papiere bestätigten uns nur, daß er Victor Brasset hieß, einundvierzig Jahre alt war und, wenn man einem Bankauszug aus jüngster Zeit glauben sollte, Geldprobleme hatte.

»Ich begreife nicht, warum ein Typ in seinem Alter sich so gehen läßt«, sagte ich zu Marc, während wir uns anschickten, das Zimmer zu verlassen.

»Also mich wundert das nicht, wenn du es wissen willst. Klar ist, daß er meint, er kann sich alles erlauben. Aber echt!

Der Himmel hat uns vor dem Schlimmsten bewahrt: daß die Frauen ihn sympathisch finden. Es hätte gerade noch gefehlt, daß eine von ihnen Mitleid mit ihm hätte. Das wäre die totale Katastrophe geworden, ich mache keine Witze. Denn häßlich ist er ja nicht, aber zum Glück sind Schuppen unverzeihlich, und von den Ohren will ich gar nicht reden. Du kannst sicher sein, daß sie es bemerkt haben. Da kann ich mich in sie hineinversetzen.«

»Ja, das ist ja auch nicht weiter schwierig.«

»Das ist nicht die Frage. Es gibt einfach ein Minimum an Respekt, das man für sich haben muß. Ohne Respekt sich selbst gegenüber kann man keinen für andere empfinden, und so greift alles ineinander.«

Wir überließen diesen traurigen Typ seinem Medikamentenschlaf, warfen seine Fesseln in den Kamin und wechselten dann einen zufriedenen Blick. Thomas hatte Batterien in sein Radio gesteckt und versuchte, etwas über das Wetter zu erfahren, doch es schien Probleme mit dem Empfang zu geben, und der Apparat krächzte und quietschte an seinem Ohr.

»Mir ist da ein Gedanke gekommen«, erklärte Jackie, während sie in einer alten Illustrierten blätterte. »Ihr könnt ja mal überlegen, ob das etwas ist: warum erzählen wir ihm nicht, daß wir kompromittierende Fotos haben? Solche Praktiken sind ja so häufig, daß er sich nicht wundern würde, und Laurence könnte uns gesagt haben, daß sie ausgesprochen gelungen sind.«

»Na ja... Warum nicht?« antwortete Marc ein wenig verlegen, während Thomas hinter seinem Radio spöttisch grinste. »Wir sehen mal, in welchem Zustand er ist, bevor wir so etwas machen. Aber eigentlich würde ich mir wünschen, daß du dich da nicht einmischst. Patrick und ich kümmern uns um die Sache. Ich hoffe, du verstehst das. Wenn jeder sein eigenes Szenario vorschlägt...«

»Oh! Was mich angeht, kannst du ganz beruhigt sein!« versprach Thomas.

Jackie beschränkte sich darauf, die Seiten hastig umzublättern.

»Hört zu. Noch einmal, ich wiederhole es!« seufzte Marc. »Ihr seid hier, obwohl ihr nicht hiersein solltet. Nehmt es mir nicht übel. Unter anderen Umständen hätten wir unser Essen freundlich beendet, und ihr wärt gegangen, ohne von dieser Geschichte etwas zu ahnen. Das schlechte Wetter hat es anders gewollt? Stimmt, wir können nichts dafür, weder ihr noch ich. Aber kommt mir nicht an und sagt, ich hätte euch in irgendwas hineingezogen! Und vor allem: macht mir meine Aufgabe nicht noch schwieriger! Also seid lieb und zwingt mich nicht, unangenehm zu werden!«

»Aber du *bist* unangenehm«, sagte Jackie in einem entschiedenen Ton, ohne sich die Mühe zu machen, zu ihm hochzusehen.

Bei diesen Worten sprang Marc auf. Doch nur, um einem schmalen Rinnsal auszuweichen, das seine Füße schon fast erreicht hatte. Es kam aus der Küche. Gereizt schwor er, dieses Haus bei nächster Gelegenheit abreißen zu lassen, und meinte, es sei wahrscheinlich verhext. »Spar dir die Mühe!« rief er Thomas zu, der einen Besen gepackt hatte. »Ich bin nicht blind. Ich sehe sehr wohl, daß alles schiefgeht, wahrhaftig!«

In der Küche stand das Wasser einen Zentimeter hoch.

Und hinten, wo wir das erste Einsickern bemerkt hatten, noch ein bißchen höher. Marc wollte darin unbedingt die ersten Anzeichen des Schiffbruchs sehen, zu dem unser Unternehmen verdammt sei. Zu viele Dinge deuteten darauf hin, zu viele Klippen waren zu umschiffen. Und tatsächlich wirkte er mit einem Mal so niedergeschlagen, so verzweifelt, daß Thomas ihm die Hand auf die Schulter legte und versuchte, ihn wieder aufzurichten. »Na komm, du hast doch schon ganz andere Sachen durchgemacht!« redete er ihm gut zu. »Was ist denn so katastrophal daran?« Er hatte recht. An sich war der Horizont nicht so düster, und unsere Probleme schienen nicht unlösbar. Doch nichts ist trostloser als eine Überschwemmung, nichts gibt einem ein solches Gefühl der Ohnmacht, und nichts vermag einen schlimmeren Weltschmerz auszulösen. Und wenn man bedachte, in welchem Zustand nervöser Unruhe sich Marc seit einer Weile befand, wurde es vollkommen verständlich, daß dieses nasse Schauspiel, das sich unserem Auge bot, für unseren unglücklichen Freund bedrohlicher wirkte, als es war. Die überraschende und freundschaftliche Zuwendung, die Thomas ihm plötzlich entgegenbrachte, hatte ihren Grund: Marc zeigte sich getroffen wie einer, der sich wieder aufrappeln muß, nachdem er einen Schlag in die Leber bekommen hatte. Eileen und Jackie gingen mit ihm zum Kamin, um ihm Mut zuzusprechen, während Thomas und ich untätig vor der Wasserlache standen und darauf warteten, daß eine glänzende Idee vom Himmel fiel. »Gut, nun ja, wir gehen besser ein Glas trinken«, sagte Thomas schließlich mit einem Schulterzucken.

Das Rinnsal war inzwischen breiter geworden und floß

quer durchs Wohnzimmer, schlängelte sich still und schmutzig durch die unregelmäßigen Fugen des Steinbodens, bevor es unter der Eingangstür verschwand. Marc und die beiden Frauen probierten Gummistiefel an und unterstützten das Ganze mit kurzen, resoluten Stöhnlauten. Von einem nicht zu bremsenden Elan gepackt, ging ich, obwohl sie mich um nichts gebeten hatte, zu Eileen, die mit einigen Schwierigkeiten kämpfte, und bückte mich, um mit beiden Händen den Schaft ihrer Stiefel zu packen. »Los!« sagte ich. »Ich ziehe, und Sie drücken!« Ich spürte ihren Arm, der sich auf meinen Rücken stützte, und wie sie mich mit der Hüfte berührte.

Ich hatte das Gefühl, daß sie einen starken Spann hatte oder daß der Stiefel gut eine Nummer zu klein war. Aber das war nicht alles. Wir lachten aus vollem Herzen. Eileen behauptete, es sei hoffnungslos, während ich das Gegenteil sagte. Sie hatte ihren Arm wieder um meinen Hals gelegt, und ich richtete es so ein, daß sie das Gleichgewicht verlor, damit sie sich noch enger an mich schmiegte und ich mich wieder mit ihrem Duft vertraut machen konnte, der mir schon so lange vorenthalten worden war, wie mir schien – tatsächlich waren es höchstens zwei oder drei Tage.

Wenn es gelang, ihr einen Stiefel anzuziehen, bedeutete das für mich, daß ich beim zweiten den Einsatz verdoppeln konnte. Angespornt von dieser Hoffnung, strengte ich mich an und sprach ein stilles Gebet. Mitten in unseren Bemühungen mußte ich dagegen ankämpfen, nicht einfach aufzugeben und sie in meine Arme zu schließen, um zu sehen, was dann passieren würde. So geriet ich in ein ärgerliches Dilemma. Nämlich eine Sache zu Ende zu führen, die mir noch ein zweites Mal Vergnügen machen würde, während ich gleichzeitig aus Angst, die Kontrolle zu verlieren, das Vergnügen bekämpfen mußte.

Trotz allem betete ich dennoch weiter so viel und so innig für unseren Erfolg, daß ihr Fuß schließlich in den Stiefel rutschte. Zweifellos um mich zu belohnen, schenkte sie mir das schönste Lächeln, das sie mir je zugestanden hatte. Da beschloß ich, daß es Zeit sei, mich zu beruhigen. Und so, als hätte ich das Gefühl, ihr ja nun gezeigt zu haben, wie sie es machen mußte, ließ ich sie mit ihrem zweiten Stiefel allein und tat so, als suchte ich ein Paar, das mir selbst paßte. Ich glaube, daß ich es ihr im Grunde übelnahm, daß es mir solches Vergnügen gemacht hatte. Ich hatte etwas gewagt, und das Ergebnis war, daß ich immer noch spürte, wie die Kugel durch die Luft zischte, die mir fast den Kopf weggefetzt hätte. Und darüber freut man sich ja nicht allzusehr.

Als wir alle unsere Stiefel anhatten und deshalb besser gelaunt waren, verkündete Thomas, der wieder Radio hörte, mit dem gleichen Getöse, als handle es sich um eine gute Nachricht, daß der Rekordniederschlag aus dem vorigen Jahrhundert eingestellt worden war und man Vorbereitungen dafür traf, einige Höfe im Tal zu evakuieren.

»Und die Aussichten sind nicht gut«, fügte er hinzu. »Aber fragt mich nicht mehr...«

Er stellte lauter, damit wir das Radio krächzen hörten. Jackie mußte sich erst die Ohren zuhalten und ihn bitten, das sein zu lassen, bevor er sich endlich entschloß, es auszuschalten.

»Jedenfalls sind wir nicht am schlimmsten betroffen«,

sagte er schließlich. Er wandte sich an Eileen: »Wird Ihnen da nicht ein bißchen angst?«

Sie machte große Augen und schüttelte sanft den Kopf, als hätte sie noch nie etwas so Absurdes gehört.

»Aber nein, wissen Sie...«, antwortete sie mit vollkommen erstaunter Miene, »warum sollte mir Regen denn angst machen?«

Thomas grinste und zappelte auf seinem Sitz herum.

»Na hören Sie mal... Sie sind ja witzig, Regen nennen Sie das? Also gut... Ich bin es auch gewöhnt, daß mir das Wasser stundenlang bis zur Taille steht, aber das hat ja seinen Grund. Also, ich habe auch nichts gegen Regen, aber bei Ihnen kann man wohl sagen, daß Sie wirklich kein Mensch sind, der große Worte macht.«

Er hatte nicht unrecht, und mir war aufgefallen, daß sie sich um so mehr amüsierte und in ihrem Element war, je ernster wir diese Sintflut nahmen. Ein bißchen war es so, als hätten sich nach und nach Besucher bei uns eingenistet, bis wir schließlich von einer Bande Iren besetzt waren, die uns allein durch ihre Übermacht an den Rand schoben. Ich war davon einigermaßen irritiert, um so mehr, als ich mir dieses Gefühl, auf meinem eigenen Territorium ins Abseits gedrängt zu werden, nicht recht erklären konnte. Ich kannte die Gegend wie meine Westentasche, und normalerweise hätte ich mit geschlossenen Augen einen Kilometer im Kreis gehen können, ohne auch nur über einen dürren Ast zu stolpern. Außerdem war ich in Gesellschaft der drei Menschen, die mir am nächsten standen und die für mich so gut wie kein Geheimnis mehr hatten. Und auch das Gefühl, daß mir etwas über den Kopf wuchs, konnte ich nicht recht akzeptieren. Also beobachtete ich Eileen weiter mit größter Aufmerksamkeit, sobald mich irgend etwas störte oder ich ein unbegreiflich starkes Interesse an ihr spürte. Wenn nicht beides zugleich.

Sie zog Thomas ein bißchen auf und meinte, es seien bestimmt ihre irischen Wurzeln, die sie gegen ein Übermaß des nassen Elementes immun gemacht hätten. Sie gab ihm zahlreiche Beispiele dafür, erzählte, daß sie als kleines Mädchen im Wohnzimmer ihrer Eltern in einer Plastikwanne rudern gelernt habe, und zwar in einem Jahr, in dem es zweihundert Tage am Stück geregnet hatte. Thomas hörte sich diese Geschichte mit fassungslosem Gesicht an. Wenn sie ihm erzählte, daß auf dem Dach Moos wuchs, verstand er Algen. Wenn sie von Schnecken sprach, verstand er Muscheln. Im Grunde machte sie mit uns, was sie wollte, und diesen Gedanken fand ich eher amüsant. Die unklaren Vorbehalte, die ich einen Augenblick zuvor gehegt hatte, hatten sich verflüchtigt, so sanft und leise wie Sporen beim gelindesten Luftzug. Ich hatte das Alter hinter mir, in dem man sich aus Prinzip allem widersetzt. Ich glaube, ich hatte gelernt, meine Kräfte nicht zu vergeuden, nachdem ich mir darüber klar geworden war, daß sie nicht unerschöpflich waren, sondern gezielt eingesetzt werden mußten. Ich konnte es ertragen, daß man sich über mich lustig machte, daß man mich an der Nase herumführte oder versuchte, mich reinzulegen, ohne daß es mir etwas ausmachte. Doch ich wußte ja gar nicht, ob es das war, was Eileen vorhatte. Aber wenn es so war, dann hatte ich nichts dagegen, eine Kleinigkeit einzustecken. Das eitle Bild, das ich von mir hatte, war im Laufe der Zeit ein bißchen angekratzt worden, und ich trug es nicht mehr wie eine Fahne vor mir her. Kein neuer Kratzer lohnte es, daß ich irgendeinem den Krieg erklärte. Man mußte sich für die wirklich ernsten Angriffe schonen. Denn wer dauernd Kleinkrieg führt, hält seinen Säbel nie besonders hoch und stirbt an Erschöpfung.

Als wir die letzten Holzscheite nachlegten, meinte ich, daß wir eigentlich neue holen müßten, damit sie trocknen könnten, und daß ich auch keine große Lust dazu hätte. Doch um ein Beispiel zu geben, zog ich Ölzeug über, nahm eine Taschenlampe und ging hinaus, nachdem ich die Kapuze aufgesetzt hatte.

Ich blieb stehen, bevor ich den Holzstoß erreicht hatte. Ich richtete meine Lampe auf das Chalet, von dem man nur die Fenster erkennen konnte, das eine durch eine Gaslampe heller erleuchtet als das andere – der Zauber der Kerzen hatte sich ein bißchen verflüchtigt, und wir hatten eine von diesen Campingleuchten im Fensterrahmen aufgehängt. Durch die unterschiedliche Helligkeit der Fenster sah die Fassade irgendwie schief aus. Auf der Seite, wo die Dachrinne heruntergekracht und auf dem Boden auseinandergebrochen war, gab es nur noch das vertikale Abflußrohr, dessen oberer Teil zum Wald hin gebogen war, wie ein Schornstein, dem der Wolkenbruch hart zugesetzt hatte. Von diesem Anblick ging ein Eindruck bedrückender Schwäche aus, noch verschlimmert durch die beiden Quasi-Wildbäche, die gegen die hintere Hauswand prallten, um sich dann schäumend über die Seiten zu ergießen. Über dem Dach, auf das der Wasserfall in einem opalisierenden Licht niederging, erhob sich, angeklammert an die Böschung, die dunkle Masse der Tannen. Es wehte nicht das leiseste Lüftchen, doch unter dem Gewicht des Wassers senkten sich ihre Zweige und hoben sich wieder mit einem knisternden Geräusch, das das Prasseln des Regens noch dramatischer machte. Das Wasser strömte zwischen meinen Füßen durch, überschwemmte das ganze Gelände und rauschte dann den Berg hinunter, um in die Sainte-Bob zu fließen.

Einen solchen Wolkenbruch hatte ich noch nie erlebt. Ich erinnerte mich an Gewitter, bei denen man sich die Ohren zuhalten mußte und es taghell wurde. Und ich hatte, als Marion mich damals fertigmachte und ich danach den Hang wieder hochkletterte, vom Sturm entwurzelte oder vom Blitz gespaltene Bäume gesehen. Ich hatte starken Schneefall erlebt, Waldbrände, Steinschlag, der alles auf seinem Weg zertrümmerte. Aber ich hatte noch nie so etwas Schreckliches gesehen, nichts, das mir dieses Gefühl totaler Verwüstung, einer grenzenlosen Katastrophe gegeben hatte.

Ich nahm so viele Scheite, wie ich tragen konnte, und ging zurück, um wieder ins Trockene zu kommen. Ich stieß die Tür mit dem Fuß auf und fragte sie, was los sei. Marc und Thomas hatten ihre Öljacken wieder angezogen. Eileen und Jackie hielten sich vor dem Kamin auf. Alle starrten auf die Tür, wo gerade Victor Brasset erschienen war und in die Mitte des Zimmers schwankte.

Schließlich legte ich meine Holzscheite hin. Als ich seinen Weg kreuzte, fragte ich: »Na? Gut geschlafen?«

IV

Patrick Sheahan beißt sich in die Hand

Er antwortete mir nicht. Er schleppte sich zum Tisch und ließ sich auf einen Stuhl fallen. »Wer hätte die Freundlichkeit, einen Kaffee zu machen?« fragte ich in die Runde.

Eileen lächelte mich an, als sie sah, wie es von meinem Regenzeug tropfte und sich zu meinen Füßen eine Lache bildete. Das war nichts Großartiges, eine kleine Andeutung von Komplizenschaft, die nicht sehr weit ging, für die ich jedoch nicht unempfänglich war. Während ich meine Öljacke aufhängte und die anderen um den Inspektor herumstanden und sich räusperten, bedauerte ich, daß wir nicht mehr zu teilen hatten, Eileen und ich, und daß unsere Intimität sich auf einen Wasserrand auf einem Teppich beschränkte, und auf die wenigen Tage, an denen wir uns zwischen Tür und Angel begegnet waren. Ich hatte das Gefühl, als hätte man mich am Tage meines Jungfernflugs an das Steuer eines Jagdflugzeugs gezwungen. Warum liefen die Dinge im Leben nicht einfacher ab? Warum meinte man, es müßten brennende Maschinen vom Himmel fallen?

Mit diesen sorgenvollen Gedanken im Kopf blieb ich einen Augenblick mit dem Gesicht zur Wand hin stehen. Da bemerkte ich, daß sie naß war. Genauso wie die anderen Wände. Das Licht war viel zu schlecht, als daß man es auf den ersten Blick gesehen hätte. Dennoch gab es keinen

Zweifel mehr, daß das Haus durch und durch feucht wurde. Ich sagte keinen Ton. Ich wollte die Lage nicht noch verschlimmern. Und ich glaubte nicht, daß meine Entdeckung von großem Interesse war.

Wie auf Kommando gingen Marc und Thomas los, um Holz zu holen. Das hieß mit Sicherheit, daß sie meinten, ich könnte allein mit der Situation zurechtkommen, und daß sie lieber an die frische Luft gingen, während ich die Sache in groben Umrissen regelte. Und schließlich hatte Thomas ja auch beschlossen, sich aus dieser Geschichte herauszuhalten, und Marc war mein Chef. Und war ich nicht für Öffentlichkeitsarbeit zuständig? Ich dachte, dies sei vielleicht die Gelegenheit, mir zu beweisen, daß Marc mich nicht fürs Nichtstun bezahlte. Alle unsere Diskussionen über dieses Thema hatten mich nicht wirklich überzeugt.

Als ich den aufmerksamen Blick der beiden Frauen sah, verstand ich, daß auch sie der Meinung waren, es sei meine Sache, die Dinge in die Hand zu nehmen. Sie waren bereit, den Part mit dem Kaffee zu spielen, und ich spürte, daß sie mir, neugierig wie sie waren, stille Anweisungen übermittelten. Ich setzte mich also vor diesen Victor Brasset hin, diesen ekelhaften Kerl voller Schuppen, und sagte zu ihm: »Na, mein Lieber, wie fühlen Sie sich?«

Seine Augen waren geschlossen, doch er schaffte es, seinen Kopf zwischen den Händen zu halten, die Ellbogen auf den Tisch gestützt. An der Bewegung seiner Augäpfel konnte ich erkennen, daß er nicht wieder eingeschlafen war. Ich schwankte, ob ich ihm ein Glas Wasser ins Gesicht gießen oder ihm in die Ohren schreien sollte. Ich berührte ihn am Arm. Da auch dies ohne Ergebnis blieb, zog ich ihm die Hand weg. Sein Kopf fiel auf den Tisch und schlug mit einem dumpfen Geräusch auf.

»Das fängt ja gut an!« seufzte ich, an unsere beiden Zuschauerinnen gewandt. Doch Victor Brasset ließ ein Röcheln hören, das mir ermutigend vorkam. »Hallo, hallo ... Hallo, hallo ...«, redete ich auf ihn ein.

Ich bat darum, uns Kaffee zu bringen. Jackie bediente uns mit den präzisen Bewegungen einer Assistentin bei einem überaus heiklen operativen Eingriff. Wir wechselten einen Blick, bevor sie wieder auf ihren Platz ging.

Ich lehnte mich auf meinem Stuhl zurück, verschränkte die Hände hinter dem Kopf, um den Inspektor anzusehen. Während er versuchte, wieder hochzukommen, stieß er mit einer ungeschickten Bewegung seine Kaffeetasse um. Die heiße Flüssigkeit ergoß sich über den Tisch. Da ich keine Angst hatte, etwas abzubekommen, rührte ich mich nicht. Ich wartete, was geschehen würde. Er wurde erneut wach, als er mit der einen Hand – mit der er sich auf der massiven Eichenplatte abstützte, um sich wieder aufzurichten – in Berührung mit dem dampfend heißen Kaffee kam. Er schreckte auf und sah mich mit einem Blick an, der leidend und dumm zugleich war.

»Das macht nichts«, versicherte ich ihm, »wir bringen Ihnen einen neuen Kaffee.« Innerhalb einer Sekunde, und ohne daß ich eingreifen mußte, wischten Jackie und Eileen das Malheur auf, brachten unserem Mann einen neuen Kaffee und verschwanden wieder im Hintergrund.

»Es ist schreckliches Wetter«, setzte ich erneut an. »Wir haben Sie lieber schlafen lassen.« Mit einem Nicken forderte ich ihn auf, seinen Kaffee zu trinken, dessen Schwärze beinahe übernatürlich war. Unterdessen kamen Marc und Thomas herein und redeten dabei, als ob nichts wäre. Sie legten die Holzscheite vor den Kamin und gingen wieder nach draußen, ganz versunken in ihr Gespräch, bei dem es um die letzten Entwicklungen beim Wettlauf um Literaturpreise ging. Die beiden Frauen legten ein paar Stücke Holz zum Trocknen. Man kam mir also nicht sehr zu Hilfe, doch ich beschloß, das nicht schlimm zu finden.

Ich formte ein kleines Männchen aus dem warmen Wachs, das ich von einer Kerze gesammelt hatte, während Victor Brasset sich entschied, seine Kaffeetasse an den Mund zu führen. Dann zerquetschte ich die blasse kleine Figur zwischen meinen Fingern und stand auf, um dem Inspektor unter die Arme zu greifen. Ein paar Schritte würden ihm guttun, erklärte ich ihm. Er sah mich blinzelnd an.

»Wo bin ich?« murmelte er.

»In den Bergen.«

»In den Bergen?« wiederholte er mit einem entsetzlichen Gähnen.

Ich führte ihn in das Zimmer zurück, in dem er eingeschlossen gewesen war, damit er ins Bad gehen konnte. Am Ende fragte ich mich, ob er wohl wußte, wozu ein einfaches Waschbecken dient, weil er sich nur daran festklammerte, ohne ein Wort zu sagen. Ich stellte die Kerze auf eine Seifenschale und drehte den Kaltwasserhahn auf. »Es reicht, ein bißchen Wasser in die Hände laufen zu lassen und es sich ins Gesicht zu spritzen«, erklärte ich ihm. »Das macht man jedenfalls normalerweise so.«

Man hätte meinen können, ich drängte ihn zu einem widernatürlichen Akt.

»Sie mögen kein Wasser?« fragte ich ihn.

Er fuhr sich mit einer Hand übers Gesicht.

»Sagen Sie… was ist mit mir passiert?« murmelte er.

»Nichts Schlimmes!« antwortete ich mit einem lauten Lachen. »Sie sind in Hochform! Also los, ich schlage Ihnen ja keine Dusche vor, aber machen Sie sich wenigstens im Gesicht frisch, das wird Sie nicht umbringen.«

Ich beobachtete, wie er sich wusch und wie wenig Spaß es ihm machte.

»Hoffentlich bitten Sie mich nicht um eine Zahnbürste«, setzte ich in einem Ton des Bedauerns hinzu.

»Nein, es geht schon. Ich glaube, ich hätte gern noch ein bißchen Kaffee.«

»Sie haben recht. Es gibt nichts Besseres, um sich den Mund auszuspülen. Sehen Sie sich an, Sie sind schon ein ganz anderer Mensch, Ehrenwort.«

Er betrachtete sich im Spiegel. Mir kam der Gedanke, daß in seinem Bad sicher eine 20-Watt-Birne hing.

»Halten Sie mich gefangen?« fragte er in einem argwöhnischen Ton.

»Ich weiß nicht. Sieht es danach aus?«

»Dann möchte ich telefonieren.«

»Keine Zahnbürste, kein Kamm, kein Telefon. Wissen Sie, das hier ist nur ein Chalet in den Bergen, wir sind nicht sehr gut ausgerüstet. Außerdem haben wir Stromausfall und ein paar undichte Stellen, aber nichts wirklich Schlimmes.«

Ich stützte ihn kurz, weil die Schlafmittel beinahe wieder die Oberhand gewannen.

»Fassen Sie mich nicht an!« knurrte er.

Ich ließ ihn los, und er rutschte an der Wand nach unten. Als er auf dem Boden saß, streckte er mir seine Hand hin.

»Wissen Sie jetzt, was Sie wollen?« fragte ich ihn.

Er machte noch immer ein dummes Gesicht, und in seinem Blick lag ein mißtrauischer und zugleich flehentlicher Schimmer. Nun gut, ich half ihm, wieder hochzukommen, und führte ihn zurück in das große Zimmer.

Meine beiden Assistentinnen zeigten sich sehr eifrig: die eine bot ihm einen Stuhl an, die andere noch einmal eine bis zum Rand gefüllte Tasse Kaffee. Aus den Augenwinkeln sah ich Marc und Thomas, die uns von draußen belauerten, in einem Fensterwinkel, verschwommen und kaum zu erkennen.

Ich nahm mir wieder ein Kügelchen Wachs, um mich irgendwie zu beschäftigen und unserem Mann die Zeit zu geben, richtig zu sich zu kommen. Er beobachtete uns vorsichtig, über den Rand seiner Kaffeetasse, und ich hätte wetten können, daß er jetzt, da sein Kopf wieder klarer wurde, mit Höchstgeschwindigkeit nachdachte. Nach einer Minute verzog er das Gesicht und schlug die Augen nieder.

»Vor allem«, erklärte er mit leiser Stimme, »sollten Sie wissen, daß ich überhaupt kein visuelles Gedächtnis habe. Das schwöre ich Ihnen beim Leben meiner Frau.«

»Und macht Ihnen das zu schaffen?« fragte ich besorgt.

»Glauben Sie mir«, beharrte er. »Für mich ist es, als wären Sie maskiert. Damit das ganz klar ist!«

Ich hatte wieder ein kleines Männchen geformt und versuchte, es auf dem Tisch zum Stehen zu bringen, während er die Hände rang.

»Hören Sie, offen gesagt kann ich Ihnen nicht besonders gut folgen.«

»Aber natürlich können Sie mir folgen!« brachte er mit erstickter Stimme heraus.

Ich antwortete ihm nicht. Und ohne mir etwas Böses dabei zu denken, köpfte ich meine kleine Figur – ich wollte nur den Hut anders formen. Wie dem auch sei, der Inspektor zuckte zurück und machte ein entsetztes Gesicht. Er klammerte sich an die Lehnen seines Stuhls, als wollte er ihn forttragen. Er versuchte, irgend etwas zu sagen, seine Brust hob sich, doch die Worte blieben ihm im Hals stecken.

»Geht es nicht?« wollte ich wissen.

Ich fand, daß seine blasse Gesichtsfarbe ihn jünger machte. Er sah mit einem Mal verloren aus, unerfahrener und zerbrechlicher. Die Selbstsicherheit und Schärfe, die er am Vorabend zur Schau gestellt hatte, als er sich anschickte, unser Geld einzustecken, bevor er unsere Hosteß vernaschte, waren so gut wie verschwunden. Ich hatte den Eindruck, daß er frisch von der Schule kam und völlig unerfahren war. Ich spürte, daß irgend etwas in ihm zusammenbrach.

»Wozu müssen Sie mich quälen?« fragte er mich vorwurfsvoll, nachdem er mit Mühe geschluckt hatte.

»Ich quäle Sie?«

»Glauben Sie, ich sehe nicht, wie Sie Ihr kleines Männchen da zerquetschen?« sagte er beherzt. »Glauben Sie, ich habe nicht verstanden, warum Sie nicht maskiert sind?«

Ich trommelte mit den Fingern auf meine Lippen, dann beugte ich mich zu ihm vor: »Sehen Sie die Tür dahinten?« fragte ich ihn und zeigte auf den Ausgang. »Also: Bevor Sie sich aufregen, empfehle ich Ihnen: Gehen Sie ganz schnell, warten Sie nicht länger! Sie können sogar rückwärts zur Tür gehen, wenn Sie Angst haben, daß ich Ihnen in den Rücken schieße...«

Genau in diesem Augenblick kamen die beiden anderen von draußen herein, voll beladen mit feuchtem Holz.

»...Sie sehen ja«, fuhr ich fort, »das ist eine der Regeln des Hauses. Jeder kann kommen und gehen, wie er will. Sie sind doch erwachsen, tun Sie, was Sie wollen!«

Er ging, ohne noch etwas zu sagen, und stieß im Vorbeigehen an den Tisch. Ich stand auf, um mir ein Glas einzugießen, während die beiden Frauen Marc und Thomas aus ihrem Ölzeug halfen.

»Ich hätte ihn warnen sollen, daß wir kein einziges trockenes Handtuch mehr haben«, bemerkte ich.

»Ach Kinder! Das gießt vielleicht!« rief Thomas aus.

»Da sprach Gott zu Noah: ›Das Ende allen Fleisches ist bei mir beschlossen, denn die Erde ist voller Frevel von ihnen‹«, rezitierte Marc und streckte sich vor dem Kamin.

Jackie zündete sich eine Zigarette an. Dann meinte sie, unser Inspektor sei ein launischer und leicht aufbrausender Kerl, was ihrer Meinung nach nichts Gutes verhieß. »Der hat es mit der Leber, leidet unter Eisenmangel«, fügte sie hinzu. »Mit solchen Typen kommt man nur sehr schlecht zurecht.«

Da Victor Brasset sich nicht einmal die Mühe gemacht hatte, die Tür hinter sich zu schließen, ließ ein willkommener Luftzug das Feuer im Kamin wunderschön auflodern. Unsere Stimmung wurde gelassener, und wir setzten uns alle wieder in unsere Sessel, jeder mit seinem Glas – und voller Freundlichkeit für seinen Nachbarn. Im Dach hatten sich zwei oder drei neue undichte Stellen gezeigt, doch im Moment bedrohte keine davon unser Lager. Und wir brauchten auch keine Wannen mehr zu holen, weil der Boden durch das Wasser, das aus der Küche hereinfloß, gleichmäßig feucht war. Damit hatten wir eine Sorge weniger, wenn man die Dinge von der positiven Seite betrachtete.

Ich berichtete von den Einzelheiten meines ersten Kontakts mit Victor Brasset. Marc nickte gewichtig mit dem Kopf und versicherte mir, ich sei großartig gewesen.

»Habe ich's nicht gesagt?« fuhr er, zu Thomas gewandt, fort. »Zuckerbrot und Peitsche, das war der beste Einstieg in die Sache. Das ist eine Grundregel: Bevor man sich in eine Schlacht begibt, muß man den Feind verwirren.« Er streckte eine Hand aus und tätschelte mein Knie. »Patrick, mein Alter, du hast gute Arbeit geleistet!«

»Trotzdem ist es eine groteske Situation«, meinte Thomas.

Marc lächelte ihn giftig an: »Wirklich? Ja und? Kannst du mir erklären, was das ändert?! Was siehst du denn um dich herum? Sind die meisten Dinge im Leben nicht grotesk?! Einmal ehrlich, Thomas, wie kannst du bloß das Leben ernst nehmen, wenn es dir Fratzen schneidet?! Die einzige wirkliche Tragödie auf Erden ist, daß wir in einer Farce mitspielen!«

Thomas verabscheute diese Art von Unterhaltung. Trotzdem war oft er es, der in so etwas hineingeriet, sei es, daß er etwas sagte, das Feuer an die Lunte legte, sei es, daß er dem Falschen ins Blickfeld kam. Er zog Depressive, Selbstmordkandidaten, Zyniker und Verrückte an, wie andere

Kinder oder Großmütter, Hunde oder Katzen, »Wie-schon-Proust-schrieb-« oder »Ah-wie-ich-Flaubert-be-wundere«-Typen. Obwohl er an diese Belästigungen ge-wöhnt war, schaffte er es immer wieder, einen persönlichen Angriff darin zu sehen. So auch jetzt, als er Marc fragte: »Ich möchte wissen, worauf du hinaus willst?«, anstatt eine Dis-kussion, die er nicht mochte, geschickt zu beenden.

»Worauf ich hinaus will?« wiederholte Marc mit einem wenig barmherzigen, höhnischen Grinsen. »Willst du mir vielleicht erzählen, daß man den Sinn des Lebens im Fischen findet? Gut, du amüsierst dich mit einem Wurm an einer Schnur, aber was gibt es sonst noch Beachtliches in deinem Leben? Gibt es irgend etwas, das der Mühe wert wäre, ge-rettet zu werden? Wenn das so ist, sag es mir, ich brenne darauf, dir zuzuhören!«

Sie waren für den Augenblick beschäftigt. Ich stand also auf und trat an ein Fenster. Ich hörte Thomas, der sagte, er halte lieber eine Angelrute in der Hand als einen Revolver gegen seine Schläfe, und Marc, der antwortete, er könne genausogut dumm in die Luft gucken und pfeifen. Ich war erstaunt, daß Jackie sich noch nicht eingemischt hatte, um zu erklären, daß sie sich alle beide irrten, und daß Eileen sie nicht unterbrochen hatte, um zu verkünden, sie sei da ganz anderer Meinung. Es handelte sich sicher um eine vor-übergehende Erschöpfung, die nicht ewig dauern würde. Ich lehnte mich an die Tür.

Victor Brasset war nicht für die naßkalten Nächte in den Bergen ausgerüstet. Obwohl er seinen Kragen hochgeschla-gen und den Revers auf die Brust geklappt hatte, klapperte er ein bißchen mit den Zähnen.

Schließlich erklärte ich ihm, drinnen sei es besser. Ich fügte hinzu, daß ich ihn nicht zwingen wolle und daß ich nicht drängen würde, wenn er sich dort, wo er war, wohler fühle. Er zögerte. Ich zuckte mit den Schultern.

»Es sei denn, Sie wollen einfach etwas Heißes trinken. Danach können Sie wieder nach draußen gehen und weiter Luft schnappen. Ganz, wie Sie wollen.«

Ich drehte mich um, weil ich sehen wollte, worauf sein Blick über meine Schultern gerichtet war.

»Nur eine Diskussion«, versicherte ich ihm. »Interessieren Sie sich für Fischen? Ich verstehe nicht viel davon. Nun, also, haben Sie sich entschieden?«

Jackie hatte uns gewarnt, daß er ein reizbarer Typ sei, aber ich war nicht darauf gefaßt, daß er mich plötzlich packte. Natürlich versetzte ich mich in seine Lage. Ich verstand sehr gut, daß er zwischen Wut und Resignation schwankte, zwischen Mißtrauen und einem Teller heißer Bouillon, zwischen dem Wunsch, auf mich loszugehen, und dem Ärger, den er sich damit einzuhandeln drohte. Er sagte kein Wort, begnügte sich damit, mich festzuhalten, was er jedoch beinahe zu bedauern schien, wenn ich einmal danach ging, wie er sich auf die Lippen biß. Ich sah auf seine Hände hinunter, dann blickte ich ihm gerade in die Augen. Er ließ mich los und fand seine Sprache wieder.

»Ich bin verletzt!« brachte er mit unsicherer Stimme heraus. »Sehen Sie sich das an!«

Ich tat so, als untersuchte ich die Wunde, die er mir zeigte.

»Ja, gut. Aber so schlimm ist es eigentlich nicht. Und wir können nichts dafür, glauben Sie mir.«

»Was du nicht sagst!« knirschte er.

Ich fand nicht, daß sein verwirrter Zustand eine Entschuldigung war. Ich hatte überhaupt keine Sympathie für Leute, die mich einfach so duzten, auch wenn die Situation außergewöhnlich war. Man konnte mir eigentlich nicht vorwerfen, es mit der Höflichkeit zu übertreiben, doch es gab da eine Art von Distanzlosigkeit, die mir peinlich war und die ich schlecht ertrug. Es wäre mir lieber gewesen, er hätte mich wieder am Hemd gepackt, auf die Gefahr hin, daß er mir einen Knopf abriß.

»Es steht Ihnen frei, zu denken, was Sie wollen«, antwortete ich. »Mein Vorschlag gilt jedenfalls noch, Arschloch.«

Er runzelte die Stirn, schien aber nicht deutlich verstanden zu haben. Ich hatte auch nicht laut gesprochen, und das Rauschen des Regens ließ ihn vielleicht zweifeln. Offensichtlich vertraute er dem freundlichen Lächeln, das noch immer auf meinem Gesicht war, und ließ sich auf das Angebot ein.

»Die Schuhe müssen Sie sich nicht abputzen«, witzelte ich, um ihm über seine Verlegenheit hinwegzuhelfen.

Die anderen verstummten, als wir durchs Zimmer auf den Kamin zugingen. Nur Thomas hob seine Hand und grüßte unseren Gast mit einem »Hallo!«, das nicht ganz überzeugte.

Victor Brasset fröstelte vor dem Feuer. Er warf uns von unten Blicke zu und zog hemmungslos die Nase hoch, während ich eine Tütensuppe nahm und mit heißem Wasser aufgoß.

»So, mein Lieber, kommen Sie mal erst wieder zu Kräften!« ermunterte ihn Marc in einem trockenen Ton. »Und dann setzen Sie sich zu uns!«

Ich tauschte den Teller Suppe gegen den Schürhaken, den der Inspektor verstohlen an sich genommen hatte. Ein einziger Blick zur Decke genügte, ihn eines Besseren zu belehren.

Ich war mir nicht sicher, ob die Klümpchen meiner *Crèmesuppe aus jungen Gemüsen* den Erwartungen entsprachen, doch unser Mann schlang sie mit einem Eifer und einer Zufriedenheit hinunter, die mir zur Ehre gereichten, um so mehr, als ich vergessen hatte, eine Prise Salz zuzufügen. Er wollte noch einen Nachschlag, doch es gab nichts mehr. Dann, als sein Blick sich starr auf ein Sandwich richtete, das wir übriggelassen hatten und das höchstens ein ausgehungerter Hund appetitlich gefunden hätte, ermunterte ich ihn, sich das gute Stück nicht entgehen zu lassen.

Er aß es, während er vor dem Kamin saß und eine Dampfwolke von seinen Schultern aufstieg.

Ich kehrte zu den anderen zurück und setzte mich zwischen sie. Ich entschied mich dafür, Eileen gegenüber zu sitzen, lieber als an ihrer Seite, denn mein Leben war nichts als eine lange Folge von Niederlagen, wie mir ganz nebenbei durch den Kopf ging. Ich meinte, daß es für mich nicht schlecht sein könnte, sie von Zeit zu Zeit anzublicken. Und damit hatte ich recht. Ich versagte es mir also nicht, während die Unterhaltung nicht besonders gut vorankam und immer wieder vom geräuschvollen Kauen des Inspektors unterbrochen wurde. Ich versagte es mir nicht, und bei dieser Gelegenheit hatte ich die Vision des jungen Mannes, der ich einmal gewesen war und der in einem olympischen Lauf unter tosendem Applaus seine Runden auf der Bahn drehte und in den Armen einer Irin mit feuerrotem Haar starb, die vielleicht ein bißchen füllig, aber doch eine strahlende Erscheinung war.

Mein Knie tat mir daraufhin nur noch mehr weh. Jackie bemerkte, daß ich mit der Hand darüberfuhr, obwohl ich es so unauffällig wie möglich machte.

»Es ist ein Fehler, daß du dich nicht ernsthafter darum kümmerst«, wies sie mich zurecht. »Denk nur nicht, das kommt schon von allein wieder in Ordnung.«

»Ich glaube, es hängt mit der Feuchtigkeit zusammen.«

»Jetzt mach dir nicht selbst etwas vor. Die Wahrheit ist, daß du fünfundvierzig Jahre alt bist und nicht mehr auf ein Wunder hoffen kannst. Unsere kleinen Wehwehchen fangen ja erst an, und den Kopf in den Sand zu stecken ist die schlechteste aller möglichen Reaktionen.«

»*Viva la muerte!*« rief Marc und hob sein Glas.

Sie bedankte sich mit einer komplizenhaften Grimasse für seinen Zwischenruf und wandte sich wieder meinem Fall zu.

»Unglücklicherweise sind wir nicht mehr in einem Alter, in dem die Frage heißt, wohin wir gehen, sondern *wie* wir dahingehen sollen. Patrick, wenn du bereit bist, am Stock zu gehen, dann habe ich nichts mehr hinzuzufügen. Doch ich muß dich daran erinnern, daß es damit nicht aufhört. Du brauchst doch nur ein bißchen am Lack zu kratzen, ein bißchen durch die Straßen zu streifen, um zu sehen, daß ab vierzig keiner von uns verschont wird. Sag mal, hast du dir schon mal den Spaß gemacht, die Leute zu beobachten, die auf dem Bürgersteig vorbeigehen? Ich weiß nicht, ob ich eine besondere Gabe habe, doch du an meiner Stelle wärst sicher entsetzt gewesen! Könnte man alle Wunden sehen, es wäre ein Horrormuseum! Also halt dich nicht für schlauer als die anderen und warte nicht, daß der Frühling dir zu Hilfe kommt. Du weißt ja, wo du mich findest. Und wenn du beschließt, dich an jemand anders zu wenden, vergiß eines nicht: kein Kortison, keine Injektionen. Das wäre nicht wieder gutzumachen.«

Thomas meinte, ich müsse mir einmal klarmachen, wie sehr seine Frau sich um meine Gesundheit sorge und daß sie weit davon entfernt sei, bei ihm das gleiche zu tun.

»Oh, ich bitte dich... Jetzt sag keine Dummheiten!« entgegnete sie. »Habe ich dir bei deinen Bauchschmerzen etwa nicht geholfen?«

»Darüber können wir gern einmal reden! Du hast einen Monat lang behauptet, sie seien psychosomatisch!«

»Und das waren sie auch, egal, was du vielleicht denken magst. Glaub mir, jeder Chirurg, der dir den Bauch aufschneidet, ist entschlossen, irgend etwas herauszunehmen, ob das nun notwendig ist oder nicht. Das ist genauso, wie wenn du dein Auto in die Werkstatt bringst. Ist dir aufgefallen, daß es immer etwas auszuwechseln gibt? Weißt du, du kannst gerne schwören, daß ein Schnitt mit dem Skalpell dich wieder auf die Beine gebracht hat, das stört mich nicht. Ich wollte einfach nur, daß du die Bärlappkapseln schluckst.«

»Du bist wunderbar. Du hast es wirklich drauf, die Unterhaltung in eine andere Richtung zu lenken! Verblüffend!«

»Patrick hat keinen, der vierundzwanzig Stunden am Tag auf ihn achtgibt. Wenn du allein lebtest, würdest du es vielleicht auch zu schätzen wissen, daß man sich ein bißchen für dich interessiert! Und wenn du jetzt etwa andeuten willst, daß ich mich um sein Knie kümmere, weil wir zusammen schlafen, dann wäre es besser, das geradeheraus zu sagen, meinst du nicht?«

»Hörst du das, Patrick?« tat er schockiert.

»Ja, ich bin noch nicht taub.«

»Also«, fuhr er fort, »ich sehe nicht, was daran unmöglich wäre. Es wäre ja nicht das erste Mal, daß man so etwas erlebt. Es ist sogar von einer Banalität, daß einem angst wird. Wir wären ganz schön traurige Trottel, wenn wir glauben würden, daß man irgend etwas auf blindes Vertrauen bauen kann! Eileen, Sie sind noch jung, halten Sie sich die Ohren zu, sonst gehen Ihre letzten Illusionen zu Bruch!«

Sie lächelte ihn an, warf mir dann einen fragenden Blick zu. Doch ein unschuldigerer Blick als der, mit dem ich sie ansah, war ihr sicherlich noch nie begegnet.

»Nehmen Sie sich einen Stuhl! Kommen Sie doch her!« rief Marc plötzlich dem Inspektor zu. »Sie verpassen eine interessante Unterhaltung. Warum bleiben Sie abseits?«

»Vielen Dank. Aber mir geht es hier sehr gut!« erwiderte Victor Brasset in einem Ton, dem es trotz allem an Sicherheit fehlte.

»Hören Sie zu, mein Freund«, fing Marc, der sich in die Richtung des Inspektors gedreht hatte, wieder an. »Ich möchte meine Gastfreundschaft nicht bedauern. Können Sie vielleicht ein bißchen netter sein?«

Tatsächlich hatten wir uns ihm alle mit einem freundlichen Lächeln zugewandt.

»Nein. Ich wärme mich noch ein bißchen auf, wenn es Sie nicht stört.«

»Nein, das reicht. Kommen Sie und setzen Sie sich. Sie wissen sehr wohl, daß wir zu reden haben. Zwingen Sie mich nicht, Sie zu holen.«

»Ich habe Ihnen doch gesagt, daß ich nicht die Absicht habe, mich von hier wegzubewegen, verstehen Sie nicht?«

»Ah? Wirklich?« stieß Marc hervor.

Er sprang mit einem Satz hoch. Aus seiner Tasche zog er eine Waffe, die er mit ausgestrecktem Arm auf den Inspektor richtete. »Ach du Scheiße!« murmelte Thomas, während Marc mit großen Schritten auf den Inspektor zuging und mit der automatischen Pistole mitten auf seine Stirn zielte. Der Inspektor schloß die Augen, krümmte sich zusammen, als wäre er darauf gefaßt, einen Schlag auf den Kopf zu bekommen. Den Arm immer noch gestreckt, sagte Marc, er zähle jetzt bis drei. Wir waren wie gelähmt. Obwohl Marc dick auftrug, hätte niemand leugnen können, daß er verblüffend echt in seiner Rolle war. Man hätte tatsächlich geschworen, daß er abdrücken würde. Wie dem auch sei, Victor Brasset akzeptierte augenblicklich, sich zu uns zu setzen. Er nahm sich einen Stuhl und kam auf uns zu, ständig bedroht von der Waffe, mit der Marc an seinem Ohr herumfuchtelte.

»Verdammt noch mal!« knurrte Marc. »Sie haben mich wirklich aus der Fassung gebracht!«

Er legte die Waffe auf den Tisch und ließ sich mit einem gereizten Zischen in den Sessel fallen.

»Marc ... räum bitte dieses Ding weg«, sagte Jackie in einem verächtlichen Ton.

»Ich bitte dich. *Misch dich da nicht ein*!«

»Hör zu ... Sie hat recht«, kam ihr Thomas zur Hilfe.

»Was soll das denn?«

Marc schaute uns an, steckte dann mit einer mißmutigen Geste seine 9mm-Pistole wieder ein. Es war das Modell 5904 von Smith & Wesson, rostfreier Stahl und fünfzehn Schuß im Magazin, mit dem wir manchmal mitten in der Nacht aus seinem Zimmer heraus schossen, wenn der Mond die an den Tannenzweigen klebenden Nester der Prozessionsspinnerraupen beschien.

»In Ordnung? Alle zufrieden?« murmelte er.

Offensichtlich waren das alle, und ganz besonders Victor Brasset, der die Situation angenehmer zu finden schien, obwohl er auf dem Rand seines Stuhls saß. Er senkte die Augen und strich eifrig wie ein junges Mädchen den oberen Teil seiner aus der Form geratenen Hose glatt.

»Trotzdem hätte ich gern, daß wir ein paar Dinge klarstellen«, meldete sich Thomas zu Wort und brach damit ein kurzes Schweigen. »Ich habe keine Ahnung, was sich hier abspielt, und ich will es auch nicht wissen.« (Er wandte sich dem Inspektor zu:) »Hören Sie zu: die beiden Frauen und ich, wir sollten nicht hiersein. Das ist reiner Zufall, und wir werden vom Unwetter hier festgehalten, haben wir uns verstanden? Sie müssen wissen, daß wir deshalb für nichts, was geschieht, die *geringste* Verantwortung übernehmen. So, das mußte gesagt werden. Jetzt überlasse ich ihn dir, Marc.«

»Sehr freundlich von dir.«

»Daß wir uns recht verstehen: Es bedeutet nicht, daß ich ihn zu verteidigen versuche oder daß ich irgendeine Sympathie für seine Machenschaften habe.«

»Ich weiß, Thomas. Das habe ich keinen Moment lang gedacht. Außerdem erinnere ich mich nicht, dir irgend etwas vorgeworfen zu haben.«

»Marc, du kannst alles von mir verlangen, das weißt du ja. Aber du mußt doch zugeben, daß das hier eine verdammt komische Sache ist!«

»Absolut. Aber wenn du einmal genau darüber nachdenkst, wirst du ja erkennen, daß ich dich zu keinem Zeitpunkt um deine Hilfe gebeten habe. Ich sage es dir noch einmal, Thomas: es ist alles klar zwischen uns.«

Sie lächelten sich an. Thomas streckte die Hand aus, und Marc schlug nach einem Augenblick des Zögerns ein. Jackie erklärte, sie freue sich darüber, welche Wendung die Dinge nähmen. Victor Brasset legte die Beine übereinander, sah woandershin und öffnete den Mund, als gähnte er. Was Eileen anging, so schien sie sich vollkommen wohl zu fühlen. Meiner Ansicht nach verbrachte sie ein wundervolles Wochenende und interessierte sich mehr und mehr für alles, was gesagt wurde oder sich vor ihren Augen abspielte, und sei es nur, daß einer von uns das Gesicht verzog oder eine harmlose Geste machte. Sie beobachtete uns mit unverhohlenem Vergnügen, fast mit einem Hauch von Lust. Ich vermutete – vielleicht zu Unrecht –, daß sie schon viel zu lange allein lebte. Ich gestand ihr ein paar ferne Freunde zu, und sicher gab es einen vagen Verlobten, der daheim auf sie wartete und dessen verblaßtes Foto unten im Koffer liegenblieb. Ich stellte mir vor, wie sie mit uns das elementare Vergnügen, in Gesellschaft von Freunden zu sein, und die Geborgenheit, die sich damit verband, wiederentdeckte, selbst wenn wir ihr kein Bild harmonischen Verstehens boten und selbst wenn diese Geschichte ihr ein bißchen verrückt vorkam. Auch ich lebte allein. Trotz all der Zuneigung, die ich für meine Schwiegermutter empfunden hatte, hieß es nicht, daß ich mich an ihrem Andenken verging, wenn ich mir klarmachte, daß ich seit sehr langer Zeit allein lebte. Vivianes Tod hatte mir gerade in dieser Hinsicht die Augen geöffnet und den Blick auf einen schon vorher geahnten Abgrund freigegeben. Ich wußte, daß es nicht besonders gut für die Stimmung war, allein zu leben. Ich wußte, was Eileen empfand. Nun ja, ich vermutete es.

Ich beugte mich zu ihr hinüber, um sie zu fragen, seit wann sie nicht mehr zu Hause gewesen sei, aber Marc ließ ihr nicht die Zeit, mir zu antworten.

»Gut, Patrick, wenn es dir nichts ausmacht, könnten wir dann endlich über ernste Dinge reden, was meinst du?«

Ich setzte mich wieder richtig auf meinen Platz und versicherte ihm, daß es losgehen könne.

»Okay! Wissen Sie, Herr Brasset, wir waren nicht darauf gefaßt, Sie so bald wiederzusehen«, setzte er in einem freundschaftlichen Ton an. »Ich dachte, daß unsere Angelegenheiten geregelt seien. Habe ich mich geirrt?«

Die Laune des Inspektors hatte sich durch und das Verschwinden der Smith & Wesson wieder etwas gebessert. Er rieb sich das Kinn und gestattete sich ein winziges Lächeln.

»Ich höre«, fuhr Marc fort. Seine Ruhe war mustergültig.

»Sie machen mir keine Angst, wissen Sie«, knurrte unser Leberkranker.

»Das ist im Moment auch nicht meine Absicht. Doch ich fürchte, daß Sie die Sache nicht richtig angehen. Was meint ihr, Freunde?«

»Daß er seinen Teil nicht dazutut, sehe ich auch so«, erklärte Thomas. »Aber besser, ich mische mich nicht ein.«

»Und damit haben Sie recht, das garantiere ich Ihnen!« sagte dieser traurige Typ mit Nachdruck. »Ich glaube, daß einige von Ihnen die Konsequenzen Ihres Handelns nicht richtig einschätzen.«

Jackie wandte dem Inspektor den Rücken zu, um uns mit einer Grimasse zu verstehen zu geben, was sie von ihm hielt. Ich dachte gerade darüber nach, daß Eileen MacKeogh vielleicht seit geraumer Zeit keine sexuellen Beziehungen gehabt hatte, und diese Eventualität machte mich ganz fertig.

»Patrick, zieh nicht so ein Gesicht«, stauchte Marc mich zusammen. »Herr Brasset wollte nur einen Witz machen. Wir alle hier wissen, und er selbst weiß es auch, daß er nicht in der Lage ist, irgend jemandem zu drohen. Jedenfalls wenn er uns nicht zum Vorwurf machen will, ihn aus einer kompromittierenden Situation herausgeholt zu haben, was höchst undankbar wäre. Doch was mich angeht, so kann ich nicht glauben, daß ein Hauptinspektor Lust verspürt, in eine miese Sittengeschichte verwickelt zu werden. Denn immerhin verdient diese Laurence, und das ist für niemanden ein Geheimnis, ihren Lebensunterhalt nicht damit, Blumen zu verkaufen. Nicht zu vergessen gewisse Fotos, um die man sich kümmern sollte ... Man wird schon seine ganze Beredsamkeit aufbieten müssen, glauben Sie mir, sonst schreckt sie nicht davor zurück, Ihre Ehe zu zerstören. Ah! Laurence ist ein ausgekochtes Mädchen, wissen Sie!«

Jackie zeigte ein zufriedenes Lächeln. Es stand ihr ins Gesicht geschrieben, wie sie sich zurücknehmen mußte.

Victors Lächeln erinnerte an die grünliche Bleichheit von blanchiertem Kohl, eine gelblich-graue Färbung, als hätte er sich überfressen. Großzügig, einen Arm auf meine Schulter gelegt, meinte Marc, man solle unserem Mann etwas zu trinken bringen.

»Wir werden uns zum Schluß doch noch verstehen!« erklärte er in einem fröhlichen Ton. »Es ist natürlich, daß sich ein bißchen Mißmut auf beiden Seiten äußert. Doch jetzt, da der Nebel sich lichtet, können wir vorankommen. Im Grunde, guter Mann, geht es für uns nur darum, die Vereinbarung einzuhalten, die wir miteinander getroffen haben. Erinnern Sie sich, wir haben gewisse Leistungen erbracht, damit Sie schweigen. Und dann muß ich erfahren, daß Sie Ihre Meinung geändert haben? Ich versichere Ihnen, ich kann es immer noch kaum glauben.«

»Wer die eine Hand aufhält, muß mit der anderen geben können«, erklärte Thomas.

»Außerdem handelt es sich um eine Angelegenheit, die nicht nur uns persönlich betrifft«, fuhr Marc fort. »Das Schicksal der Stadt steht auf dem Spiel, aber das wissen Sie natürlich alles.«

Der Inspektor leerte sein Glas. Dann streckte er den Arm aus, damit wir ihm nachschenkten. Er versuchte, eine pfiffige Miene aufzusetzen, für uns überraschend.

»Ich weiß nur«, räumte er schließlich mit süßlich klingender Stimme ein, »daß die Camex es verdient hätte, daß man sie Stein für Stein auseinandernimmt und alle ihre Maschinen verschrottet! Man kann mir allerhand Schwächen vorwerfen, aber ich bin kein Mörder! Ich habe vielleicht Ihre Geschenke angenommen, aber ich habe niemals gesagt, daß ich ein günstiges Gutachten abgeben würde, das ganz sicher nicht.«

In der auf diese Worte folgenden Stille konnten wir feststellen, daß es noch immer mit unverminderter Heftigkeit regnete. Es hörte sich an, als fiele auf dem Dach eine Meute ausgehungerter Ratten übereinander her.

Marc machte große Augen und setzte eine nachdenkliche Miene auf. Dann schnalzte er mit der Zunge: »Ah ja«, wandte er sich an uns, »seht ihr, mit was für einer Art Mensch wir es zu tun haben? Unter der abgerissenen Kleidung verbarg sich eine schöne Seele, und wir haben es nicht bemerkt.«

Er beugte sich vor, um sich den Boden zwischen seinen Füßen anzusehen, und machte mit seinen Sohlen sanft plätschernde Geräusche im Wasser, das im ganzen Zimmer einen Zentimeter hoch stand.

»Ich habe nicht übel Lust, Sie hinauszuwerfen«, murmelte er, an unseren unnachgiebigen Inspektor gewandt. »Sie, Ihre Werte, Ihre Scheinheiligkeit und Ihre Sicherheit!«

»Wenn du willst, übernehme ich das!« bot Thomas sich an.

»Das ist nett von dir. Aber bemühe dich nicht. Ich weiß schon, wie ich es mache, wenn der Zeitpunkt gekommen ist. Denn es gibt zwangsläufig einen Zeitpunkt, an dem meine Toleranz erschöpft ist, darauf kannst du wetten.«

»Also ich sollte dir das nicht sagen«, erklärte Thomas und legte ihm eine Hand auf den Arm. »Aber ich gebe zu, daß er es verdient hat.«

Marc stand auf und stellte sich an den Kamin, um sich die Sache durch den Kopf gehen zu lassen. Jackie fragte Thomas, ob er etwas dagegen habe, wenn sie zu ihm ging, um ihn ein bißchen zu trösten.

»Aber hör mal!« sagte er. »Brauchst du dazu meine Erlaubnis?«

»Na ja, bei dir weiß man nie.«

Kaum daß sie sich abgewandt hatte, senkte Thomas die Stimme und machte ein verschwörerisches Gesicht, um uns mitzuteilen, der Graben zwischen ihnen werde immer tiefer, die Verständigung immer schlechter. Dann, nachdem er sich vergewissert hatte, daß die beiden anderen in ihr vertrauliches Gespräch versunken waren, fügte er hinzu, daß ihm das Leben eines Paars vorkomme wie ein Trichter – oder wenn man das lieber wolle: wie ein Siphon, der zum Schluß mit Haaren verstopft sei.

»Man glaubt, daß sie verschwinden«, seufzte er, »doch sie verfilzen Tag für Tag ein bißchen mehr, ohne daß man darauf achtet, und eines schönen Morgens geht nichts mehr durch, und es steigen üble Gerüche auf. Jeder Klempner wird einem erklären, daß man nichts dagegen tun kann. Das geht automatisch.«

Sein Blick ruhte etwas länger auf Eileen und gab zu verstehen, daß er diese Art von Beziehungsthrombose trotz allem mit Gelassenheit nahm und daß er, da er machtlos war, diese Verstopfung zu bekämpfen, seine Kräfte schonen wolle, um sich lieber in ein neues Abenteuer zu stürzen, das auf der Stelle beginnen könne, wenn es nach ihm ging.

»Sehen Sie, Thomas«, antwortete sie ihm, »ich bin sicher, daß sich alles wieder einrenken wird. Sie müssen Vertrauen haben.«

»Nein, es ist hoffnungslos«, behauptete er und machte

dabei eine Bewegung mit dem Daumen, als schlitze er sich die Kehle auf.

»*Nun aber los!*« spottete der Inspektor, und es war, als hätte er Schaum vor dem Mund. »Schneiden Sie mich in Stücke, jetzt ist die Gelegenheit! Sie können ja die einzelnen Teile in Koffern wegtragen oder im Wald verstreuen!«

Thomas wandte sich ihm zu. Marc und Jackie unterbrachen sich ebenfalls, um zu sehen, was mit ihm los war. Doch er fesselte unsere Aufmerksamkeit nicht länger als ein paar Sekunden und erntete nur ein trauriges Kopfschütteln, bezeichnend dafür, was wir von ihm hielten.

»Ich weiß nicht einmal mehr, was ich gerade gesagt habe«, beklagte sich Thomas. »Also kurz und gut: Eileen, würden Sie mit mir fischen gehen? Patrick, dich frage ich nicht mal, ob du mitkommen willst, weil es dir ja ohnehin keinen Spaß macht.«

»Stimmt das?« fragte sie mich.

»Ja und nein. Ich lege mich gern ins Gras und sehe Thomas zu.«

»Hören Sie nicht auf ihn! Er schafft es immer, einen irgendwie zu stören! Selbst wenn er sich ruhig verhält, findet er eine Möglichkeit, einem seinen Blick in den Nacken zu bohren! Nein, ich mache Ihnen einen ernsthaften Vorschlag, nur Sie und ich, *mano a mano*!«

»Sie sollten ja sagen«, meinte Jackie, die mit einem Ohr zugehört haben mußte. »Er ist wirklich sehr stark, was Fischen angeht.«

»Sehen Sie. Ich habe nicht übertrieben«, zischte er zwischen den Zähnen durch. »Nun?« Er redete mit normaler Stimme weiter. »Was meinen Sie? Wir fahren an einem

Samstag morgen los, kurz vor Tagesanbruch. Ich kenne wunderbare Plätze, da bleibt einem die Luft weg, das kann Ihnen Patrick bestätigen.«

Ich erklärte, das sei durchaus richtig. Doch dann fuhren wir alle zusammen: Ein Baum war aufs Dach gekracht. Wir wußten, daß es ein Baum war, noch bevor wir nach draußen gingen, um nachzusehen, was da mit einem entsetzlichen Getöse auf das Haus gefallen war.

Es war ungefähr Mitternacht, als wir die Öljacken verteilten. Thomas freute sich, daß wir keine für den Inspektor hatten, den der Zwischenfall besonders mitzunehmen schien. Danach zu urteilen, wie er über *unser* verdammtes Gebirge, *unsere* miese Hütte und *unsere* verfluchten Überschwemmungen schimpfte, hätte man meinen können, daß er uns für alles verantwortlich machte. Doch niemand antwortete ihm. Marc und Thomas gingen als erste nach draußen, während ich die Taschenlampen zusammensuchte und die Frauen sich irgend etwas über männliche Hygiene erzählten. Die beiden kamen zurück, um uns zu sagen, daß das Gebälk offensichtlich hielt und man nur neue undichte Stellen zu beklagen habe, was uns an dem Punkt, wo wir inzwischen angelangt waren, nicht mehr aufregen konnte.

Wir überquerten widerwillig den aufgewühlten Sumpf, der noch wenige Stunden zuvor die Esplanade gewesen war, wo sich im milden Licht unter einem klaren Himmel so hübsch die Gräser und letzten Gänseblümchen gewiegt hatten. Ohne Regenschutz, ohne Lampe und ohne Freunde blieb Victor Brasset abseits und sprach mit sich selbst, denn keiner von uns antwortete auf seine Fragen oder wollte seine Meinung wissen. Was er uns mit großen Gesten zeigte, worauf er mit lautem Geschrei hinwies, um den Lärm des Wasserfalls zu übertönen, das konnten wir auch ohne ihn sehen. Mit unseren Taschenlampen leuchteten wir auf die Fassade und die große Tanne, die auf dem Dach lag, die Spitze in unsere Richtung und in einem Winkel von fünfundvierzig Grad zum rußschwarzen Himmel, wie die riesige, bedrohliche Deichsel eines Heuwagens.

Nur zur Beruhigung des Gewissens gingen wir nachsehen, was sich hinter dem Haus tat, denn eigentlich erwarteten wir dort keine Überraschung. Die Operation war nicht so einfach. Der tosende Strom, der vom Gebirge hinunter in die Tiefe schoß, hatte sich in so etwas wie eine Pipeline mit zwei Enden verwandelt, und schmutzige Sturzbäche ergossen sich auf beiden Seiten des Hauses. Wir entschieden uns für den Wasserschwall rechts, der uns weniger gewaltig vorkam. Thomas ging voran, um uns zu zeigen, daß er schon Schlimmeres erlebt hatte und auf jeden Fall sein Gleichgewicht halten konnte. Die anderen schoben sich an der Mauer des Chalets entlang, bedrängt von einer schaumigen Schmutzflut, die bis über die Knie ging. Die Nachhut bildete, haßerfüllt und naß bis auf die Knochen, doch entschlossen, keinen Fußbreit zurückzubleiben, unser unbezahlbarer Inspektor, voll hämischer Freude bei der Vorstellung, daß wir unsere Tage im Gefängnis beschließen würden.

»Ein bißchen mehr, und wir wären darin versunken!« rief Thomas. Das war übertrieben. Sicher, es hatte einen Erdrutsch gegeben, und der Schlamm hatte sich gegen das Haus geschoben. Sicher, man hätte meinen können, das Chalet sei mitten in einen Strom hinein gebaut, doch wenn das Bild auch spektakulär war, so war es doch nicht so bestürzend, wie es auf den ersten Blick aussah. Es gab vor allem viel Wasser, und das konnte frei fließen und erreichte kaum die Höhe der Fenster. Und jetzt, nach dem Erdrutsch, hatte das Gelände ein weniger starkes Gefälle, und es bestand nicht mehr die Gefahr, daß es jeden Moment absackte. Wir hatten höchstens zu befürchten, daß noch ein Baum auf das Dach stürzen könnte. Es gab zwei oder drei, die uns Sorgen machten und die im Licht der Taschenlampen mehr oder weniger schief aussahen.

»Nun gut, der liebe Gott wird's schon richten!« erklärte Marc und gab uns ein Zeichen, wieder hineinzugehen. Als Victor Brasset eilig kehrtmachen wollte, stolperte er und wurde gleich in den schaumigen, dunkelbraunen Strom gezogen, dem wir ein paar Minuten zuvor getrotzt hatten. »Gebt acht! Das sieht mir glitschig aus!« warnte uns Thomas.

Unsere Rückkehr verlief ohne Zwischenfall.

»Es ist genauso wie ich dachte. Sie sind vollkommen verrückt!« knirschte der Inspektor, als er sah, daß wir hineingingen. »Ich hoffe, das ganze Haus fällt Ihnen noch auf den Kopf!« schrie er uns an, während wir die Tür vor diesem widerlichen Kerl schlossen.

Doch kaum hatten wir uns unserer Öljacken entledigt und in perfekter Gleichzeitigkeit geniest, als er auch hereinkam und einen Verband für seine Verletzungen wollte. Marc zeigte mit einer knappen Bewegung seines Kinns auf das untere Bad.

Während Jackie und Eileen Kräutertee machten und der Inspektor zum ersten Mal in seinem Leben ein zweites Mal an einem Tag in ein Badezimmer ging, rückten wir die Sessel in die Ecke des Zimmers, wo das Dach am niedrigsten war und wir abseits der dicksten Balken saßen. Dann gingen wir in die Vorratskammer, um die unteren Teile der Regale dort leerzuräumen, wo dünne, doch kraftvolle Wasserspritzer sie vom Fenster aus liebevoll besprengten. Zum Glück waren die Fensterläden geschlossen und hatten so die Scheiben geschützt, die unter dem Druck zu Bruch gegangen wären, doch zwanzig Zentimeter braunes Wasser, das dazwischengeraten war und sich wie ein klägliches Aquarium ausnahm, ließ es durch die Ritzen sprudeln. Als wir uns die Sache näher ansahen, entdeckten wir, daß sich der ganze Fensterrahmen verschoben hatte. Jetzt konnten wir erkennen, was bei unserer Notbeleuchtung im Dunkeln geblieben war, nämlich daß die Mauer insgesamt gelitten hatte. Thomas schätzte über den Daumen gepeilt, daß die Rückseite des Hauses sicher einen Fußbreit eingesunken sei. Er witzelte und meinte, die Wohnfläche werde dadurch natürlich verkleinert. Wie dem auch sei: obwohl wir nur vage Kenntnisse hatten, was Architektur und Belastbarkeit von Materialien anging, schien uns das doch beunruhigend. Nachdem wir darüber diskutiert hatten, beschlossen wir, den Frauen nichts zu sagen. Unser Zufluchtsort war so wie er war – doch wir hatten im Augenblick keinen anderen. Jeder Dummkopf hätte erkannt – und Victor Brasset hatte uns den Beweis dafür geliefert –, daß es unmöglich war, die Stadt zu erreichen. Und wir waren davon überzeugt, daß der Bau nicht plötzlich zusammenbrechen würde. In dieser Lage war es besser, unsere schlimme Entdeckung für uns zu behalten. Wir dachten alle drei an das chinesische Sprichwort, das einem Mann eine überflüssige Demütigung erspart: »Wenn er nicht weiß, was tun, vermeidet es der Weise, seine Frau zu wecken.«

Weil Thomas meinte, daß man auf das Schlimmste gefaßt sein müsse, lud Marc uns schließlich seine besten Flaschen Wein auf die Arme, nicht ohne sie vorher an seine Wange zu drücken.

Als wir aus der Küche kamen, lief uns der Inspektor über den Weg. Um sich interessant zu machen, ließ er uns wissen, daß aus den Hähnen schmutziges Wasser fließe. Eileen sagte, das sei richtig, sie habe Mineralwasser nehmen müssen, um den Tee zu kochen.

»Nun, denken wir immer noch, daß alles in bester Ordnung ist?« spottete der Inspektor.

»Bei Ihnen könnte man tatsächlich zum Verbrecher werden, das kann ich Ihnen sagen, mein Freund!« fuhr Thomas ihn an. »Wenn Ihnen irgend etwas passiert, dürfen Sie sich nicht beklagen! Also nein, ist doch wahr!«

Wir ließen uns wieder in die Sessel fallen. Wir hatten Wein und Tee und waren zufrieden, im Kamin Holz nachgelegt und neue Kerzen im Haus aufgestellt zu haben. Der Inspektor schlich um uns herum wie ein ängstliches Tier, hungrig und einsam, die Hände in den Taschen seines von den diversen Abenteuern verdreckten Anzugs, das Haar fettig, die Krawatte zerknittert, das Hemd an die Haut geklebt, die Hose schlabbrig, das Gesicht leichenblaß und die Schuhe bis zu den Schnürsenkeln unter Wasser.

Während wir über eine Bemerkung Eileens zu diesem ersten Ausflug, den sie mit uns unternommen hatte, lachten, holte er sich mit einer Miene, als ob nichts sei, einen Stuhl, stellte ihn ein bißchen zurück, setzte sich und zog die Knie so weit an, daß er die Füße auf die trockene Leiste stützen konnte.

»Na los… Gebt ihm trotzdem ein Glas«, seufzte Marc.

»Oh, versuchen Sie nicht, mich milder zu stimmen«, erwiderte er.

Jackie klammerte sich an ihre Lehne, um ihm ins Gesicht zu sehen: »Also wirklich, was für eine Art Mensch sind Sie bloß?«

»Das ist nun wahrhaftig eine weitreichende Frage, gute Frau. Das hängt ganz von der Situation ab, glaube ich.«

»Hm … Ich verstehe. Je nachdem, wie der Wind sich dreht.«

»Nicht unbedingt in dem Sinn, wie Sie es meinen. Sehen Sie, es tut mir leid, aber ich mag diese Stadt nicht. All diese Leute, die angeflennt gekommen sind, damit Ihre Fabrik auch weiterhin den ganzen Dreck in den Fluß lassen kann. Sie waren mir zuwider, wenn Sie es wissen wollen.«

»Und Laurence hat sie gezwungen, ihr zu folgen!« sagte Thomas ironisch und mimte eine Art einladende Bewegung. »Und wenn Sie das Geld eingesteckt haben, dann weil Sie vor der Drohung kapitulierten. Aber sicher! Zerbrechen Sie sich nicht den Kopf, wir haben schon verstanden!«

»Ach übrigens, nebenbei gesagt: Das Geld ist verschwunden. Aber das ist nicht schlimm, ich finde, so ist das eben in einem anständigen Krieg. Nein, was ich sagen wollte: Man kann mir vorwerfen, in die Suppe zu spucken. Aber durch die Meinung, die Sie von mir haben, wird sie auch nicht klarer.«

Thomas beugte sich zu ihm vor und kniff die Augen

zusammen: »Also Sie ... Sie sind auf komische Art unanständig!« knurrte er ihn an und schüttelte sanft den Kopf. »Wenn ich recht verstanden habe, weiß Ihre rechte Hand nicht, was Ihre linke tut, und umgekehrt. Das ist sehr praktisch! Hören Sie, ich werde Ihnen etwas sagen: Ich glaube, Ihnen fehlt es an Achtung vor den Menschen. Und da sind Sie nicht der einzige. Ich glaube, daß diese Einstellung sich tendenziell immer mehr ausbreitet, in allen Bereichen. Und wissen Sie, was passieren wird, wenn man die Leute weiterhin mit der Verachtung und der Arroganz behandelt, die sich heute über sie ergießt? Wir werden erleben, daß man wieder Köpfe aufspießt!«

»Als wir jünger waren«, vertraute Jackie Eileen an, »traf ich Thomas bei einer Versammlung der Kommunistischen Partei.«

»Nein, aber meinst du nicht, daß ich recht habe? Tut mir leid, aber mir vorzustellen, daß dieser Kerl die Möglichkeit hat, mich arbeitslos zu machen, empfinde ich als einen Angriff auf meine Würde.«

»Keine Angst, Thomas, so weit sind wir noch nicht«, beruhigte ihn Marc.

»Ich weiß. Aber das ändert nichts an dem, was ich gesagt habe. Das ist eine Frage des Prinzips. Und ich wiederhole es: Die Vorstellung, daß man über mein Schicksal verfügen kann, ist ein Angriff auf meine Würde.« Er wandte sich an den Inspektor und zeigte mit dem Finger auf ihn: »Das ist mir von Anfang an durch den Kopf gegangen. Also, mein Lieber, ich gebe Ihnen einen Rat: Reizen Sie mich nicht allzusehr.«

»Du mußt nicht grob werden!« sagte Jackie vorwurfsvoll.

»Ist schon richtig! Aber ich fühle mich von ihm beleidigt.«

Marc beugte sich vor, um sein Glas zu füllen.

»Thomas, in diesem Punkt bin ich mit dir vollkommen einer Meinung.«

»Also, wenn Sie es so wollen …«, sagte der Inspektor, »die Verschmutzung durch Ihre Fabrik ist eine Beleidigung der ganzen Menschheit.«

Das war eine kalte Dusche. Einige Sekunden lang war es still.

»Moral: Einer ist nicht besser als der andere!« witzelte ich, um die Atmosphäre zu entspannen.

Victor Brasset lächelte als einziger. Offensichtlich war er zufrieden mit seiner Entgegnung. Er hielt sein Glas hin und erklärte, der Wein sei köstlich. Thomas stieß es mit einer Hand zurück, ohne ihn anzusehen.

»Oh! Oh!« rief der Inspektor aus. »Soll ich etwa bestraft werden?«

»Es reicht, halten Sie die Klappe!« antwortete Thomas.

»Es stimmt, daß Sie grob sind, wissen Sie das? Sind Sie sicher, daß das keine Gewohnheit ist? Nun, wer ist wohl so liebenswürdig, mir ein Glas einzuschenken? Ein wenig Höflichkeit hat noch keinen umgebracht.«

Thomas stieß ihn erneut zurück.

»Ah! Sie sind ja wirklich ein Tier!« sagte der Inspektor und versuchte, die Schranke zu überwinden.

Blitzschnell griff sich Thomas eine Flasche und schlug sie ihm auf den Kopf.

Wir alle bekamen Spritzer ab, und der Inspektor ging zu Boden.

Wir sprangen auf, während Thomas knurrte, daß »dieses Arschloch« es wirklich herausgefordert habe.

Ich beeilte mich, den Inspektor umzudrehen, aus Angst, daß er ertrinken könnte, wenn er nicht schon tot war. Marc half mir, ihn auf die Couch zu schleppen, und Thomas fragte uns, was er denn nun habe. Jackie kam näher, die Hand auf dem Mund. Ich warf Thomas einen bösen Blick zu.

»Er hat mich ein Tier genannt«, rechtfertigte er sich mit kläglicher Stimme.

»Ich garantiere dir, das hat er richtig erkannt!« gab ich ihm zurück.

Ich schob mich zwischen Jackie und Eileen, um zu sehen, was vor sich ging. Und ich weiß nicht, was über mich kam, doch ich legte meinen Arm um Eileens Taille. Obwohl das Unglück nun schon geschehen war, entschuldigte ich mich und blickte gleich wieder auf den liegenden Inspektor hinunter. Ich ärgerte mich über diese Ungeschicklichkeit.

»Ist er...?« flüsterte ich.

»Wahrhaftig«, murmelte Marc.

Dann teilte Jackie uns mit, daß er atme, daß sie sich ihre Diagnose aber noch vorbehalte.

Wir mußten Thomas in unsere Mitte nehmen. Er hatte sich auf den Inspektor geworfen, schüttelte ihn hin und her und befahl ihm aufzuwachen. Marc hielt ihn in seinen Armen, bis er sich beruhigte. Er sprach besänftigend auf ihn ein, während ich den Bewußtlosen besser lagerte, Eileen ihm ein Kissen unter die Beine schob, Jackie seine Krawatte lockerte und seinen Kragen aufknöpfte.

Jackie war wütend auf Thomas. Sie fragte ihn, ob er ihn

ernsthaft töten wollte. »Wer weiß, ob er einen Schädelbruch hat?! Ich habe sogar Mühe, seinen Puls zu fühlen, wenn du es wissen willst! Du bist ja verrückt geworden, im Ernst!«

Als er Thomas in einen Sessel setzte, entlockte Marc ihm ein Stöhnen. Er packte ihn bei den Schultern und sagte leise etwas zu ihm, so, daß wir es nicht hören konnten.

Er kam wieder zu uns, ans Lager von Victor Brasset, der noch dazu von Kopf bis Fuß durchweicht und verdreckt war und nicht gerade gesund und munter aussah.

»Das ist alles meine Schuld«, murmelte er. »Ich hätte ihn zum Schweigen bringen müssen. Ich bin dafür verantwortlich, daß Thomas an meiner Stelle gehandelt hat.«

Jackie sagte, es gebe Wichtigeres, als festzustellen, wer für was verantwortlich sei.

»Meinst du, wir müßten einen Hubschrauber rufen?« seufzte Marc.

Sie antwortete, wir könnten wenigstens die Wunde verbinden und vielleicht ein paar trockene Kleidungsstücke für ihn auftreiben.

Ich ging ins Bad und machte mich über die Apotheke her. Ich sagte mir immer wieder, daß wir ein ernstes Problem hatten, denn die Situation war so außergewöhnlich, daß ich fürchtete, die Realität nicht voll zu erfassen. Ich fühlte mich auch mehr und mehr durch Eileen verunsichert. Ohnehin entdeckte ich mit einer gewissen Unruhe, daß Thomas nicht der einzige war, der unter unkontrollierbaren Anwandlungen litt. Und das machte mir um so mehr Sorgen, als ich es nicht schaffte, eine richtige Beziehung mit einer Frau ins Auge zu fassen. Meine Erfahrung mit Marion hatte mir für immer die Lust vergehen lassen, irgend etwas auf diesem

Gebiet zu unternehmen. Ich hatte Probleme, das zuzugeben, doch es war echte Panik, was sich da in meinem Innersten meldete und um so stärker wurde, je anziehender ich Eileen fand. Ohne es mir richtig einzugestehen, untersuchte ich den Inhalt der Apotheke, für den Fall, daß sich irgendein Anaphrodisiakum oder ein anderes starkes Beruhigungsmittel darin finden würde, doch dem war nicht so. Mit verschwommenem Blick erinnerte ich mich einen Augenblick lang an die vergangenen Tage. Wie hatte ich nur die Gefahr verkennen können? Wie betäubt hockte ich mich auf meine Absätze. Wie kam es, daß der Alarm nicht funktioniert hatte? Ich sah mich selbst, wie ich um sie herumschlich, ihr meine Zettelchen schrieb, sie in meinem Wohnzimmer zurückhielt, ihr einen Tee anbot. Ich hatte das Gefühl, daß ich mich an das Scheunentor hatte nageln lassen, ohne es auch nur zu bemerken. Wie hatte ich so blind sein können? Und durch welches Wunder wurde ich mit einem Mal wach? Es war ein wenig spät, aber nicht *zu* spät, Gott sei Dank! Nur wollte ich nicht noch einmal einschlafen. Diese Möglichkeit erschreckte mich einen Augenblick, weil ich gleich realisierte, daß ich mich während meines Schlafs *wach glaubte*! Ich schauderte. Die Gespenster meines Streits mit Marion kehrten zurück und tanzten um mich herum. Ich glaubte, daß ich wieder am Fuße des Hangs zusammenbrechen würde. Doch dann fuhr ich hoch und biß mir mit der Kraft eines Besessenen in die Hand. Und ließ nicht los, bis die Gespenster verschwanden.

Das Wasser, das aus den Hähnen floß, war tatsächlich so schmutzig, daß ich darauf verzichtete, meine Wunde darunter zu halten. Ich tröpfelte jedoch ein antiseptisches Mittel darauf und verband mir die Hand, bevor ich leicht hinkend wieder zu den anderen ging. Obwohl ich wenig Freude daran hatte, mich so grauenhaft zu beißen, war ich voller Hoffnung, daß der Schmerz meine Augen offenhalten würde.

Ich erklärte, es sei nichts, ich hätte nur ein Zahnputzglas zerbrochen. Jackie seufzte, daß in diesem Haus bald mehr Blut als Wasser fließe. Mit Eileens Hilfe begann sie, sich um den Inspektor zu kümmern, während die beiden anderen sich still an die Brust schlugen.

Ich stieg hinauf in den ersten Stock, um Kleidungsstücke zu holen. Es ärgerte mich ein bißchen, so idiotisch das war, Victor Brasset Sachen anzuziehen, die ich gern mochte. Meine eigenen, um genau zu sein. Ich konnte mich nicht entscheiden. Die wenigen Hemden und Hosen, die ich hier verwahrte, waren keineswegs abgelegte und vergessene Teile. Ich dachte gerade schlecht gelaunt darüber nach, als Eileen ins Zimmer huschte.

Aus Angst, daß der Schmerz nicht stark genug sei, ballte ich die Faust.

»Ich wollte Ihnen nur sagen, daß auch Unterwäsche gebraucht wird«, erklärte sie mir.

Ich wich einen Schritt zurück.

»Darauf muß er verzichten. Sowas habe ich hier nicht«, log ich.

»Ja, dann hat er eben Pech gehabt. Haben Sie sonst etwas für ihn gefunden?«

»So gut wie…«

Ich sah sie an, und ich hatte das Gefühl, ein glühendes Holzscheit in der Hand zu halten. Allerdings hatte ich mir auch beinahe einen Teil der Hand abgerissen, dicht am kleinen Finger. Ich mußte mich auf die Bettkante setzen, weil mir schwindlig wurde.

»Ich weiß nicht, ob es Ihnen so geht wie mir«, erklärte sie, »doch ich kann es nicht leiden, mich von meinen Sachen zu trennen.«

»Nein, mir ist das gleichgültig«, antwortete ich ihr.

Sie lächelte. Ich spürte, wie mir das Blut in die Handfläche lief.

»Da haben Sie Glück«, meinte sie und griff aufs Geratewohl eines meiner Hemden.

»O nein, das nicht!« hielt ich sie zurück.

»Nein?«

Ich ließ den Kopf hängen.

»Nehmen Sie es«, sagte ich zu ihr. »Sie können es haben.«

Als sie zögerte, fing ich an, mit meiner ramponierten Faust gegen den Bettpfosten zu hämmern.

»Ich bitte Sie, Eileen, machen Sie mir die Freude«, fuhr ich mit bebender Stimme fort. »Ziehen Sie es über. Ich werde mich umdrehen, aber ziehen Sie es über, seien Sie nett. Tun Sie es, wenn Sie nur ein klein wenig für mich übrig haben!«

Nebenbei vergaß ich nicht, mich erneut über die schlechte Beleuchtung im Haus zu freuen. In Schatten getaucht, war ihr der blutige Brei entgangen, den ich aus meinem Verband preßte, als ich mit der Faust auf das Holz schlug. Für mich war es ein Schmerz, bei dem keine Gefahr bestand, daß ich einschlafen würde. Ich tat mir so weh und fühlte mich dadurch so gut vor einer heimtückischen Benommenheit geschützt, daß ich in der Lage war, mich einer ziemlich gefährlichen Situation auszusetzen.

Als ich sah, daß sie tat, was ich wollte, drehte ich mein Gesicht zur Wand und starrte mit einem Auge auf die Spiegelschranktür, die ich mit dem Fuß zurechtschob. Die Erregung in meiner Stimme beherrschend, bat ich sie, auch eine meiner Hosen anzuziehen. »Ich werde Ihnen den Grund ein anderes Mal erklären«, versprach ich ihr. »Doch fragen Sie mich jetzt nichts. Oh! Ich danke Ihnen aus tiefstem Herzen!«

An manchen Abenden, wenn Marc mich zu Louisa mitnahm, trennten wir uns, wenn er mit einem Mädchen nach oben ging. Das war keine Frage des Geldes, denn Marc übernahm natürlich alles. Und es ging auch nicht darum, daß ich schwierig war, denn das Haus hatte nichts von einem billigen Bordell, und die meisten Mädchen gefielen mir. Nein, es war einfach so, daß diese Dinge mir nichts sagten und daß Jackie da war, wenn ich eine Frau in den Armen halten wollte. Ich hatte mich auf keine andere eingelassen, seit wir uns getrennt hatten, Marion und ich. Es hatte mir nicht gefehlt, wenn ich jetzt darüber nachdachte. Ich glaube, daß sich nie eine besondere Gelegenheit geboten hatte und daß ich auch nicht darauf aus gewesen war. Wie dem auch sei, nun, da ich Eileen beobachtete, mußte ich das Offensichtliche einfach akzeptieren. Daß sie keine Unterwäsche trug, war nur ein unwichtiges Detail, dem ich keine besonders große Beachtung schenkte. Ich trommelte weiter sanft mit der Faust auf den Bettpfosten ein. Das hatte keine starke Wirkung mehr. Der Schmerz hatte sich verflüchtigt oder war nun eher in meiner Brust zu spüren. Ich glaube, daß meine Augen aufgerissen waren, doch wenn das überhaupt stimmte, dann weil ich wahnsinnig erstaunt war.

Denn schließlich war sie seit einer Ewigkeit die erste Frau, die ich wirklich begehrte. Und in dem Maße, wie ich mir das bewußt machte, wurde mir klar, daß ich nichts dagegen tun konnte.

V

Patrick Sheahan beunruhigt uns

Sicher, ich konnte nichts dagegen tun, aber ich konnte es doch für mich behalten. Ich stand wieder auf, während sie die Hose zuknöpfte – der Beweis, daß sie gar nicht so dick war, wie von anderen gesagt wurde. Sie hatte sogar, fand ich, und das trotz der Zurückhaltung, die ich mir selbst auferlegt hatte, ausgesprochen weibliche Rundungen. Ich entdeckte bei mir plötzlich ein Verlangen, das Jackie, schlank, wie sie war, nur schlecht würde erfüllen können. Dafür müßte ich sie schon dazu bringen, zusätzlich zu ihrem Vollwertreis ein paar Süßigkeiten zu essen, und sie dürfte sich nicht darauf beschränken, anderen ihre Hagebuttenkonfitüre anzubieten. Sie brauchte sich nur ein Beispiel an Eileen zu nehmen und sich die Taschen mit Schokolade vollzustopfen.

Ich machte Spaß. Jackie und ich konnten uns gegenseitig nichts mehr beibringen. Sie gehörte zu den sanften Niederlagen meines Lebens, genauso wie meine Arbeit bei der Camex-Largaud und die Einrichtung meines Wohnzimmers. Ich hatte brutalere Abstürze erlebt, doch dieser hier war von entnervender Langsamkeit und Tiefe. Ich seufzte, während Eileen mir half, meine Hemden wieder in den Schrank zu hängen.

Als wir zwischen Bett und Schrank waren, hatte ich das

Gefühl, daß sie mir den Ausgang versperrte. ›Poch-poch‹ machte es unter meinem Verband, während wir uns immer noch im Halbdunkel gegenüberstanden, mit einem Bett neben uns und nichts, das uns hinderte, uns darauf sinken zu lassen. Ich spreizte die Beine ein wenig, um fester auf den Füßen zu stehen, denn ihr Duft wurde so deutlich wie ein fetter Bleistiftstrich auf einem weißen Papier.

»Gefalle ich Ihnen so?« murmelte sie und beendete damit eine Spannung, die ich unerträglich fand.

»Sie sind perfekt… Jetzt, Verzeihung, entschuldigen Sie mich«, sagte ich, wich nach rechts aus und machte mich Richtung Tür davon.

Ich überließ es Marc und Jackie, sich um das Wechseln der Kleider zu kümmern. Nicht daß ich vor etwas zurückschreckte, das traurige Enthüllungen versprach, doch ich merkte ein bißchen spät, daß ich ebensowenig Gefallen daran hatte, daß der Inspektor Sachen anzog, an denen noch Eileens Wärme und Duft hafteten, wie ihm überhaupt meine Hemden zu geben. Ich ging zu Thomas, um mir ein Glas einzugießen, das ich in einer Sekunde austrank. Ich wandte mich ihm zu, um nicht zu sehen, wie Eileen durchs Zimmer ging.

»Du hast einen Mörder vor dir!« stöhnte er.

»Aber nein, nicht doch…«, beruhigte ich ihn.

»Hast du ihr auch ein Hemd gegeben?« fragte er mit tonloser Stimme.

Ich tat seine Frage mit einer Handbewegung ab.

»Die Wahrheit ist, daß wir immer bereit sind, uns in den Kampf zu stürzen«, philosophierte er. »Man vergißt, daß links und rechts ein Abgrund klafft und auf uns lauert.«

»Du sagst es«, antwortete ich, ohne daß es mir gelang, ihm meine ganze Aufmerksamkeit zu schenken.

Ich fragte ihn, ob er Lust habe, irgend etwas zu essen.

»Das ist lieb von dir, Patrick, aber ich fürchte, ich bekomme nichts herunter.«

Ich stand in dem Moment auf, als sie sich hinsetzte. Ich hatte nicht vergessen, wie stark Marion sich sehr bald nach unserer Hochzeit verändert hatte und welche Hölle ich durchmachen mußte. Ich ging zu Jackie, beugte mich über sie und faßte sie an den Schultern, sanft und herausfordernd. Ich fragte sie, ob alles geklappt habe, und nutzte die Gelegenheit, mir eine Binde und eine Kompresse zu nehmen. Ich warf einen Blick auf Marc, der gerade dem Inspektor die Hose zumachte und meinte, wenn er davonkomme, würde ihn eines schönen Tages seine Angst vor Seife umbringen.

Ich hockte mich vor den Kamin, um meinen Verband loszuwerden. Ich beobachtete, wie er im Feuer verbrannte, sah zu, wie er sich krümmte und verglühte, und ließ den Kopf hängen. Dann verband ich mir die Hand neu und dachte darüber nach, daß ich fünfundvierzig Jahre alt war. Doch ich wußte nicht, wie ich mich verhalten sollte.

Während ich eine Zwiebelsuppe kochte – ich hatte ihnen verschiedene Sorten vorgeschlagen –, krachte der Heizöltank vom Berg herunter, weil seine Betonstützen durch die Auswaschung wegsackten. Dies war der richtige Augenblick, etwas Heißes zu servieren, um den Ausfall der Heizung zu feiern. Da wir noch ein wenig Brot hatten, schnitt ich ein paar Scheiben ab, die ich zur Zufriedenheit aller röstete. Ich lächelte in mich hinein, als Jackie nachsehen kam, was ich da tat, und vertraulich zu mir sagte, wir sollten uns jetzt nicht mit dehydrierten Produkten vollstopfen, weil man davon leicht zunehme. Sie fügte hinzu, daß wir wachsamer denn je sein müßten. Ihrer Meinung nach würden wir das Fett, das wir jetzt ansetzten, vielleicht bis ins Grab nicht mehr los.

Ich flüsterte ihr schließlich zu, daß sie sich von mir aus ein paar Sünden leisten könne und ich der letzte wäre, der ihr das vorwerfen würde.

Sie antwortete mir nicht gleich und nutzte die Gelegenheit aus, um ihren Unterleib gegen meine Hand zu pressen, die ich auf die Tischkante gelegt hatte. Ich sah hoch, um mich zu vergewissern, daß uns niemand beobachtete, doch die anderen diskutierten in der hintersten Ecke des Zimmers, und wieder einmal konnte ich mich über unsere armselige Beleuchtung freuen.

»Hättest du mich gern etwas üppiger?« fragte sie scherzhaft und unterstrich ihre Frage mit sanften Stößen ihres Unterleibs.

»Warum nicht?« murmelte ich.

»Würde das deine Säfte wieder steigen lassen?« fuhr sie in einem amüsierten Ton fort.

Ich lächelte ihr aus den Augenwinkeln zu, und es gelang mir, ihr trotz einer dicken Strumpfhose mit malvenfarbigem Blumenmuster und eines Slips, dessen Gummi ich spürte, durch liebevolle Zärtlichkeiten klarzumachen, woran ich dachte. Es war sonst nicht unsere Art, ein solches Schauspiel zu bieten und gegen die strikten Sicherheitsregeln, die wir uns auferlegt hatten, zu verstoßen, doch es schien ja sowieso alles schiefzulaufen. Das Haus krachte zusammen, und der

Rest war entsprechend. Jeder versuchte sich an dem festzuklammern, was er hatte. Für meinen Teil und trotz manchem Hin und Her, das mich auch nicht weitergebracht hatte, war mir stets klar gewesen, daß Jackie eine schöne Frau war. Ich fand bei ihr sicher nicht alles, was so ein schwieriger Typ wie ich sich erhoffen konnte, doch sie machte gern mit, wenn wir zusammen waren, und war nicht die letzte, die es noch einmal wollte. Ich versuchte, das nicht zu vergessen, als meine Hand zwischen ihren Beinen steckte, vor allem, seit sie – weil sie bemerkt hatte, wie wenig Aufmerksamkeit man uns schenkte – damit begonnen hatte, meinen Hintern zu streicheln, und mir dabei einen Finger zwischen die Backen schob. Augenblicklich fühlte ich mich ihr gegenüber derart undankbar, daß ich sie am liebsten in die Arme geschlossen und ihr aus tiefstem Herzen für all ihre Zärtlichkeiten, die mir so gutgetan hatten, gedankt hätte. Die Wut auf mich selbst, die ich jetzt empfand, ließ mir den kalten Schweiß auf die Stirn treten. Ich machte mir bewußt, daß nicht alles an mir schlecht war, auch wenn ich wankelmütig war, verblendet durch Hirngespinste, versunken in einer ohnmächtigen Verzweiflung, unvernünftig, oberflächlich und in der letzten Zeit zu gleichgültig gegenüber der Freundschaft, die mich mit den drei anderen verband und die das einzige war, was mich im Leben nicht enttäuscht hatte. Ich hätte es Jackie gerne erklärt, ihr gesagt, daß sie mir genügte, daß Marc und Thomas mir genügten, daß dieses Leben bei weitem gut genug war und daß ich nicht die Absicht hatte, irgend etwas daran zu ändern.

Ich hatte unglücklicherweise nicht die Zeit, ihr eine lange Rede zu halten. Doch ohne auf das Risiko zu achten und weil ich einfach etwas tun mußte, zog ich sie in die Küche, und drei Minuten lang – ich schätzte, daß noch länger ein Wahnsinn gewesen wäre und die anderen neugierig gemacht hätte – küßte ich sie mit all der Zärtlichkeit, zu der ich fähig war, und schloß sie so fest in meine Arme, daß ich sie hätte erdrücken können.

Ich ging als erster aus der Küche und sah nach, wie es um meine Suppe stand. Ich war glücklich, daß ich die Dinge wieder in Ordnung gebracht hatte. Zufrieden, mich für das Klügere entschieden zu haben. Daß dieser süße und zärtliche Kuß mich nicht ganz überzeugt hatte, zeigte mir, wie sehr ich von meinem Weg abgekommen war. »Du hast rechtzeitig reagiert, Patrick!« sprach ich mir selbst Mut zu. »Gott weiß, welcher Gefahr du dich ausgesetzt hast!« Ich legte die Croûtons in Spiralform auf einen Teller und steckte eine kleinen Schirm aus buntem Papier oben hinein.

Jackie kam wieder zu mir und half mir, den Tisch zu decken. Ich bildete mir nicht ein, ein Typ zu sein, der besonders gut küßt, doch sie schien noch ganz aufgewühlt von dem Ereignis. Sie war meine einzige, meine beste Freundin, ich war stolz darauf, sie in diesen Zustand versetzt zu haben. »Guter Gott! Es wird dir nichts entgehen!« flüsterte ich ihr ins Ohr, während ich mich über den Tisch beugte, um die Gedecke aufzulegen. Jackie war keine Frau, die errötete. Sie zwinkerte mir nur zu und stibitzte sich einen kleinen Croûton. Das kam aus einem guten Gefühl.

Jackie und ich hatten plötzlich beste Laune, bei den anderen war das nicht so. Marc und Thomas schienen auf dem Tiefpunkt angekommen zu sein und Eileen bei ihrem Absturz mitgerissen zu haben. Ich fragte sie, ob sie glaubten,

Jackie und ich hätten uns die Mühe umsonst gemacht. »Was ist mit ihm? Er ist ja gar nicht tot«, behauptete ich, nachdem ich einen Blick auf den Inspektor geworfen hatte, den man, ehrlich gesagt, nur ziemlich schlecht erkennen konnte. Marc sagte nichts, doch er machte ein Gesicht, als werfe er mir vor, daß ich unsere Schwierigkeiten falsch einschätzte. Ich starrte ihn eine Sekunde an, dann fügte ich hinzu, daß ein *niedergeschlagener Geist die Knochen austrocknet*.

Ich setzte mich Jackie gegenüber, nachdem ich Eileen am anderen Ende des Tisches plaziert hatte. Ich schenkte Wein ein, und die Suppe dampfte in unseren Tellern, aber die Stimmung war alles andere als gut. Es war mir peinlich, daß ich eine Erektion hatte, trotz meiner Anstrengungen, Jackie nicht zu sehr anzusehen. Das quer durchs Zimmer fließende Wasser hatte vielleicht eine demoralisierende Wirkung. Es war gestiegen, gluckerte um die Tischbeine herum und blubberte gegen die Tür. Auch durchs Dach regnete es jetzt stärker und an mehr Stellen herein, und obwohl das keine weiteren Probleme machte, trug es doch zu der trostlosen Stimmung bei, die durch das flackernde Kerzenlicht und das gespenstische Weiß einer Gaslampe noch verstärkt wurde. Thomas löffelte meine Suppe still aus. Marc kostete davon und lobte mich, bevor er seinen Teller wegschob. Eileen war so weit weg, daß ich nicht wußte, was sie tat.

Jackie und ich tauschten Zwiebelsuppenrezepte aus, doch wir waren nicht recht bei der Sache, und ich mußte feststellen, daß meine ganzen Bemühungen zu scheitern drohten. Sie schauten nicht einmal mehr hoch, um sich über das Knirschen und Knarren im Dach Sorgen zu machen, und rückten ihre Gedecke ziellos hin und her.

Ich mochte die Art nicht, wie Marc sich benahm. Ich wußte, daß er über etwas nachgrübelte, und ich ließ ihn nicht aus den Augen, während ich mich abmühte, ein Gespräch wieder anzukurbeln, das nicht in Gang kommen wollte. Es gab ja auch nicht viel zu sagen. Solange wir nicht wußten, ob der Inspektor davonkommen würde oder nicht, war jede Diskussion sinnlos.

Ich mochte die Art nicht, wie Marc die Dinge nahm, denn ich kannte ihn. Er taugte mehr als ich, in vielen Bereichen. Als wir jünger waren, träumte ich davon, wie er zu sein. Er kam mir manchmal wie eine Lichtgestalt vor, mit Qualitäten, die ich niemals erreichen könnte. Und das war auch in all den Jahren nicht anders geworden. Ich hatte mir schon oft genug das Hirn mit der Frage zermartert, wie mein Leben verlaufen wäre, wenn er sich nicht so um mich gekümmert hätte, wenn er nicht dagewesen wäre, als es nötig war. Sicher beruhigte mich der Gedanke, daß ich einen solchen Schlamassel nicht ganz allein angerichtet hatte. Und ich fühlte mich manchmal auch menschlicher als er, weil ich mir bewußt war, welche Höhen ich niemals erklimmen könnte. Ich mußte mich anstrengen, sein Niveau zu erreichen, während es für ihn ganz natürlich war. Und diese Anstrengungen nährten meine finsteren Gedanken, diesen Teil von mir, der mich zu Eileen hingezogen und fast zum Verrat getrieben hatte. Marc taugte viel mehr als ich, das wußte ich, doch er war nicht so schnell.

Wie lange hatte er dazu gebraucht, plötzlich aufzustehen, seine Waffe zu ziehen und sie auf die Brust des Inspektors zu richten? Zwei Sekunden? Drei Sekunden? Die anderen hatten noch nicht reagiert, als ich schon auf den Tisch gesprungen war und mit einer Eleganz zu ihm hin hechtete, die mir einst auf dem Campus ein gewisses Renommee eingebracht hatte.

Der Schuß ging in die Luft, während wir über einen Sessel kippten und auf dem niedrigen Tisch landeten, der unter unserem Gewicht zusammenkrachte. Ich hatte nicht seine Qualitäten, doch ich war stärker als er. Und zweifellos sehr viel wütender. Ich entwaffnete ihn ohne Schwierigkeit und steckte die Pistole in meine Tasche.

»Verstehst du nicht, daß *ich* der Verantwortliche bin«, knurrte er zwischen den Zähnen.

Ich blieb einen Moment rittlings auf ihm hocken. Ich antwortete ihm nicht, doch ich half ihm, wieder hochzukommen. Wir blickten zu Thomas, der noch immer auf seinem Stuhl saß, die Szene beobachtete und nicht so aussah, als würde er sie verstehen.

»Glaubst du, daß ich die Absicht habe, ihn seinem Schicksal zu überlassen? Der arme Kerl hat ja nicht einmal begriffen, was er getan hat.«

»Hör zu, ich weiß nicht, muß ich dich… dich…«

Ich beendete meinen Satz mit einer Geste, die bedeutete, daß ich mir nicht die Mühe machen wollte fortzufahren. Weil wir wieder einmal naß waren, brachten Eileen und Jackie uns Handtücher, was zu einer lächerlichen Gewohnheit wurde. Ich hätte gerne gewußt, was wir ihrer Ansicht nach in dem Zustand, in dem wir waren, damit anstellen sollten. Ich trocknete mir die Hände ab, um sie nicht zu kränken, und Marc frottierte sich den Kopf.

»Frottier dich nur tüchtig!« riet ich ihm. »Man weiß ja nie, vielleicht geht dir dabei ein Licht auf.«

»Also, wir werden uns absprechen!« beschloß er. »Ich bin es, der ihn niedergeschlagen hat!«

Es war ihm ernst, aber er hatte noch das Handtuch auf dem Kopf, und man hätte ihn für eine Figur aus der Bibel halten können, die uns Blitz und Donner vom Himmel verkündete, wenn wir vom rechten Weg abwichen.

»Er hätte ja auch sehr gut fallen können«, gab Eileen zu bedenken.

»Oder einen Dachziegel auf den Kopf bekommen«, meinte Jackie.

»Natürlich!« murmelte ich. »Aber das schmeckt nicht so gut nach Opfer.«

Wir sahen uns an, Marc und ich, dann ließ ich sie alle, wo sie waren, und ging nach oben, um mich umzuziehen. Es tat mir leid, daß ich meine beiden schönsten Hemden hergegeben hatte. Als ich wieder nach unten kam, stand Thomas vor Marc, machte ein verlegenes Gesicht und schwor, er wisse nicht, was er sagen solle.

»Du mußt nur den Mund halten!« schlug ich ihm vor, während ich mich dem Inspektor zuwandte. Ich wußte nicht recht, warum ich zu ihm hinging, denn mein Wissen über Koma war begrenzt, doch ich bemerkte immerhin, daß er atmete. Ich zündete mir eine Zigarette an und blieb bei ihm stehen, das heißt, daß ich den anderen den Rücken zuwandte, und etwas Angenehmeres konnte mir gar nicht passieren. Jackie hatte ihm einen weißen Helm gemacht. Sie hatte es nicht für gut befunden oder hatte einfach vergessen, sein Gesicht zu säubern, so daß er einen ziemlich erstaunlichen Anblick bot.

Zuerst dachte ich, ich sei wütend, doch dann wurde mir

klar, daß ich im Grunde nichts empfand. Bei dieser Erkenntnis hielt ich mich einen Augenblick auf, aus einem Grund, den ich nicht sofort erfaßte. Dann wurde mir bewußt, daß mir der gleiche Gedanke am Tag von Vivianes Beerdigung gekommen war und daß er mich vollkommen durcheinandergebracht hatte. Ich hatte zu dieser Frau eine starke Zuneigung empfunden. Wir hatten mehrere Jahre miteinander gelebt, nachdem ihre Tochter ausgezogen war, und ich erinnerte mich, daß ich mich vor dem Tag ihrer Beerdigung gefürchtet hatte, daß ich Angst hatte, vor ihrem Grab auf die Knie zu fallen – bis zu dem Augenblick, wo alles verflogen war. Marc meinte, das sei kein Grund, beunruhigt zu sein, er hatte mir immer wieder gesagt, das sei eine normale Reaktion und habe nichts mit der Intensität der Gefühle zu tun, die ich für sie empfunden hatte. Doch ich glaube nicht, daß ich jemals selbst davon überzeugt war. Ich wurde immer wieder auf diesen Teil von mir zurückgeworfen, diese dunkle Seite, die ich nicht zu kontrollieren vermochte und die alles aufsog und verschwinden ließ, was mich an meinem Verhalten manchmal beunruhigte. Dieser Teil von mir erschreckte mich ein bißchen, das muß ich wirklich zugeben. Und immer, wenn er sich wie jetzt bemerkbar machte, verstand ich nicht, was er von mir wollte oder mir zu sagen versuchte. Ich fragte mich allerdings manchmal, ob es vielleicht ein Echo dessen war, was ich hätte sein können, ein Echo meines Lebens, das ich anderswo führte, oder einfach die negative Seite meiner Existenz. Ich hatte keine Ahnung, und ich wollte nicht zuviel darüber nachgrübeln.

Ich versuchte, in der schwarzen Nacht etwas zu erkennen, hinter dem strömenden Regen, der die Scheiben trübte. Es war nicht gerade einfach, den eigenen Anteil an dem unbewußten Theater herauszufinden, das man sich selbst vorspielte, ebensowenig wie zu wissen, wo man damit anfing oder aufhörte. Und wie sollte man anders handeln als so, wie man es von sich selbst erwartete? Wie dem auch sei, ich war gezwungen anzuerkennen, daß mein Ärger nicht echt war. Genausowenig wie die Tränen, die ich an Vivianes Grab vergossen hatte. Das war, als hätte ich die Finsternis aus der Nacht lassen können, indem ich mit einer Nadel ein Loch hineinstieß, nur daß ich nicht wußte, was für eine Nadel ich nehmen sollte, und daß ich niemals sah, was hinter der Finsternis war. Vielleicht lag darin der Grund dafür, daß ich da war, wo ich war, und von Zeit zu Zeit am Rande irgendeines Abgrunds entlangtaumelte oder mich am Fuß eines Hangs wiederfand und mich, so gut ich konnte, an die Rolle klammerte, die ich mir ausgesucht hatte. Manchmal fielen ganze Mauerstücke herab, doch ein dichter Staub blieb in der Luft hängen.

Thomas kam und verjagte meine wirren Gedanken. Normalerweise war es so, daß er einen Fisch aus dem Wasser zog und ich auf meine Füße sprang, bewaffnet mit dem Kescher, noch ganz erstaunt über die verschlungenen Wege meiner Gedanken. Er lächelte mich an, doch sein Gesicht war aschgrau. Er bat mich um eine Zigarette. Dann um Feuer. Er sagte zu mir, daß Marc der unglaublichste Mensch sei, den er je getroffen habe. Ich antwortete, das sei gut möglich. Er sagte, er fasse es nicht. Ich antwortete nichts. Er sagte noch, es sei verrückt und daß er nicht sicher sei, ob er das annehmen könne. Ich antwortete, daß Marc sich von niemandem daran hindern lasse zu tun, wozu er sich entschieden hatte.

Er ließ ein schwaches, müdes Lachen hören.

»Das darf man nicht.«

»Was?«

»Den anderen übelnehmen, daß man ist, wie man ist.«

Ich ließ ihn in Gesellschaft seines Opfers zurück, damit er über andere Dinge nachdenken konnte, und ging wieder zum Kamin. Marc erklärte den beiden Frauen gerade, wie die Ereignisse abgelaufen seien, auf welchem Platz jeder gewesen sei und wie er selbst die Flasche gepackt habe, um sie auf dem Kopf des Inspektors zu zertrümmern. Ich beobachtete ihn eingehend, während er mir keine Aufmerksamkeit schenkte, weil er, einen Finger an die Lippen gelegt, damit beschäftigt war, das kleinste Detail zu klären, oder eine Bewegung vormachte, die er präzisieren wollte. Dann sah er zu mir hoch, und ich schüttelte den Kopf.

»Gut! Ich glaube, ich habe nichts vergessen«, erklärte er in einem zufriedenen Ton.

»Und Ihre Frau?« fragte Eileen.

Sie nahm mir die Worte aus dem Mund. Er starrte sie mit brutaler Offenheit an, den Kopf geneigt und die Augen zusammengekniffen, beides fast nicht wahrnehmbar.

»Gute Frage!« meinte ich, um sie aus der Verlegenheit zu befreien.

Er beugte sich über das Feuer, murmelte, daß er sich nicht hinter einem Bett verstecken könne, richtete sich sogleich wieder auf und erklärte uns, daß er bei seiner Entscheidung bleibe und daß er sich noch erkälten werde, wenn er sich jetzt nicht umziehe.

Jackie wartete, bis er sich abgewandt hatte, um ihren Kopf an meine Schulter zu legen. Ich faßte sie um die Taille. »Wir können nichts daran ändern!« seufzte sie. Ich nutzte die Gelegenheit, daß Eileen uns zusah, um uns ein bißchen zu wiegen. Dann schafften wir die Sessel vor den Kamin, denn die Heizkörper waren inzwischen kalt. Im Vorbeigehen sagte Jackie zu Thomas, er solle mitkommen, Gebete würden den Inspektor nicht erwecken; aber es war, als hätte er sie nicht gehört.

»Sie sind wirklich wie Kinder!« schloß sie und hockte sich in einen Sessel. »Ich meine natürlich nicht dich.«

Ich lächelte sie an, doch ich wußte sehr gut, was sie über mich dachte, und das störte mich nicht. Viele Frauen schafften es nicht, sich von ihrem Mutterinstinkt zu lösen, und pflegten diese irrige Meinung. Da wir für die meisten anderen Dreckskerle waren, mochte ich es ganz gerne, daß sie mich für ein Kind hielt. Ich ließ mich durch die rigiden Ansichten nicht täuschen, die sie am Nachmittag gegenüber Eileen geäußert hatte: Demnach waren wir alle wilde Bestien. Ich hatte gehört, was sie sagte, doch ich kannte ihre tiefe Überzeugung. Jeder muß seine Welt nach eigenen Kräften bauen.

Ich beobachtete die beiden, wie sie ein paar Worte wechselten, und mir kam der Gedanke, daß ich niemals auf die Idee gekommen war, daß eine Frau ein Kind sei. Ich beobachtete sie also, und ich sagte mir gerade, daß sie seit Beginn dieses Abenteuers eine beachtliche Kaltblütigkeit gezeigt hatten, als Thomas mit einem schlurfenden Gang auf uns zukam und irgend etwas Unverständliches murmelte.

Ich hatte den Eindruck, daß er leise weinte, doch er zog gleichzeitig eine solche Grimasse, daß ich nicht sicher war.

»Was ist los? Jetzt sprich doch endlich!« sagte Jackie zu ihm.

Seine Lippen bebten. Er ließ den Kopf hängen, hob ihn wieder. Die Arme baumelten an ihm herunter, als wären sie aus Holz.

»Er be…«, brachte er heraus.

Als er sah, daß es nicht ging, schluckte er und bemühte sich, den Kopf zur Seite zu drehen.

»Er bewegt sich«, murmelte er. »Mein Gott! Ich glaube, er bewegt sich!«

Tatsächlich war der Inspektor, bis wir uns erhoben hatten, sogar schon umgekippt. Wir zogen ihn so schnell wie möglich wieder hoch und legten ihn zurück auf seine Kissen. Er war nicht gerade munter, doch wir waren schon froh, daß er stöhnte und sich hin und her drehte. Thomas hatte sich an meine Schulter gelehnt, sagte immer wieder: »Ah, Patrick! Ah, Patrick!« und rieb sich dabei die Augen. Jackie und Eileen freuten sich, sahen den Inspektor an, sahen uns an, sahen sich gegenseitig an und lachten schließlich laut los. Wir legten eine Decke über den ins Leben Zurückgekehrten, zu ungeduldig, darauf zu warten, daß er wieder zu Kräften kam, und zerstreuten uns überall im Haus, um Gläser und Alkohol zu holen, die Kerzen wieder anzuzünden, den Tisch abzuräumen und im Kamin Holz nachzulegen. Mitten im Zimmer traf ich auf Eileen. Sie sagte, sie sei ja so froh, und schloß mich in die Arme. Ich meinte, einen Asthmaanfall zu bekommen.

Bevor ich den Zwischenfall vergessen konnte, trank ich

ein großes Glas aus, in dem irgend etwas sehr Starkes war, das Thomas mir eingeschenkt hatte. Der Gedanke, mir einen zweiten Biß zuzufügen, ging mir flüchtig durch den Kopf, doch der erste schmerzte noch stark genug, um mich dagegen zu entscheiden. Ich fühlte mich ein bißchen wie eine Frau, der man in der Metro an den Hintern faßt und die still errötet, um keinen Skandal zu machen. Denn Eileen hatte mich tatsächlich richtig in ihre Arme geschlossen, hatte ihren großen Busen an meiner Brust gerieben, hatte ihr Becken gegen das meine gepreßt und mit ihrem wunderschönen Haar mein Gesicht gestreichelt – gerade als ich dachte, sie entmutigt zu haben, und ich selbst an dem Punkt war, die Schlacht zu gewinnen. Ich hoffte, sie hätte verstanden, daß Jackie und ich ... oder wenigstens, daß ich für ihren Charme kaum empfänglich war, oder auch, daß ich andere Sorgen hatte, doch es schien, als müßte ich klein beigeben. Natürlich vermied ich es, sie anzusehen, um alles nicht noch schlimmer zu machen. Weiß der Himmel, wie sie einen einfachen Blick ausgelegt hätte. Ich setzte mich auf die Lehne von Jackies Sessel. Ich war mehr oder weniger von der guten Stimmung angesteckt worden, die sich mit der Auferstehung Victor Brassets eingestellt hatte, und dann, als ich gerade mit einer Locke von Jackies Haar spielte, die auf die Rückenlehne fiel, starrte ich die Irin plötzlich an. In weniger als zwanzig Sekunden erkannte ich, daß Patrick Sheahan und ich uns einen tödlichen Kampf liefern sollten. Jetzt, da ich gewarnt war, entschloß ich mich, den Kopf wegzudrehen, und lächelte in die Flammen des Kamins hinein. Woraus folgt, daß man sich erleichtert fühlt, wenn das Unvermeidliche hervorbricht. »*Wenn es ihm gelegen ist, bin*

ich bereit, jetzt oder zu jeder andern Zeit; vorausgesetzt,
daß ich so gut imstande bin wie jetzt.« (*Hamlet*, V, 2.)

Unterdessen kam Marc zurück und musterte uns mit
mißtrauischer Miene. Thomas stand auf, die Arme weit ausgebreitet, und die Erregung schnürte ihm wieder die Kehle
zu. Als Marc ihn gerade fragen wollte, sorgte ein langes
Stöhnen des Inspektors dafür, ihm die gute Nachricht zu
verkünden.

Wie ich mir gedacht hatte, war das Ereignis für Marc kein
Grund zur Zufriedenheit. Er warf nur gnädig einen höf-
lichen Blick auf den Inspektor und weigerte sich, auf seine
Gesundheit zu trinken, weil er meinte, ein Schlag auf den
Kopf mache aus einem Scheißkerl noch keinen Heiligen.
Schon dabei strengte er sich meiner Meinung nach richtig
an, und ich war froh, daß ich die Smith & Wesson hatte.
Dann versuchte er, unsere Begeisterung zu dämpfen und
meinte, es sei gar nichts geregelt und unser neuer Freund
stelle immer noch eine Bedrohung dar, die wir nicht hinnehmen könnten.

Thomas, der seine selige Stimmung nicht mehr aufgeben
mochte, meinte, es würde reichen, ihm mal richtig auf die
Schenkel zu klopfen.

»Aber zähl diesmal nicht mehr auf mich, um ihn umzu-
bringen!« witzelte er.

»Vergiß nicht, daß ich dich niemals um deine Hilfe gebeten habe. Ich bin froh, daß du in diese Geschichte nicht
verwickelt bist, aber was mich angeht, wirst du entschuldigen. Mir ist noch nicht danach, mich zu amüsieren.«

»Du bist wirklich furchtbar! Machst du dir überhaupt
klar, was für einen Alptraum wir hinter uns haben?!«

»Ich denke daran, in was für einem Alptraum die Stadt versinken wird, wenn dieser Dreckskerl bei seinen Absichten bleibt. Aber beruhige dich, ich bin noch nicht mit ihm fertig. Ich gebe darauf acht, daß eine ganze Menge Familien ruhig schlafen können, dafür bin ich da. Und du kennst mich, Thomas, ich nehme diese Rolle nicht auf die leichte Schulter!«

»Du mußt versuchen, dir Marc als Kapitän eines Schiffs vorzustellen«, erklärte ich ihm. »Das Schiff gehört ihm nicht, allerdings wird er sehr viel besser bezahlt als du und ich. Und es würde mich nicht wundern, wenn er mit einer göttlichen Mission betraut wäre.«

»Meine Güte, warum nicht?« entgegnete Marc mit herausfordernder Miene. »Vielleicht kommt der Augenblick, wo man für etwas nützlich sein kann?«

»Frag ihn, ob er meint, daß wir für etwas nützlich sind!« antwortete ich und zeigte auf den Inspektor. »Aus seiner Sicht sind wir eher Schädlinge, meinst du nicht?«

»Nur weil er auf hoher See seinen Müll ins Meer kippt, ist ein Kapitän doch trotzdem für seine Männer da«, brummte Thomas vor sich hin.

»Sag mal, du hast dich ja gut erholt, soweit ich sehe«, beglückwünschte ich ihn. »Was für eine wunderbare Kurzfassung du uns hier bietest, mein lieber Freund! Melville, würde man meinen. Aber vergiß nicht, *man muß die Wale schon sehen, bevor man sie tötet*, wenn du es so angehst. Die Welt ist voller Typen, die lieber die Menschheit retten wollen, als ihre persönlichen Probleme zu lösen.«

Mir tat es gleich leid, die Dinge auf diese Art dargestellt zu haben, denn ich zog Marcs Aufrichtigkeit nicht in Zweifel und wollte ihn nicht verletzen. So war ich also froh darüber, daß Victor Brasset wieder auf sich aufmerksam machte, indem er vor unseren Augen erneut ohnmächtig wurde und damit dieser riskanten Unterhaltung ein Ende machte. Thomas gab acht, daß er nicht hinfiel, und setzte ihn in seinen Sessel. »He, Freund! Das wirst du uns doch nicht antun!« flehte er ihn an und tätschelte ihm die Wange.

Diesmal wurde er beinahe augenblicklich wieder wach. Er war nicht in der Lage zu sprechen und schenkte uns ein freundliches Lächeln, als wäre unsere Anwesenheit ihm außerordentlich angenehm.

»Ich habe trotzdem Angst, daß ich zu fest zugeschlagen habe«, machte Thomas sich Sorgen.

»Tja, der Schlag hat schon gesessen!« bestätigte Jackie. »Hoffen wir, daß er dich nicht verklagt.«

Thomas rückte von ihm ab, um ihn mit mißtrauischer Miene anzusehen.

»Mich verklagt?« murmelte er. »Meinst du, das könnte er tun?!«

Wir glaubten schon. Marc erklärte, er werde versuchen, alle Probleme zusammen zu regeln, während der Inspektor uns weiter mit seinem erbärmlichen Lächeln ansah. Lieber so, dachten wir, als tot in einer Ecke, und ließen uns von den Wolken, die Jackie über uns zusammengezogen hatte, den Himmel nicht verfinstern. Ich goß ein Glas voll und reichte es Marc. Ich bat ihn mit stillen Blicken um Entschuldigung, so daß er sich entschloß, es zu nehmen. Dann bediente ich die anderen.

»Hör mal, ich weiß nicht, ob das angebracht ist«, warnte mich Jackie, als ich dem Inspektor ein Glas geben wollte.

Eileen unterstützte mich. Sie meinte, sie habe noch nie gehört, daß ein Glas Whisky jemanden umgebracht hätte, ganz im Gegenteil. Patrick Sheahan hätte gerne auf eine solche Unterstützung verzichtet, denn Jackies Verärgerung entging ihm nicht. Was mich anging, schien mir, daß meine Wurzeln sich bemerkbar machten, und ich dachte daran, daß der heilige Patrick selbst von seiner Reise nach Ägypten den ersten Destillierkolben mitgebracht hatte.

Wie dem auch sei: Das halbe Glas ergoß sich über Victor Brassets Kinn. Wir beobachteten es zuerst peinlich berührt, dann mit einem gewissen Ekel, als ein Speichelfaden aus seinem Mund hing und er nichts tat, ihn abzuwischen. Marc sah ein, daß er ein bißchen warten mußte, bevor er die Verhandlung wieder aufnahm.

Wir schoben den Inspektor näher an das Feuer heran, damit er sich nicht erkältete und uns der traurige Anblick, den er bot, erspart blieb.

Dann trafen Marc und ich uns in der Vorratskammer. Man hätte meinen können, im Inneren eines U-Boots nach der Kollision mit einem Eisberg zu sein. Das Wasser strömte ganz beachtlich, und der Zustand der Mauer machte uns einige Sorgen. Wir versuchten, uns die Folgen bei einem breiten Durchbruch vorzustellen, und fragten uns, ob wohl das Dach halten oder ob vielleicht der ganze Bau mitgerissen würde wie eine Streichholzschachtel in einem Abwasserkanal. Auf der anderen Seite schien es uns nicht oder nur so unwesentlich ungefährlicher, nach draußen zu gehen, daß wir diese Möglichkeit bei all den Unannehmlichkeiten, die damit verbunden wären, nicht ernsthaft in Betracht zogen. Wir tranken still unsere Gläser aus. Dann sagte ich zu Marc, daß ich nicht sicher sei, ob ich es schaffen würde, wenn ihm etwas passieren sollte.

Er stellte sich dumm.

»Was soll mir denn passieren?« lachte er schallend. »Ich kann schwimmen, weißt du!«

»Zunächst einmal bin ich mir nicht sicher, ob ich mich um Gladys kümmern kann«, fuhr ich fort. »Und was ist das für ein Kreuzzug, den du da unternehmen willst? Bist du dir darüber im klaren, daß das schlecht ausgehen könnte? Marc, du weißt sehr gut, daß damit nichts gelöst wird. Also was soll das?«

Er rührte sich nicht, doch ich spürte, daß er sich von mir entfernte. Ihm lagen ein paar Dinge auf der Zunge, die hätten interessant sein können, doch er behielt sie für sich und sagte nur vage: »Ich tue, was mir richtig scheint!«

»Aber mir nicht!« bekräftigte ich. »Erzähl mir keine Geschichten. Ich will nicht wissen, was du hast, darüber bin ich auf dem laufenden. Ich will auch nicht wissen, wen du täuschen willst. Nein, ich will einfach, daß du mir sagst…«

»*Was soll ich dir sagen?!*« fiel er mir ins Wort, und ein böser Blick fegte über den Boden. »Ich kann nichts für mich tun, aber wenn es den anderen hilft, was meinst du?«

»Laß uns beide wegfahren! Komm, wir nehmen Urlaub! Ich bin sofort dazu bereit!«

»Und du wärst bereit, deine Irin zu verlassen?« flüsterte er und sah mich von unten an.

Ich brauchte zwei oder drei Sekunden, bevor ich ihm antworten konnte: die Zeit, um zu begreifen, was er zu mir gesagt hatte, darauf zu verzichten, mich zu verteidigen, und eine Entscheidung zu treffen.

»Du mußt nur ein Wort sagen«, bekräftigte ich mit einem Nicken.

Er freute sich sichtlich über meine Antwort. Er legte sogar seine Hände auf meine Schultern und sah mich mit einem sonderbaren Lächeln an.

»Und wenn wir es nicht tun«, fuhr er fort, »wird sich in unserem Leben nichts mehr ändern können. Wenn wir hier nicht herauskommen, werden wir bis zum bitteren Ende auf die gleiche Art weitermachen, und alles wird wieder wie vorher. Patrick, antworte mir ehrlich, spürst du tief in deinem Inneren noch einen Funken Hoffnung? Doch überlege dir gut, was du mir sagst.«

Ich überlegte. Ich zwang mich, an angenehme Dinge zu denken, an leuchtende Farben. Dann antwortete ich ihm: Ja, ich hätte schon den Eindruck. Er fing an zu lachen, schloß mich einen Augenblick in seine Arme und meinte, er würde mich erfinden, wenn es mich nicht gäbe. Dann fragte er mich plötzlich, was ich an Eileen anziehend fände, vielleicht ihren Busen, der ihm auch gefiel, oder daß sie so mollig sei, und da habe er einfach einen anderen Geschmack.

»Ich denke, ich werde die Finger davon lassen«, erklärte Patrick Sheahan. »Natürlich habe ich daran gedacht, aber... solche Dinge kann man ja nicht erklären...«

»Hör zu, ich glaube, ich bin zu weit gegangen. Es stimmt, auf den ersten Blick kam sie mir ein bißchen fett vor, aber ich habe mich getäuscht. Und außerdem weißt du doch, daß ich eine Vorliebe für schlanke Frauen habe. Vergiß also, was ich über sie gesagt haben mag, das hatte überhaupt keine Bedeutung.«

»Nein, nein, das ist es nicht«, fuhr Patrick Sheahan fort.

»Das läßt sich ja nicht erzwingen. Anziehung ist eine Sache, Scharfblick eine andere. Glaub mir, ich habe für solche Dinge inzwischen eine Art Instinkt. Nur Esel rennen zweimal gegen die gleiche Mauer.«

»Das verstehe ich gut, aber du mußt sie ja nicht heiraten.«

Patrick Sheahan lachte schallend: »Aber wenn du ihnen den kleinen Finger gibst, verschlingen sie trotzdem deinen Arm bis zum Ellbogen!«

Marc wußte durchaus, daß sein Gesprächspartner eine Menge Erfahrung auf diesem Gebiet hatte. Er konnte deshalb nur schwer auf seiner Meinung beharren.

Er goß uns ein Glas ein und legte die leere Flasche aufs Wasser. Wir sahen zu, wie sie zur Tür schwamm, durch die Küche auf das große Zimmer zu, mit der Strömung trieb und auf den sanften Wellen schaukelte.

»Es kann keinen Traum geben, wenn man aufgewacht ist«, erklärte er mir lächelnd.

Ich versuchte gar nicht zu verstehen, was er zu mir sagte, weil ich dabei war, gegen Patrick Sheahan zu kämpfen, und wir Anstalten machten, uns gegenseitig zu erwürgen.

»Aber du mußt zugeben, daß sie Charme hat«, schaffte ich herauszubringen.

»Und wenn man wirklich aufgewacht ist, gibt es keine Hoffnung mehr.«

»Andererseits sind sie alle gleich«, krächzte Patrick Sheahan.

Marc hob sein Glas, um mit mir anzustoßen. Ich wußte nicht auf was, doch er hatte einen so empathischen Ausdruck, daß ich trank, worauf er wollte, davon überzeugt, daß es nur angenehm sein konnte.

Daraufhin kam Thomas, um uns zu sagen, daß das Radio wieder funktioniere und daß die Behörden jedem rieten, zu Hause zu bleiben. »Man fragt sich ja schon, wer da wohl Lust hat, nach draußen zu gehen«, meinte er. »Ich erinnere mich an ein Jahr, als sie in niederen Lagen die Leute von den Dächern ihrer Häuser geholt haben, und da hatte es nicht so viel geregnet. Patrick, weißt du noch? Das war damals, als wir neben dir eingezogen sind. Ich hatte das Motorboot, und wir fanden diesen Typ mitten auf seinem Feld, das Wasser stand ihm bis zu den Schultern. Ich frage mich noch heute, wieso es ihn nicht mitgerissen hat. Letztlich bereue ich es, daß ich das Boot verkauft habe. Die Kinder haben es mir neulich noch vorgeworfen. Das Kanu interessiert sie nicht besonders. Jackie und mir wird klar, daß sie mit einem Mal groß sind. Wirklich, sie sind praktisch nicht mehr zu Hause. Manchmal denke ich noch an diesen Typ mitten auf seinem Feld. Ich frage mich, weshalb er nach draußen gegangen war.«

In diesem Moment krachte ein zweiter Baum aufs Dach.

»Alles in Ordnung! Keine Panik!« rief Thomas, der die Decke fest im Auge behielt und uns Zeichen gab, uns nicht zu rühren. Mit der gleichen Geste stoppte er Jackie und Eileen, die nachsehen wollten, was es Neues gab.

»In Ordnung, das hält!« versicherte er schließlich, während aus dem großen Zimmer das Klirren von zersplitterndem Glas zu hören war.

Es handelte sich um das Dachfenster, das infolge des Aufpralls geborsten war. Man sah, daß die Tannenäste quer darüberlagen und es dick von ihnen heruntertropfte.

Die anderen zogen ihr Regenzeug an und gingen hinaus

auf die Esplanade, um nachzuschauen, wie es dort aussah. Ich legte ein paar Scheite im Kamin nach, um meinen Beitrag zur allgemeinen Absurdität zu leisten. Ich fragte den Inspektor, ob alles in Ordnung sei. Er antwortete mir nicht und richtete seine Aufmerksamkeit auf die Knöpfe meines Hemds, die er berühren wollte. Ich wich zurück und wiederholte meine Frage. Er betrachtete mich mit einem freudigen Ausdruck, der unter seinem weißen Helm einfältig wirkte.

Ich setzte mich ans Feuer und nutzte die Gelegenheit, um kurz nachzudenken. Es gab inzwischen so viele undichte Stellen im Dach, daß ich darauf verzichtete, sie zu zählen. Niemand schien sich mehr darüber Gedanken zu machen. Wir hatten uns schließlich an sie gewöhnt und ihre langsame Vermehrung gelassen hingenommen. Diese Entdeckung verblüffte mich. Genauso wie die unbekümmerte Unterhaltung vor dem Haus, die ich durch den glitzernden Strom, der sich durch das Dachfenster ergoß, beobachten konnte.

Ich stieg hinauf in die Schlafzimmer, weil ich wissen wollte, woran ich war. Und dort konnte ich das Ausmaß der Schäden feststellen. Ich untersuchte das Gebälk, leuchtete mit der Taschenlampe jeden Balken ab. Denn es waren nicht so sehr die Schäden im Dach, die mich beunruhigten, obwohl sich durch ein schuhschachtelgroßes Loch literweise Wasser auf ein dickes Gänsedaunenbett ergoß, das sich in der Dunkelheit bewegte, sondern das Knarren im ganzen Gebälk. Es stimmte, was Thomas erklärt hatte, es hatte gehalten. Die Frage war nur, wie lange noch. Ich hatte den unangenehmen Eindruck, daß es ermüdete, daß seine Widerstandskraft bald zu Ende war. Und ich hatte außerdem das Gefühl, daß der Druck, der darauf lastete, die Luft zusammenpreßte und mir das Atmen schwermachte. Trotz der Kälte, die hier oben herrschte, mußte ich mir die Stirn abwischen. Mitten in dem Ächzen und Knirschen des Gebälks gelang es mir nicht zu erkennen, ob ich Opfer einer optischen Täuschung war oder ob das Dach sich bog und die Mauern sich blähten.

Ich ging zu den anderen, um ihnen das Ergebnis meiner Nachforschungen mitzuteilen. Sie wollten es sich selbst ansehen und ließen mich in Gesellschaft von Jackie zurück. Und Jackie legte Wert darauf, einen gewissen Punkt zu klären.

»Sie oder ich, wie dem auch sei...«, warnte sie mich. »Das mußte ich dir doch sagen.«

Ich war verblüfft, worauf sie mir sanft den Rauch ihrer Zigarette ins Gesicht blies und sich in einen Sessel zurückzog. Von meiner eigenen Unschuld überzeugt, gesellte ich mich bald zu ihr. Ich kauerte mich vor sie hin, den Rücken Victor Brasset zugewandt, der entdeckt hatte, daß eine Masche seines Pullovers lose war und er einen Finger hindurchstecken konnte. Ich schob eine Hand unter Jackies Kleid, ein Auge auf sie gerichtet, während ich gleichzeitig wachsam zur Treppe schielte.

»Ich möchte keine Ehe zerstören«, murmelte ich. »Aber ich bin gar nicht derjenige, den man im Auge behalten muß.«

Wenig empfänglich für das, was ich tat, machte sie meinen Erkundungen schnell ein Ende. Sie schlug ohne zu zögern die Beine übereinander und wies mich freundlich darauf hin, daß ich meine Lage noch verschlechterte, wenn ich mich weiter über sie lustig machte. Ich zermarterte mir das Hirn, weil ich nicht verstand, wie sie aus meinem Verhalten, das ich doch ziemlich gut unter Kontrolle hatte, erkennen konnte, wie unsicher ich war.

»Wer hat dir denn diese Geschichten erzählt?« fragte ich finster.

»*Sie* hat darüber gesprochen.«

»Also, das ist doch die Höhe!« sagte ich spöttisch.

»Oh, sie hat sich nicht zu weit vorgewagt. Aber es war nicht schwer zu erraten, daß sie sich etwas zwischen euch beiden vorstellen könnte.«

Ich räusperte mich.

»Und deshalb machst du dir Sorgen?« entgegnete ich in einem amüsierten Ton.

»Untersteh dich bloß, mir zu sagen, daß du nicht daran gedacht hast!«

»Natürlich habe ich daran gedacht!« rief ich lachend aus und ließ meine Hände auf ihre Taille wandern. »Passiert dir das etwa nie? Bedeutet das irgend etwas?«

Sie wollte auch nicht, daß ich ihren Busen streichelte. Sie schien ärgerlicher, als sie zu erkennen gab, und mir gelang es nicht, sie umzustimmen.

»Hör zu«, murmelte ich, mit der Hand auf dem Herzen. »Glaubst du, ich bin fähig, alles für ein Mädchen aufzugeben, mit dem ich kaum ein paar Worte gewechselt habe? Ich kenne sie nicht einmal, verdammt noch mal! Ich habe es nie mit einer anderen als dir gemacht, seit Marion mich verlassen hat, und ich werde nicht jetzt damit anfangen! Wenn ich so einer wäre, hättest du das wohl schon bemerkt, glaube ich!«

Aber sie hatte sich festgebissen.

»Laß dir das bloß nicht einfallen!« drohte sie mir.

Gereizt stand ich wieder auf und stellte mich an den Kamin, um über mein Schicksal nachzugrübeln. Mich verblüffte ihr Verhalten, weil ich glaubte, daß wir uns nicht in unsere jeweiligen Geschichten einmischen sollten. Falls es da nicht eine Klausel in unserem Vertrag gab, die mir entgangen war. Ich warf einen Blick auf den Inspektor, der noch immer seine Finger durch das Loch im Pullover steckte.

»Und du. Was stellst du da an?« fragte ich ihn in einem ziemlich schroffen Ton.

Ich hob den Kopf wieder, um mich erneut Jackie zuzuwenden, doch die anderen kamen herunter, und so behielt ich meine Überlegungen für mich.

Mit ernster Miene sagte Marc, daß wir uns sicherlich bald dazu entschließen müßten, das Haus zu verlassen. Es war noch nicht dringend, doch Thomas erklärte, daß die Lage so aussichtslos sei, weil alles gleichzeitig unterspült und zusammengedrückt würde. Ich ergänzte, daß ein von oben nach unten auf den Schädel eines Inspektors ausgeführter Schlag keine besseren Resultate gezeigt habe.

»Meinst du, das kommt wieder in Ordnung?« fragte mich Thomas.

Sie stellten ein paar einfache Tests an. Thomas hielt ihm zum Beispiel eine Banane hin, oder eine Hand, bei der er nur die Finger zählen sollte, ohne eine befriedigende Antwort zu erhalten.

»Ich weiß nicht...«, gestand ich. »Vielleicht ist es vorübergehend. Jedenfalls hoffe ich das.«

Sie versuchten auch, ihn zum Gehen zu bewegen. Das Ergebnis war nicht überragend, doch er konnte sich wenigstens auf den Beinen halten.

»Die frische Luft draußen wird ihm guttun!« meinte Marc.

Um unsere Expedition vorzubereiten, packten wir die Taschen. Ich ging meine letzten Hemden und ein paar warme Sachen für alle Fälle holen, während die anderen unten die Vorräte zusammentrugen, die restlichen Taschenlampen, Medikamente und Verbandszeug. Wir reihten alles vor der Tür auf, für den Fall, daß wir überstürzt aufbrechen mußten. Ich war noch auf eine Rolle Seil gestoßen. Sie war schwer und unhandlich, doch ich meinte, wir könnten es bereuen, wenn wir sie hierließen.

»Willst du uns anbinden?« witzelte Thomas.

Keiner war von meiner Idee begeistert. Alle meinten, wir würden uns nur unnötig belasten. Man versuchte, mir klarzumachen, daß wir ja keine Schluchten überqueren oder einen Gipfel nach dem anderen erklimmen müßten, sondern nur einen Unterschlupf finden, falls es uns nicht gelänge, die Brücke über die Sainte-Bob zu erreichen, oder es sie vielleicht fortgeschwemmt hätte. Doch ich gab trotz allem nicht nach und erklärte, daß niemand mich daran hindern könne, dieses Seil mitzunehmen, und daß ich niemandem erlauben würde, mir beim Tragen zu helfen.

Der Mensch kennt keinen traurigeren Exodus als den, wenn sein Haus hinter ihm zusammenbricht. Schon bevor es wirklich geschah, war uns, als hätte man uns diese ärmliche Bleibe genommen. Bereits jetzt ohne Trinkwasser und Strom, würden wir bald auch ohne Feuer, Dach und Toilette sein. Da ich außerdem noch über gewisse Mißverständnisse zwischen Jackie und mir nachgrübelte, hatte ich nicht gerade die beste Laune. Ich spürte, daß meine Lage gefährlich war und daß ich die Risiken möglichst klein halten mußte.

»Du vergißt offenbar, daß sie *bei dir* wohnt!« hielt Jackie mir vor.

»Sie wohnt nicht bei mir. Sie hat sogar einen eigenen Eingang!«

Es war mir gelungen, sie ins Badezimmer zu ziehen, unter dem Vorwand, sie müsse mir beim Wechseln des Verbands helfen, falls sie nicht wolle, daß ich mich allein damit abmühte. Wir hatten nur diese wenigen Worte gesagt, und mir schien, sie war mir gegenüber noch gereizter geworden.

»Ach wirklich? Einen eigenen Eingang?« wiederholte sie.

Ich schnitt eine Grimasse, so fest hatte sie den Verband um meine Verletzung gezogen.

»Ich weiß wirklich nicht, wie wir diese Frage regeln können«, meinte sie weiter.

»Verlangst du von mir, daß ich sie vor die Tür setze?«

»Das ist dein Problem, wenn ich mich nicht irre. Darüber mußt du selbst nachdenken.«

Sie verschwand, bevor ich irgend etwas unternehmen konnte. Und doch, ich sperrte mich dagegen, daß mich wieder diese deprimierenden Gedanken erfaßten, die ich nach meiner Ehekatastrophe gegenüber Frauen gehegt hatte. Es war mühsam genug gewesen, sie im Laufe der Zeit wieder abzuschütteln. Lange Tage der Übung hatte es bedurft, bis ich an Frauen wieder elementare Qualitäten entdecken konnte. Ich setzte mich an einen Tisch, sah zu, wie sie sich auf der Straße bewegten, und bemühte mich, ruhig zu atmen. Um einen Anfang zu machen, hatte ich geübt, freundlich mit einer Schaufensterpuppe zu sprechen. Es hatte Monate gedauert, bevor ich mit einem Lächeln auf den Lippen eine Frau ansehen konnte. Gerade wollte ich mir ein bißchen Wasser ins Gesicht spritzen, als ich mich daran erinnerte, welche Farbe es hatte, und ich beschloß, daß ich durchaus in der Lage sei, die Situation aus eigener Kraft zu meistern.

Als ich meinen Platz unter den anderen wieder einnahm, erklärte Thomas Eileen gerade, daß das Haus trotz seines jämmerlichen Zustandes sehr gut noch Tage, sogar Monate oder länger stehenbleiben könne.

»Aber hör mal, Thomas, das ist doch Quatsch, was du da sagst!« meinte Jackie. »Man sieht doch wirklich, daß uns dieses Haus demnächst auf den Kopf fällt!«

Thomas biß sich auf die Lippen und bemühte sich, weiterhin ein freundliches Gesicht zu machen.

»Vielleicht hast du recht«, lenkte er ein. »Ich mußte nur an jene verlassene Scheune denken, die zweimal vom Blitz getroffen wurde. Die Mauern waren eingestürzt und das Dach verkohlt, und doch ist sie erst nach Jahren zusammengebrochen. Mehr wollte ich nicht sagen. Nur daß die Dinge oft viel solider sind, als man glaubt.«

»Du kannst ja hierbleiben, wenn du willst, und uns dann später berichten.«

Es war klar, daß Thomas für die heimlichen Gespräche zwischen Jackie und mir bezahlen mußte. Ich selbst war schließlich dahintergekommen, daß Marion einen Liebhaber hatte, als ich mich fragte, wie sie mir ein schlechtes Fernsehprogramm oder die unerträgliche Feuchtigkeit mancher Herbstabende vorwerfen konnte. Ich ärgerte mich sehr über die Wendung, die die Dinge nahmen. Ich war Jackie gegenüber sehr viel aufmerksamer gewesen als normalerweise. Und ich würde es bedauern, wenn sie so weitermachte. Ich wollte gerne zugeben, daß die Ereignisse des Tages anstrengend gewesen waren, doch es wurde Zeit, daß sie reagierte.

Ich stand auf, um den Inspektor daran zu hindern, in den Taschen zu kramen.

»Aber hallo! Kommen Sie, und setzen Sie sich dahin! Und bleiben Sie ruhig«, fuhr Marc ihn an.

Der Inspektor gehorchte. Ich legte die Sachen zurück an ihren Platz.

»Zum Glück tut er, was man ihm sagt«, bemerkte Marc.

»Wenigstens einer, der begreift, wo sein Interesse liegt«, meinte Jackie geheimnisvoll.

»Und du?« wandte Marc sich an mich. »Glaubst du nicht, es ist zu anstrengend für dein Bein?«

Ich antwortete, es werde schon gehen. Eileen sagte noch einmal etwas zu meiner Seilrolle und riet mir davon ab, zusätzliches schweres Gepäck mitzunehmen.

»Machen Sie sich keine Sorgen um ihn«, beruhigte Jackie sie. »Er weiß, was er zu tun hat.«

»Völlig einer Meinung mit Eileen!« schaltete sich Thomas ein.

»Thomas, mußt du dich so lächerlich machen?« stöhnte Jackie.

Er verzog das Gesicht zu einem schmerzhaften Lächeln.

»Ist das eine Frage?«

»Hört mal zu…«

»Du hältst dich da raus, Patrick!« schnitt er mir das Wort ab.

»Natürlich ist das eine Frage!« ließ Jackie nicht locker.

Während ich Thomas ansah, erinnerte ich mich daran, wie es war, als ich damals angesäuselt in meinem Sessel saß und Marion mit dem Messer auf mich losging. Wie die sanfte Benommenheit, in der ich schwebte, im selben Augenblick aus meinem Hirn wich und einer grauenhaften Nüchternheit Platz machte. Und wenn ich sie nicht umgebracht und auch nie die Hand gegen sie erhoben hatte, dann nicht, weil ich keine Lust dazu gehabt hätte.

Wie dem auch sei, Jackie kam seiner Bewegung zuvor und schützte sich mit dem Arm, genau in dem Augenblick, als Thomas mit der flachen Hand zuschlug.

Soweit ich wußte, war es das erste Mal, daß so etwas geschah. Man könnte also die Tatsache, daß Thomas seinen Schlag verpatzte, mangelnder Gewohnheit zuschreiben. Er streifte Marc am Kopf, bevor er Jackie traf. Man könnte es ebenso seiner Erregung zuschreiben, der großen roten Flut, die über ihm zusammengeschlagen war. Die Hand gegen eine Frau zu erheben war etwas, das ich ohne Wenn und Aber verurteilte, doch der verspottete Ehemann, der in mir schlummerte, der verfolgte, getretene, gekränkte, mißhandelte und wie tot zurückgelassene Ehemann, der ich gewesen war, dieser Ehemann spürte, wie sich sein Herz seltsam lustvoll zusammenkrampfte. Kurz gesagt, obwohl Thomas' Schlag an Kraft verloren hatte – Marc war noch ganz zerzaust davon –, hatte er sein Ziel erreicht.

Ich mußte dazwischengehen und Jackie daran hindern, es

ihm mit gleicher Münze heimzuzahlen. Und ich mußte auch Marc im Auge behalten, dessen Laune sich verschlechtert hatte.

Ich schloß Jackie in meine Arme. Sie zitterte vor Wut und schwor Thomas, das würde sie ihm nie verzeihen. Ihr Körper war geschmeidig, es war angenehm, ihn zu halten und an mich zu drücken. Sie hatte einen drahtigen und gewandten Körper. Das half mir nicht, zu einer Entscheidung zu kommen.

Thomas war ganz durcheinander. Ich verstand, was er fühlte, diese Mischung aus Erschrecken und Lust, die auch ich, schwächer als er, empfunden hatte.

»Jetzt bist du zu weit gegangen!« meinte Marc, dessen Stimmung besser schien, als ich befürchtet hatte.

»Sprich mich ja nicht mehr an!« warnte ihn Jackie mit vor Wut zischender Stimme. »Und komm mir nicht mehr zu nahe, sonst kratze ich dir die Augen aus!« In mein Ohr murmelte sie: »Oh, verzeih mir, Patrick.«

Ich war ihr nicht mehr böse, das war nur noch eine schlechte Erinnerung. Und dann war sie es ja auch gewesen, die mich, nach Marions Versuch, zur Tat zu schreiten, in die Apotheke geschickt hatte. Das Weiße in meinen Augen war fast einen Monat lang blutunterlaufen geblieben.

Marc ging zu Thomas, um mit ihm zu sprechen. Ich ließ Jackie los, auf deren Wangen wieder ein wenig Farbe zurückkehrte.

»Mach mich nicht unglücklicher, als ich es bin«, flüsterte sie mir zu.

Ich antwortete nicht und setzte mich in einen Sessel. Ich hörte Thomas, der sich verteidigte und meinte, man müsse doch zugeben, daß sie ihn bis aufs Blut gereizt habe. Er schien mir auch nicht sehr glücklich zu sein. Die Jagd auf das Glück war ein besonders mühsames und beinahe immer zum Scheitern verurteiltes Unterfangen, doch jeder wollte sich darin versuchen. Und es brauchte Zeit, seine Methode zu ändern. Auch mich selbst überkamen, nachdem ich beschlossen hatte, nicht mehr dahinterher zu sein, immer noch alberne Vorstellungen, verblüffende Visionen, zähe Anwandlungen, wenn ich nicht achtgab. Das Gift löste sich nur langsam auf. Selbst solides Nachdenken war da kein Gegenmittel. Überall konnte einen eine Schwäche erwischen.

»Ihr seid echt zwei komische Nummern, alle beide!« konnte ich mir nicht verkneifen zu sagen.

»Dich hätte ich sehen mögen!« fuhr Thomas mich an.

»Ich danke dir für deinen Gerechtigkeitssinn«, antwortete mir Jackie.

Der Inspektor zwinkerte mir zu und beugte sich vor: »Sie haben das Geld versteckt, nicht wahr?« raunte er mir zu.

»Was für Geld?«

Ich begriff nicht auf Anhieb, von welchem Geld er sprach. Er lächelte, als hätte er mir gerade einen guten Witz erzählt, einen Finger auf die Lippen gelegt, damit das Geheimnis unter uns bliebe.

Ich betrachtete ihn mit Interesse, während er einen kleinen Rundgang durchs Zimmer machte. Er war immerhin der Verantwortliche für diese Geschichte. Ohne ihn wären wir niemals hier zusammengekommen, und viele Dinge wären viel einfacher gewesen. Ich hatte keine Lust, ihn zu beglückwünschen. Ich stand auf, um ihn daran zu hindern, erneut in den Taschen zu kramen.

»Da ist kein Geld drin!« sagte ich nachdrücklich zu ihm. »Versuchen Sie, an etwas anderes zu denken.«

Seine Augen funkelten eine Sekunde lang noch ein bißchen verrückter als sonst. Ich weigerte mich, an all die Probleme zu denken, die wir zu regeln hätten, wenn wir endlich wieder zu Hause waren.

Ich wurde etwas deutlicher, als wir wieder näher ans Feuer gingen. Ich sagte ihnen, daß sie sich alle beide darauf verständen, schlechte Stimmung zu verbreiten, und daß uns das gerade noch gefehlt habe. Thomas schlug die Augen nieder. Eine Hand in die Hüfte gestützt, blies Jackie den Rauch ihrer Zigarette zur Decke. Ich konnte mich nicht erinnern, daß sie sich im Laufe eines Abends schon einmal so aufgeführt hatten. Andererseits war jeder Tag, der verging, ein Tag mehr, den sie zusammenlebten, und man mußte sich also über nichts wundern.

Als ich Jackies Blick begegnete, wurde mir schlagartig etwas Furchtbares klar: Ich begriff, daß ich eine Freundin gegen eine Geliebte getauscht hatte, mit allem, was das an Schwierigkeiten und Ärger mit sich brachte. Ich fragte mich, zu welchem Zeitpunkt es passiert war, und ich wußte nicht, was bei mir überwog, Traurigkeit oder Wut.

»Am besten brechen wir jetzt sofort auf«, schlug ich vor. »Die Stimmung wird ungemütlich.«

»Ach komm, Patrick, übertreib mal nicht«, seufzte Jackie. »Man soll aus einer Mücke keinen Elefanten machen!«

Die Größe der Kerzen, ein paar Ausfälle bei den Gaslampen, der feine Regen, der zwischen den Hellebarden von der Decke tropfte, die triumphierende Flut der Überschwemmung, die unsere Knöchel umschloß, das grauenhafte Knarren unserer Nußschale, meine schreckliche Entdeckung, all das veranlaßte uns, diesen Ort zu verlassen. Doch man stürzt sich nicht frohen Herzens ins Wasser. Um so weniger, als ein wahnsinniges Feuer aufloderte, nachdem wir unsere letzten Holzscheite geopfert hatten.

Ich setzte mich Eileen gegenüber, den Kopf geneigt, meine Finger damit beschäftigt, ein Puzzle hin- und herzuschieben, das ich auf dem Tisch gefunden hatte. Dann stürzte ich mich auf die Taschen, schloß sie in einen Wandschrank ein und zeigte Victor Brasset den Schlüssel, bevor ich ihn in meine Hosentasche steckte. Ich sagte: »Die Taschen werden nicht angefaßt! Ist das klar?«

Tatsächlich hatte keiner mehr die Gelegenheit, sie anzufassen. Als die Wand zur Linken unter dem Druck zusammenkrachte, flohen wir alle gleichzeitig. Es blieb gerade noch die Zeit, im Wegrennen die Öljacken zu schnappen – und die Seilrolle.

Wir drehten uns um und sahen das Haus einstürzen. Fassungslos standen wir zusammengedrängt auf der Esplanade, hatten die Taschenlampen aus unseren Öljacken gezogen und auf das Gebäude gerichtet, hörten dieses quälende Krachen, das wie zersplitternde Knochen klang und uns den kurzen Todeskampf mit eingezogenen Köpfen und verzerrten Gesichtern miterleben ließ.

Marc packte meinen Arm in dem Augenblick, als das Haus in sich zusammenfiel und von den beiden Tannen platt gedrückt wurde. Ihre Wipfel schlugen ein paar Meter von unseren Füßen entfernt auf und schleuderten eine Garbe von Schlammspritzern in unsere Gesichter. »Gladys wird vollkommen erschüttert sein«, sagte Marc zu mir.

Sehr schnell wurde das Schweigen unerträglich.

»Ich weiß, es ist *beschissen*!« knurrte ich und umschloß den Schlüssel tief in meiner Tasche.

Sie wollten mir keine Vorwürfe machen und meinten, ich könne doch nichts dafür.

Ich lief durch die Ruinen, weil ich diese Ungerechtigkeit nicht hinnehmen wollte. Aber ich kam nicht an den verdammten Schrank heran, der mir noch schlimmer zertrümmert und unerreichbarer vorkam als irgendein anderer Teil des Hauses. Ich unterdrückte einen Wutschrei, bevor ich mit leeren Händen zurück zu den anderen ging.

Marc und Thomas waren dabei, das Innere der Autos zu untersuchen, die bis über die Stoßstangen im Schlamm steckten. Sie fanden ein paar Päckchen Zigaretten, Streichhölzer, eine Schachtel Pralinen, einen alten transparenten Plastikregenmantel und ein Schweizer Messer, außerdem Thomas' Angelrute, eine Zebco, die er durch die Luft schwenkte und dabei mit den Augen Eileen suchte. Sie mußten den Inspektor herausziehen – ich mischte mich lieber nicht ein –, der sich, in der Hoffnung auf eine Autofahrt, auf einer Rückbank ausgestreckt hatte. Obwohl er es meiner Meinung nach nicht verdiente, zogen sie ihm den Regenmantel an. Dann schlich Marc noch einen Moment um die Trümmer des Hauses herum. Ich nutzte die Zeit, um auf einen Haufen aus Dreck und Steinen zu klettern, der den geteerten Weg versperrte. Danach trafen wir wieder auf Marc, und ich erklärte ihm, daß wir lieber hintenherum gehen sollten. »Gladys hatte gehofft, hier den Sommer verbringen zu können«, seufzte er.

Ich schulterte meine Seilrolle und ging voran. Wir schoben uns zwischen den Tannen durch, ein kurzer, ziemlich mühsamer Weg, bis wir die Straße wieder erreichten – oder wenigstens das, was noch von ihr übrig war: Die Sturzbäche, die von oben herunterschossen, trafen hier auf und übersprangen die Straße im hohen Bogen, oder aber sie folgten ihr und drehten sich in wilden Wirbeln, um sich schließlich in die Tiefe zu ergießen. Nach einer Sekunde des Zögerns stiegen wir über die Böschung und setzten unsere Füße in eine dunkle Suppe, die dick und schaumig über unseren Weg floß, in einen erdigen, schmierigen Brei, der Astwerk mit sich führte, Humus und eine Menge Tannenzapfen, deren spitze Kappen zwischen den Beinen durchschossen.

Bester Laune war ich nicht. Ich ging weiter an der Spitze, um ungestört über bestimmte Dinge nachdenken zu können. Es war kalt, doch ich fror nicht, und ich hörte auch nicht, daß die anderen sich beklagten. Auf einem solchen Weg nicht aus dem Gleichgewicht zu geraten hielt einen gut warm. Man kümmerte sich sogar darum, einem weniger vom Glück begünstigten Nebenmann aufzuhelfen, der der ganzen Länge nach hingefallen war und im Schlamm herumpatschte. Victor Brasset zögerte nicht, sich über ein Dutzend Meter mitreißen zu lassen, mit freudigem Gejohle überholte er uns, stand dann wieder auf und erwartete uns mit triumphierender Miene. Am Anfang hatten wir ein bißchen Angst, daß er in die Tiefe stürzen könnte, dann wurden wir es müde, ihn zu warnen, und beobachteten schweigend, was er trieb.

Je nachdem, wie der Abstieg war und welche Gedanken mir durch den Kopf gingen, verlangsamte ich den Schritt und war dann auf Eileens Höhe. Das hieß auch, auf gleicher Höhe mit den anderen zu sein, aber das ließ sich nicht vermeiden. Wir kamen ohne allzu viele Schwierigkeiten über fünf- oder sechshundert Meter voran. Dann, in einer Kurve, stießen wir auf eine zähe Masse aus Gestein, Pflanzen und Erde, deren Ende man nicht absehen konnte. Wir mußten oben um sie herumgehen. Wir nahmen uns die Zeit, ein paar Äste zu suchen, um uns Stöcke zu schneiden. Wenn man auf mich gehört hätte, wäre Victor Brasset ohne Stock geblieben, doch die anderen fanden, das sei ein bißchen hart. Ich gab also nach. Seit kurzem konnten wir uns besser verständigen, denn der Regen war zwar weit davon entfernt aufzuhören, aber sehr viel dünner geworden. Der Wind und das Plätschern des Wassers über den aufgebrochenen Asphalt erfüllten nun die Dunkelheit, außerdem das Tropfen von den Zweigen, ein Knistern wie von heißem Fett.

Bevor wir zum Aufstieg ansetzten, konnte ich es einrichten, Eileen etwas zuzuflüstern. Ich beugte mich zu ihrem Ohr, hielt dabei Jackies grausames Lächeln aus und sagte, daß ich ihr an einem der nächsten Tage erzählen müsse, wie all diese Geschichten passieren konnten.

VI

Patrick Sheahan hält sich zurück

In diesem Fall kann ich es kaum erwarten, daß wir ein bißchen Zeit haben«, antwortete sie mit einem ermutigenden
Lächeln.

Um hinter Marc, der bei unserer Kletterei voranging,
nicht zurückzubleiben, mußte ich an Jackie vorbei. Sie
schwieg eisern. Ah! Wie zum Teufel war es möglich, daß sie
mir jetzt auf einmal die ganze Kehrseite der Medaille ent-
hüllte? Hatte sie den Kopf verloren?

Ich war wie benommen, als ich mich an Marcs Fersen
heftete, um eine glitschig glänzende Mauer in Angriff zu
nehmen, die nicht eingestürzt war und aus dem Geröll her-
ausragte. Es ging so steil hoch, und der Untergrund war so
rutschig, daß wir uns nie und nimmer hätten halten können,
wenn wir uns nicht an die Bäume und Wurzeln geklammert
hätten, die durch die Erosion freigelegt worden waren.

Von Zeit zu Zeit mußten wir haltmachen, um nachzusehen, ob auch alle mitkamen, oder um uns an schwierigen
Stellen gegenseitig zu helfen. Wir nutzten solche Gelegenheiten, um Luft zu holen und besorgte Blicke in die Erd-
spalte zu werfen, an der wir entlanggingen. Bäume und
Felsbrocken rutschten langsam dort hinein, wurden zermalmt oder zerplatzten wie Nüsse, mitten in einer zähflüs-
sigen Masse, die fast aussah, als würde sie sich nicht be-

wegen. Ein Stamm, der die Oberfläche aufbrach, dann zurückfiel, um erneut zu verschwinden, bot die Gelegenheit, einen Stiefel auszuziehen, einen kleinen Stein herauszuschütteln, die Socke zurechtzurücken und unter ausgiebigem Gähnen die Arme zu strecken, bevor man den Stiefel wieder anzog.

Oben angekommen, machten wir eine Drehung um neunzig Grad, weil wir um das Ganze herumgehen wollten. Von dieser Stelle aus bot sich uns ein beeindruckender Anblick. Ich behielt den Inspektor im Auge, weil ich fürchtete, er könnte irgendeine Dummheit anstellen, während wir anderen versuchten, wieder zu Atem zu kommen. Er amüsierte sich damit, Tannenzapfen in die Luft zu werfen, und versuchte, sie mit seinem Stock in den Graben zu schlagen, der sich in einigen Metern Entfernung vor uns auftat. Wenn er dort hineinstürzte, überlegte ich mir, würde er als Hackfleisch wieder herauskommen.

Doch weniger als eine Minute nachdem wir unseren Marsch am Hang fortgesetzt hatten, war ich es, der sich in einer kritischen Lage befand. Alles begann mit einem dummen Stolpern. Mit den Armen rudernd, kam ich zwar bald wieder ins Gleichgewicht, doch bei den diversen Verrenkungen war mir meine Seilrolle heruntergefallen. Ich sah sie in den Abgrund stürzen. Es kam einfach nicht in Frage, mich von ihr zu trennen. Also sprang ich hinterher, und so fielen wir alle beide.

Ich begriff sehr schnell, wie unüberlegt meine Reaktion gewesen war. Ich fühlte, wie ich auf einem dicken weichen Teppich landete, in dem ich zu versinken drohte wie ein Stück Rinde oder ein armes kleines Insekt. Da tauchte ein

Stock vor meiner Nase auf. Mit letzter Kraft griff ich danach.

Als ich entdeckte, daß Victor Brasset mein Retter war und daß mein Leben an seinem Stock hing, machte ich mir späte Vorwürfe. Dann dachte ich, daß er mich einfach so fallenlassen und ich, von seinem lauten Gelächter begleitet, abstürzen würde. Statt dessen tauchte Marc neben ihm auf und umklammerte mit beiden Händen den Stock.

Mit schmerzhaft verzogenem Gesicht gab Marc mir zu verstehen, daß er mich festhielt. Gleichzeitig entdeckte ich ein wenig weiter unten meine Seilrolle, ein paar Zentimeter von meinem Fuß entfernt. Ich versuchte, sie zu fassen zu bekommen.

»Patrick! Laß das sein!« knurrte Marc mit gedämpfter Stimme.

»Laßt mich ein bißchen weiter runter!« antwortete ich im gleichen Tonfall.

Ich hörte, wie Marc schrie und mich anflehte, dieses Seil zu lassen, wo es war, er könne mich nicht mehr halten. Aber mir fehlten nur ein paar verdammte Zentimeter.

»Patrick, um Himmels willen!« hörte ich ihn über meinem Kopf sagen. *»Sei kein Vollidiot!«*

Mit einem letzten Ruck, der Marc ein herzzerreißendes Stöhnen entlockte, schaffte ich es, an mein Seil heranzukommen. Dann ließ ich mich nach oben ziehen.

Kaum wieder auf den Füßen, erklärte ich, daß ich nicht weiter darüber reden wolle und die Sache für mich erledigt sei. Ich sah keinen an und ging weiter, ohne noch etwas hinzuzufügen.

Wir verloren fast eine halbe Stunde damit, um dieses Hindernis herumzugehen. Zurück auf dem Weg, konnten wir, auch wenn er vollkommen aufgebrochen und verschlammt war, wieder ein anständiges Tempo vorlegen. Und dank des Regens, der den Dreck von uns abspülte, sahen wir, je weiter wir vorankamen, langsam wieder wie Menschen aus.

Kurz darauf dankte ich Victor Brasset dafür, daß er mir verdammt noch mal geholfen hatte. Er fragte mich, ob ich wisse, wo das Geld sei. Ich antwortete, es sei in den Taschen geblieben. Es gelang mir einfach nicht zu erkennen, ob er wirklich seinen Verstand verloren hatte. Ich sprach mit Marc darüber, und er meinte, daß er ihn mit größter Aufmerksamkeit beobachte und noch zu keinem Schluß gekommen sei.

»Hast du eigentlich vor, diese Rolle Seil bis zu dir nach Hause zu schleppen?« fragte er mich, als wir ein paar Meter Vorsprung vor den anderen hatten.

Mein Knie schmerzte, und das Seil schnitt mir mit seinem Gewicht in die Schulter. Ich wechselte von Zeit zu Zeit die Seite, was aber auch nicht viel half.

»Ich finde, du bist ziemlich dickköpfig«, fügte er mit einem sanften Lächeln hinzu.

Wir blieben stehen, um ein totes Wildschwein in Augenschein zu nehmen. Als die anderen uns eingeholt hatten, trat ich beiseite, weil ich Eileen meinen Platz überlassen wollte. Dabei stieß ich Jackie leicht an. Ich hatte sie einfach nicht gesehen, und das Unglück wollte es, daß sie ausrutschte und auf den Hintern fiel. Und zwar ziemlich unsanft.

Als ich ihr aufhelfen wollte, sah ich, daß ihr Tränen in die Augen getreten waren. Sie scheuchte mich fort und rappelte sich allein wieder auf. Weil sie das Gesicht verzog, fragte ich sie, ob sie Schmerzen habe.

»Laß mich in Ruhe«, entgegnete sie.

Waren da vorher vielleicht noch Zweifel gewesen, so konnte ich mich in diesem Augenblick davon überzeugen, daß ich mich nicht geirrt hatte. Meine verstorbene Schwiegermutter, die sensible und schmerzlich vermißte Viviane, hatte immer behauptet, daß meine Beziehung mit der *Nachbarin* (sie mochten sich nicht besonders) wie *ein Feuer aus feuchtem Holz* sei. So sagte sie jedenfalls dazu und meinte: kleine Flammen, viel Rauch und zum Schluß ein Auflodern. Aber das hatte mich nie beunruhigt. Ich hatte ihr vorgehalten, daß es ihr, so treffend ihr Urteil in den meisten anderen Bereichen auch sein mochte, doch an Verständnis und mit Sicherheit an Kenntnis der reinen Freundschaft mangele, die einen Mann und eine Frau verbinden konnte. Ich sah sie wieder vor mir, wie sie sachte auf dem Absatz kehrtmachte, um mir ihr Lächeln zu ersparen, während ich sie verfolgte und mit großen Worten verteidigte, was sich heute in einem ganz anderen Licht darstellte. Verdammt noch mal! Ein leichter Stoß genügte also, dieses schöne Gebäude einstürzen zu lassen. Ich warf ihr einen Blick voller Bitterkeit zu, während die anderen sich um sie bemühten und sie für den Fall trösteten, daß sie sich den Hintern gebrochen hatte.

Ich wandte mich wieder dem toten Wildschwein zu und dankte ihm für sein Opfer, das mir die Gelegenheit gegeben hatte, sie zu Fall zu bringen. Denn damit bestätigten sich auf augenscheinliche Weise die düsteren Ahnungen, mit denen ich mich schon seit ein oder zwei Stunden herumschlug. Während ich dieses Stoß- und Totengebet murmelte, hörte ich, wie sie sagte, sie könne nicht weitergehen, der Schmerz ziehe sich durch den ganzen Schenkel.

Ich war jetzt mißtrauisch. Beschwören mochte ich gar nichts mehr, doch ich hatte das Gefühl, daß sie keine Geschichten erzählte. Thomas bot ihr an, sie zu tragen. Er machte einen niedergeschlagenen Eindruck, seit wir unterwegs waren. Ihm gingen bestimmt auch ein paar Dinge durch den Kopf, bei denen er das Für und Wider erwägen und verschiedene Konstellationen durchdenken mußte. Und er wirkte ziemlich erschöpft, schien bereit, die Waffen zu strecken. Doch Jackie antwortete ihm nicht einmal und setzte ihren Weg lieber allein fort. Mit Hilfe ihres Stocks kam sie ein paar Meter im Zickzack voran, bis sie tatsächlich nicht mehr weiterkonnte.

Sie war bleich. Marc und ich packten sie an den Armen. Ich erntete einen feindseligen Blick, während sie auf seinen Rücken kletterte. »Ganz wie du willst«, flüsterte ich ihr zu und tippte sie mit dem Finger an.

»Man könnte meinen, sie ist böse auf mich«, vertraute Eileen mir an.

»Sie ist böse auf alle«, berichtigte ich.

Wir gingen weiter bergab, auf die Sainte-Bob zu, und durch einen wunderbaren Zufall waren die anderen vor uns. Thomas hatte mir seinen Platz überlassen, um sich an Marcs Seite zu begeben, denn das war das mindeste, was er tun konnte, und der Inspektor trottete neben ihnen her, wenn er nicht gerade hinter einem Tannenzapfen herjagte, der dicker und interessanter als die anderen aussah.

»Sie scheinen sich untereinander so nahe zu sein«, sprach Eileen weiter. »Das ist ein bißchen schwierig für mich.«

»Sogar für uns ist es ziemlich kompliziert. Manchmal habe ich das Gefühl, wir stecken in Beton fest. Wissen Sie, als ob man keine Bewegung mehr machen könnte. Na ja, so ist das. Es hat auch seine guten Seiten.«

»Aber gewiß! Man braucht menschliche Wärme! Es sind so viele Dinge im Laufe dieses Tages geschehen. Sie denken sicher, daß ich verrückt bin, aber mir wird der Tag in bester Erinnerung bleiben!«

»Warten Sie ab, bis er erst zu Ende ist«, riet ich ihr.

»Ah, darauf kommt es nicht so an!« ereiferte sie sich und schenkte mir ein strahlendes Lächeln. »Nehmen Sie mich am nächsten Wochenende mit. Ich mache dann eine Honigente für fünf oder sechs Personen!«

»Wir werden sehen. Ich kann Ihnen nichts versprechen. Und wissen Sie, es ist nicht immer so gelungen.«

Wenn man die Ohren spitzte, konnte man das Brausen der Sainte-Bob hören. Es übertönte langsam das Plätschern des Wassers, das um unsere Füße floß, das Rauschen des Waldes und alle Arten von gluckernden Geräuschen, die aus dem Dunkeln drangen. Vielleicht lag es am Vollmond – denn das Morgenrot war noch ziemlich fern –, daß sich der Himmel weniger schwarz zeigte als die Silhouette der Bäume, die sich über unseren Köpfen abhob. Eileen meinte, vom Fluß steige Dunst herauf. Was mich anging, so hatte ich dazu keine Meinung. Ich betrachtete ihr blasses Gesicht, als sie zu den Wipfeln hochsah.

»Wir wollen keine Zeit verlieren«, erklärte ich schließlich.

Je näher wir der Sainte-Bob kamen, desto mehr hatte ich das Gefühl, daß der Regen nicht mehr fiel, sondern durch die Luft wirbelte, fast als würde er zerstäubt, während es zwischen den Tannen gelblich zu schimmern begann. Ich hatte Mühe zu glauben, daß dieses dumpfe Dröhnen, das bis zu uns drang – ich spürte die Vibrationen unter meinen Füßen und in meiner Brust –, von dem Fluß kam, den ich kannte. Vor allem an dieser Stelle, wo mich sonst das Springen der Regenbogenforelle aufgeweckt hatte. In Erwartung des Schauspiels, das sich uns bieten würde, hüpfte Thomas nervös herum und kaute an seinen Fingernägeln. Marc konnte nicht mehr. Thomas sah mich an und gab mir zu verstehen, daß Jackie nichts von seiner Hilfe wissen wolle. Also sagte ich zu ihr: »Entweder du kletterst jetzt auf meinen Rücken, oder wir schlagen hier unser Lager auf.«

»Und dein Bein?« murmelte sie.

»Mach dir keine Sorgen um mein Bein.«

»Ich verabscheue dich!« flüsterte sie mir ins Ohr, als sie sich widerwillig an mich klammerte.

»Sag mir doch nicht so was«, brummte ich freundlich. »Willst du mir Kummer machen?«

Thomas bot sich an, meine Seilrolle zu tragen, doch ich bedankte mich mit einem Stirnrunzeln.

»Kümmere dich lieber um unseren Freund«, setzte ich hinzu, als ich sah, daß der Inspektor sich die Smith & Wesson geschnappt hatte.

Sie mußte mir aus der Tasche gefallen sein, als ich mich gebückt hatte, damit Jackie auf meinen Rücken klettern konnte. Um Thomas zu beruhigen, beeilte ich mich hinzuzufügen, daß ich die Patronen herausgenommen hätte.

»Natürlich bin ich mir sicher!« log ich und betete, daß der Inspektor, der dabei war, die Waffe zu untersuchen, nicht an den Sicherungshebel kam. Doch ich hatte schon eine Last auf dem Rücken, ich konnte mich nicht um alles kümmern.

Als Thomas mir die Waffe zurückgab, dachte ich, daß Eileen unseren Ausflug sicher wirklich großartig gefunden hätte, wenn Victor Brasset in alle Richtungen geballert und vielleicht einem von uns ins Bein geschossen hätte. Ich bemühte mich, in der Mitte der Gruppe zu bleiben, damit Jackie keine Gelegenheit hatte, mich mit ihren Drohungen und Forderungen zu bedrängen und von ihrem günstigen Platz aus an den Haaren zu ziehen. Ich wollte nicht mit ihr diskutieren. Die Verletzung an der Hand, die ich mir beigebracht hatte, um mich von Eileen fernzuhalten, war jetzt wie ein Talisman, den ich mit meiner Faust umschloß. Das schwere Seil um meinen Hals, das Gewicht von Jackie auf meinem Rücken, der brennende Schmerz in meinem geschwollenen Knie, all diese Handicaps spornten mich an und machten mich stark. So sonderbar das war: ich fühlte meinen Schritt fester werden, je weiter wir vorankamen. Nicht ich war es, der stolperte; ich war so voller Kraft und Vitalität, daß ich sogar andere einholte. Ich wußte nicht, woher diese Energie kam. Oder vielmehr: ich wußte, daß ich das Herz von Patrick Sheahan verschlungen hatte. Ich wußte, daß der Feind im Innern war, doch wann hatte ich mich ihm gestellt? Wann war es zu der schrecklichen Schlacht gekommen, die wir uns versprochen hatten? Ich spürte in mir die Kraft und die Heiterkeit des Siegers aufstrahlen, doch ich fand keine Leiche und verstand noch immer nicht, was ich gewonnen hatte. Einen Augenblick blieb ich in einer leichten Verwirrung stecken. Dann fing ich an, zwischen den Zähnen *Johnny, I Hardly Knew Ye* zu pfeifen. Das geschah nicht aus Bosheit oder mit einer bestimmten Absicht. Ich hätte sicher auch etwas anderes pfeifen können. Jackie versuchte, mich unauffällig zu beißen, doch durch die Öljacke hindurch bekam sie meine Haut nicht zu fassen. Ich bemühte mich, ihr nicht böse zu sein. Als wir über einen Baum klettern mußten, der quer über dem Weg lag, setzte ich sie nicht ab und bewegte mich vorsichtig, um sie nicht allzusehr durchzuschütteln.

Marc war der erste, der das Schweigen brach: »Natürlich, damit war zu rechnen«, erklärte er in einem resignierten Ton.

Er bewegte sich auch als erster wieder, während der Rest der Gruppe noch wie versteinert war, nahm seinen Regenhut ab und schlug ihn gegen sein Bein, damit das Wasser abtropfte.

»Sie war jedenfalls hier!« sagte Thomas dickköpfig.

»Daran ist kein Zweifel«, bestätigte Marc, ohne die Augen zu öffnen, ganz damit beschäftigt, sich den Regen ins Gesicht prasseln zu lassen.

»Gott im Himmel! Dann war diese ganze Schaukelei umsonst!« stöhnte Jackie auf meinem Rücken.

Bevor wir noch ganz durchfroren und völlig niedergeschlagen waren, kletterten wir auf die Anhöhe über der Sainte-Bob. Thomas packte einen dicken Stein, und wir gingen auf die Hütte von Paul Borrys zu.

»Mach es so, daß so wenig wie möglich beschädigt wird«, bat ihn Marc.

»Ich habe ihn in Verdacht, daß er mir meinen Ahorn verhunzt hat«, knurrte er zwischen den Zähnen. »Er hat Roy Orbison nie gemocht.«

Er zertrümmerte mit seinem Stein das Vorhängeschloß. Bevor wir eintraten, schlug ich Marc vor, seine Karte dazulassen, um uns für das Aufbrechen der Tür zu entschuldigen.

Es war eine einfache Holzhütte, praktisch leer. Es gab nur ein Paddelboot, ein paar Büchsen in den Regalen, einen kleinen Haufen Brennholz und einen alten Sirius-Ofen mit zerbeultem Fenster. Doch wenigstens waren wir im Trockenen.

»Genial!« murmelte Jackie und vergaß, sich bei mir fürs Tragen zu bedanken.

Ich ging zu Eileen und Victor, die noch draußen waren, um sich die Sainte-Bob anzusehen. Ich zeigte Eileen, was von der Brücke auf der anderen Seite noch übrig war und welche Höhe der Fluß erreicht hatte. »Er ist mindestens drei Meter gestiegen«, fügte ich hinzu. »Wissen Sie, wenn wir wieder zu Hause sind, hätte ich gerne, daß Sie mir helfen, mein Wohnzimmer einzurichten... Also daß Sie mich auf ein paar Ideen bringen. Das würde Ihnen doch nichts ausmachen?«

Ich sprang auf, um Victor zurückzureißen. Ich sagte ihm, er könne ruhig weiter Steinchen werfen, doch er solle nicht so nah ans Ufer gehen, sonst würde ich ihn in die Hütte bringen.

»Gibt es bald Essen?« fragte er mich.

»Nein, noch nicht. Ich sage Ihnen dann Bescheid.«

»Ich gehe nachsehen.«

Ich ging zu Eileen und warf einen Blick auf meine Uhr. Es war erst kurz nach vier Uhr morgens, doch die Nacht schien langsam zu weichen.

»Der Regen hört auf«, verkündete Eileen. »Jetzt kommt gleich der Mondschein durch. In ein paar Augenblicken wird es sehr schön sein.«

»Ich wollte Sie fragen wegen Ihrer Zahnpastatube. Ich habe zufällig gesehen, wie Sie die Tube aufrollen. Machen Sie das schon lange?«

»Warum? Ist das so wichtig?« fragte sie amüsiert.

»Ja und nein... Also, ich weiß nicht... Im Grunde habe ich noch nie gewußt, was wichtig ist.«

»Sehen Sie, man hat den Eindruck, daß der Nebel zu flimmern beginnt.«

»Was ist Ihrer Meinung nach wichtig?«

»Es ist schwieriger herauszufinden, was nicht wichtig ist. Ich glaube, man muß Dinge *loswerden*.«

»Ich fürchte, ich bin nur noch Haut und Knochen. Wenn ich das, was mir bleibt, noch aufgeben muß, braucht man womöglich noch ein Seil für mich, weil ich sonst wegfliege wie ein Luftballon.«

»Patrick, versuchen Sie gerade, mir etwas zu sagen?«

»Nein. Aber irgendwann muß ich Ihnen einmal erzählen, wie man das Kind mit dem Bade ausschüttet.«

Sie sah mich eine Sekunde lang mit amüsierter Miene an: »Ein hübsches Halsband haben Sie da«, schmeichelte sie mir und zeigte auf die Seilrolle, die ich um den Hals trug.

»Ich habe die Absicht, mir ein Medaillon dranzuhängen«, antwortete ich. »In meinem Alter wird man abergläubisch.«

Wir gingen hinein, weil uns kalt wurde und weil Thomas von der Tür der Hütte aus gerufen hatte. Er wollte wissen, ob einer von uns Streichhölzer habe.

»Wenn ich an all die Sachen denke, die wir in den Taschen hatten!« jammerte er, während er vor dem Ofen kniete und Zeitungspapier ansteckte.

»Thomas, es wäre mir lieb, wenn wir das Thema abschließen würden!« erklärte Marc. »Jeder von uns hätte den gleichen Fehler machen können. Gut, er hat nicht nachgedacht! Aber wären wir an seiner Stelle klüger gewesen?«

Ich steckte mir eine Zigarette an und wischte eine Fensterscheibe sauber, um die Sainte-Bob zu betrachten, die wie ein gelber Strahl vorbeischoß. Jackie seufzte; sie mußte an eine Tube Arnika denken, die sie eigenhändig unten in eine Tasche gepackt hatte, eine ganz neue Tube, dafür würde sie jetzt wer weiß was geben.

»Ihr seid alle ein bißchen verrückt, nicht wahr?« murmelte Eileen, die sich neben mich ans Fenster gestellt hatte.

»Das ist eine Art, sich an die Welt anzupassen. Wer geistig gesund ist, bringt sich zum Schluß um oder geht mit einem Magengeschwür ins Kloster.«

Mit einem Mal machte der Ofen einen Lärm, als wollte er gleich abheben. Der untere Teil des Rohrs wurde so rot wie Mohn in der Sonne. Und wie ein von Erleuchtung überflutetes Gesicht strahlte unser kleines Zimmer auf und wurde von einem ziemlich starken Harzgeruch erfüllt, der an den Geschmack von Hustenbonbons erinnerte.

Innerhalb weniger Minuten wurde es angenehm warm. Wir befreiten uns von unserem Regenzeug und zogen die Socken aus, damit sie trocknen konnten.

Victor weigerte sich, seine Socken auszuziehen. Jackie meinte, wir sollten ihn nicht drängen, und wandte sich dann an Eileen, um sie zu fragen, ob sie ihr vielleicht helfen würde, ihre Strumpfhose herunterzubekommen, sie könne sich nicht bücken.

Thomas rief uns: wir sollten uns eine ganz spezielle Stelle ansehen, stromaufwärts, am Fuße einer senkrecht aufsteigenden, glatten Wand, die in den Nebel ragte. »Ich habe den Platz noch keinem Menschen gezeigt!« erzählte er uns geradezu widerwillig. »Doch dort gibt es die schönsten Forellen in der Sainte-Bob!« Wir wiesen ihn darauf hin, daß er uns das schon mehrfach gesagt habe. »Ah ja?« wunderte er sich mit mißtrauischer Miene.

Als er von uns abließ, hatte Eileen ihr Werk beendet, und Jackie breitete ihre Strumpfhose auf dem Boot aus. Dann forderte sie uns auf, uns vom Fenster wegzubewegen. Sie hob ihren Rock hoch, raffte ihn um die Taille und verdrehte sich den Hals bei dem Versuch, einen Blick auf ihren schmerzenden Hintern zu werfen. Thomas legte die Hände auf dem Kopf zusammen.

»Seht ihr irgendwas?« fragte sie uns schließlich.

Wir traten näher heran, Marc und ich, während Victor eine alte Kaffeekanne fallenließ, die er in einer Ecke gefunden hatte und deren Deckel jetzt über den Boden rollte, in eine sonderbare Stille hinein. Da bemerkte ich, daß der Regen tatsächlich aufgehört hatte. Wir waren derart an dieses Geräusch gewöhnt, daß sein Verschwinden uns irritierte.

»Sieht es schlimm aus?« fragte sie uns.

»Das kann man eigentlich nicht sagen«, antwortete Marc lächelnd.

»Gib mir Bescheid, wenn du dein Höschen herunterziehen willst!« warf Thomas ein. »Ich kann versuchen, noch mehr Zuschauer aufzutreiben.«

Sie tat es. Sie meinte, wir wären doch sicher ganz andere Dinge gewöhnt. Wir entdeckten einen schönen blauen Fleck, der schon ins Violette überging. Am Rest war nichts auszusetzen. In vier Jahren hatte ich ihn nicht ein einziges Mal satt gehabt, und ich wußte, daß ich ihn in aufregender Erinnerung behalten und niemals darüber herziehen würde.

»Na, wenigstens läßt du dir nichts entgehen!« knurrte Thomas, der den Inspektor am Kragen gepackt hatte und wie einen Zuschauer ohne Eintrittskarte wegzog.

»Geht das schon wieder los?!« fuhr Jackie ihn an, während ihr der Rock zurück über die Beine fiel. »Meinst du nicht, daß du für heute genug angerichtet hast?«

Thomas hatte das Problem, daß sie ihm überlegen war. Wir hatten schon darüber gesprochen, er und ich, und er war klug genug zu erkennen, daß es keine Hoffnung gab. »Selbst wenn ich sie zusammenschlüge«, hatte er mir anvertraut, »würde das nichts an der Sache ändern. Diese Frau könnte ich niemals beherrschen. Das ist eine Frage des Charakters.« Er hatte noch hinzugefügt, daß er dadurch ein guter Angler geworden sei und es im Grunde nichts zu bereuen gebe. Zu dieser Zeit war die Schlacht zwischen Marion und mir in vollem Gange, doch ich, ich wäre lieber gestorben als zu angeln: ich war nicht einmal fähig, einen Wurm auf einen Haken zu spießen.

Thomas ließ den Inspektor auf der Stelle los. Er liebte seine Frau trotz all ihrer Geschichten wohl immer noch, während ich davon geträumt hatte, meine zur Hölle zu schicken – nur daß es mir einfach nicht gelungen war.

Ich ging mit ihm nach draußen, um ihn auf andere Gedanken zu bringen.

»Thomas, was meinst du…«, fing ich an, während wir auf die Sainte-Bob zugingen, »glaubst du, daß es möglich ist, mit dem Boot den Fluß hinunterzufahren? Ich habe das Gefühl, das dürfte gar nicht so schwierig sein.«

»Hängt alles davon ab, ob du in einem Stück unten ankommen willst«, antwortete er und senkte die Augen.

Ich legte ihm die Hände auf die Schultern und versuchte seinen Blick aufzufangen.

»Hör zu… Das ist normal, daß sie dich dafür bezahlen läßt, was du ihr eben angetan hast. Und du weißt ja, was man sagt: Wenn du einer Frau einen Fußtritt verpaßt, sieh zu, daß du dich in Sicherheit bringst. Lieber Himmel, Thomas, man könnte meinen, du kennst sie nicht! Du weißt gut, daß sie nichts widerspruchslos einsteckt. Und außerdem beruhigt sie sich schon wieder. Sie war nicht darauf gefaßt, weißt du. Du hast sie verletzt.«

Wir betrachteten einen Augenblick die Sainte-Bob, die zu unseren Füßen dahinfloß: schwer, breit, gewaltig und auf gewisse Art anziehend, sinnlich, heiter.

»Es lohnt sich nicht, dieses Risiko einzugehen«, erklärte er mir. »Jetzt wird man sicher langsam nach uns suchen.«

»Natürlich. Aber was meinst du?«

Er kickte mit der Schuhspitze ein paar Steinchen ins Wasser.

»Es müßte schon gehen. Wenn es keine andere Möglichkeit gibt, könnte man es versuchen… Mein Gott! Aber wie kommt es, daß sie so nett zu euch beiden ist und mich auf diese Art behandelt?«

»Erinnere dich mal, wie das bei Marion war. Du, du konntest ihr sagen, was du wolltest. Doch wenn ich den

Mund aufmachte... Bah! Darüber könnte man bis ans Ende aller Zeiten reden und würde nicht weiterkommen. Man konnte sich schon freuen, wenn sie die Zahnpastatube nicht kaputtmachte.«

»Ich habe mich immer gefragt, ob das Leben uns eine *echte* Chance gibt. Ich würde gerne wissen, ob ich unfähig war, sie zu ergreifen, oder ob sich einfach keine geboten hat.«

Ich überließ ihn seinen Gedanken und ging hinunter ans Flußufer, um eine Hand ins Wasser zu halten. Es war nicht so kalt, wie ich gedacht hatte. Während das Wasser zwischen meinen Fingern durchfloß, verfolgte ich den Strom mit den Augen, bis er in einer Windung verschwand, wo er ein Gebüsch aus jungen Eichen erbeben ließ. Ihre Zweige harkten das Wasser, tauchten dann ein und schossen wieder hoch, als hätten sie einen Stromschlag bekommen.

Ich kletterte wieder nach oben, um Thomas zu sagen, daß es bei der Sache mit der Chance wohl eher darum gehe, was man daraus mache. Ein herrlich schimmerndes Mondlicht lag auf dem Wald, den bemoosten Felsen und dem zu Boden gedrückten Gras. Eine Eule rief. Ein Eichhörnchen sprang von einem Baum. Während meiner Genesung hatte Marc mir Bücher gebracht, und ich hatte mich mit der Flora und Fauna der Umgebung beschäftigt. Er hatte Mühe gehabt, mich wieder in die Stadt zurückzubringen. Mir wurde klar, daß mir dieses Leben ein wenig fehlte, meine nächtlichen Spaziergänge durch den Wald, meine langen, stillen Tage, das Sitzen am Flußufer, meine Siestas auf einer von der Sonne erwärmten Felsplattform, die das ganze Tal beherrschte, oder ganz hinten auf einer Lichtung, zwischen all den Blumen und den Bienen, die im Licht wirbelten.

»Thomas, glaubst du, daß ich dumm bin?« fragte ich ihn.

»Ich weiß nicht. Manchmal ja, manchmal nein.«

»Ich möchte, daß du weißt, daß ich mich nie über dich lustig gemacht habe. Ich hoffe, daß du nie daran gezweifelt hast, genausowenig wie an der Freundschaft, die ich für dich empfinde.«

»Warum sagst du mir das?«

»Aus keinem besonderen Grund. Aber man kann nie wissen, was passiert. Ich hatte das Bedürfnis, es dir zu sagen, das ist alles. Gewisse Dinge müssen bestehen bleiben. Ich glaube, daß es gut ist, sie von Zeit zu Zeit festzuhalten.«

Ich fühlte, daß ich ihn mit meinen Erklärungen ein bißchen verlegen gemacht hatte, doch ich war froh, daß ich ihm diese wenigen Worte hatte sagen können. Wir drehten uns um und sahen Marc und Victor, die das Boot umgedreht hatten und aus der Hütte trugen.

Marc wollte es untersuchen, um seinen Zustand beurteilen zu können. Er schien zufrieden, doch als wir ankamen, zeigte Victor ihm gerade einen Riß, den Marc übersehen hatte und der sich als schlimm herausstellen könnte, solange das Holz noch nicht gequollen war.

»Ich glaube, daß wir es nicht brauchen«, erklärte Marc und fuhr sich mit einer Hand durchs Haar. »Doch wenn es nicht anders geht, komme ich damit zurecht.«

»Du?!« lachte Thomas schallend. »Du hast doch noch nie einen Fuß in ein Boot gesetzt!«

»Mach dir darüber keine Sorgen. Ich würde mir schon zu helfen wissen, wenn es nötig ist!«

Es war ihm zuzutrauen. Dieser Mann wäre imstande, eine Lokomotive zu führen, wenn es sein müßte. Er wurde einfach mit allem fertig. Er litt sogar darunter, keinen ebenbürtigen Gegner zu finden. Dies war der Grund dafür, daß er gegen sich selbst kämpfte, seit Gladys krank geworden war. Es bedurfte also mehr als der Sainte-Bob, um ihm angst zu machen. Vor kurzem wollte er mich noch zu einem Bungee-Sprung überreden. Doch ich hatte behauptet, daß mein Arzt mir davon abgeraten habe.

»Gibt es bald etwas zu essen?« fragte Victor.

»Wir haben nichts zu essen, mein Lieber«, seufzte Marc.

Wir wußten, daß er seit Freitag abend nicht viel in den Magen bekommen hatte, und wir dachten daran, wie er das kümmerliche Sandwich verschlungen hatte. Außerdem hatte er auch noch Blut verloren. Thomas gab ihm ein Kaugummi und stellte klar, daß es sein letztes war.

Marc streckte sich. Er bot uns eine Zigarre an, dann tastete er seine Taschen nach Streichhölzern ab. Thomas gab ihm meine. Als der Schein der aufleuchtenden Flamme auf sein Gesicht fiel, fixierte er uns einen Augenblick.

»Also, was meint ihr?« fragte er mit einem erwartungsvollen Lächeln. »Mir scheint, daß nichts geklärt ist.«

So sehr wir uns auch am Kopf kratzten, Ringe in die Luft bliesen oder auf das rote Ende einer *Esplendido* bliesen, mußten wir ihm darin doch zustimmen. »Aber wirklich nichts«, feixte ich sogar vor mich hin. Selbst wenn wir die Sache mit dem Inspektor einmal beiseite ließen, konnte einem bei den Problemen, die jeder von uns noch zu lösen hatte, schwindlig werden.

»Andererseits«, gab Thomas zu bedenken, »wenn es reichen würde, ein Wochenende auf dem Land zu verbringen, damit sich alles in Wohlgefallen auflöst, das wäre dann doch zu schön, das müßt ihr zugeben.«

»Leider sind wir weit davon entfernt«, fuhr Marc fort. »Offen gesagt, fürchte ich sogar, daß unsere Sache jetzt schlechter steht.«

Wir folgten seinem Blick. Nachdem wir schon dachten, der Inspektor sei tot, hatten wir uns natürlich gefreut, ihn wieder auf den Beinen zu sehen, und wir hatten den Verband um seinen Kopf – der in einem furchtbaren Zustand war – und sein verwirrtes Verhalten vergessen.

Ich überlegte einen Moment, während wir unseren Mann weiter im Auge behielten. Und mir kamen gewisse Details in den Sinn: wie er mir zum Beispiel aus der Klemme geholfen oder wie er den Riß im Boot entdeckt hatte; oder auch seine Art, mit dem Loch in seinem Pullover den Trottel zu spielen. Aber ich war mir nicht sicher.

Wie dem auch sei: Ich ging auf ihn los, warf ihn zu Boden und drückte ihm die Smith & Wesson an die Backe.

»Scheißkerl!!!« brüllte ich ihn an. »Sag mir deine Sozialversicherungsnummer! Schnell!!«

Er stöhnte auf, weil ich ihm den Arm verdrehte. Ich rammte ihm mein Knie in den Rücken und bohrte ihm die Kanone in die Seite.

»Beeilung!!«

Er sagte mir ganz schnell eine Nummer. Ich beglückwünschte ihn dazu. Dann zog ich ihn vom Boden hoch und ließ ihn brutal wieder fallen.

»Du bist tot, du Scheißkerl!!« fuhr ich fort. »Ich will deinen Namen, deine Adresse, deine Telefonnummer, das

Autokennzeichen, den Vornamen deiner Frau!! Und auch, welchen Tag wir haben, oder ich erschlage dich wie einen Hund!!«

Ich konnte mich nicht erinnern, jemals irgendeinem Menschen so in die Ohren geschrien zu haben. Und umgehend gab mir Victor alle gewünschten Informationen.

»Hör mal, weißt du, daß du mir angst gemacht hast?!« sagte Thomas zu mir, als ich mich wieder aufrichtete.

Marc wandte sich ab, um die beiden Frauen zu beruhigen, die sich fragten, was bei uns los war.

»Alles in Ordnung!« rief er ihnen zu. »Patrick hatte eine Aussprache mit Herrn Brasset. Aber die Sache ist geregelt!«

Ich hob meine Zigarre auf, sah sie mir kurz an und warf sie dann in den Fluß. Marc gab mir eine neue. Ich bemerkte, daß meine Hände immer noch zitterten. Ich warf dem Inspektor einen kurzen Blick zu, als Marc mir Feuer gab. Er rappelte sich wieder auf und schien ziemlich verlegen.

»Es ist trotzdem gräßlich, so etwas tun zu müssen«, vertraute ich Marc an. »Für solche Sachen gibt es Profis! Wenn man jemandem alle fünf Minuten eine Waffe an den Kopf halten muß…«

»Ja, er wird uns bestimmt noch viel Mühe machen. Aber ich bin doch recht optimistisch, trotz allem, auch wenn er uns sicherlich teurer kommt als seine Vorgänger. Tja, aber was soll man tun? So ist der Dschungel nun mal! Die Zukunft ist so unsicher geworden, daß jeder versucht, das Maximum herauszuholen, solange es eben geht. Glaub mir, wenn ich gewußt hätte, daß er einen Porsche fährt und daß seine Frau Carol-Anne heißt, wäre ich natürlich mißtrauischer gewesen. Weißt du, es gab eine Zeit, da kaufte man sich einen Inspektor mit einer Woche Urlaub in irgendeinem Kaff! Ah, damals waren die Scheißer noch nicht so anspruchsvoll. Und sie entschuldigten sich fast noch für die Umstände. Manche trauten sich nicht einmal zu fragen, ob die Fahrt inbegriffen sei.«

»Lieber Himmel! Es macht mich krank, wenn ich euch über diese Geschichten reden höre!« seufzte Thomas.

»Thomas, Stolz ist nur etwas für sehr wenige Leute. Reinheit liegt nicht in der Natur des Menschen, unglücklicherweise, und die Heiligen sind ziemlich beschäftigt damit, saubere Hände zu behalten. Was uns angeht, so laßt uns versuchen, wenigstens nicht in der Hölle zu enden, wenn wir schon keinen Anspruch aufs Paradies erheben können.«

Bei diesen Worten gähnte Thomas so herzhaft, daß er meinte, sich dafür entschuldigen zu müssen. Es zeigte sich jetzt deutlich, daß uns nach all den körperlichen Anstrengungen die Müdigkeit zu überwältigen begann. Doch es waren andere Belastungen, die uns fertiggemacht hatten, andere Prüfungen, durch die wir völlig erledigt waren. Wir standen alle aufgereiht an der Sainte-Bob, ein oder zwei Minuten lang. Ohne uns zu rühren, ohne ein Wort zu sagen und ohne uns abgesprochen zu haben. Der Fluß hatte eine hypnotisch beruhigende Wirkung. Es war nicht nötig, große Pläne zu machen und auf totale Befreiung zu hoffen. Man mußte jedesmal all seine Kräfte zusammennehmen, um einen Schritt voranzukommen. Da war kein Opfer, das nicht zu erbringen war. Man gab nie alles, was man hatte. Wenn ein Problem bewältigt war, tauchte ein neues auf.

Es wurde langsam Tag. Jackie fröstelte. Sie sagte, daß der Anblick des Flusses sie schließlich noch *verdammt melan-*

cholisch machen würde. Thomas fragte sie, ob es nicht eher das zögerliche und dunstige Licht des frühen Morgens sei, doch sie antwortete ihm nicht. Er war noch nicht am Ende seiner Leiden. Ein Nebelfeld lag dicht über dem Ufer, andere schwebten hoch über dem Wald, der in frischem Grün aus dem Dunkel auftauchte. Eileen nahm Jackie am Arm und half ihr, in die Hütte zurückzugehen. Thomas steckte seine Hände tief in die Taschen, ließ den Kopf hängen und folgte ihnen auf dem Fuß.

»Meinst du, daß sie es noch einmal schaffen?« flüsterte Marc mir zu und rieb sich die Wangen.

»Ich weiß nicht. Sie ist eine eigenartige Frau. Aber ich habe nicht das Gefühl, daß ich derjenige bin, der ihr helfen kann, ihre gute Laune wiederzufinden.«

»Ah!« sagte er und verzog das Gesicht, »du suchst dir aber auch immer den falschen Moment aus!«

»Ich *suche ihn mir nicht aus*, den Moment, stell dir vor!«

Er sah mich an, zuckte dann mit den Schultern, bevor er den Blick abwandte: »Also, vielleicht machst du dir das nicht klar, alles in allem. Du meinst wohl, daß die Leute unerschöpfliche Ressourcen haben.«

Ich sagte nichts, doch ich fragte mich, ob ich jemals die Kraft finden würde, all diese Hindernisse zu überwinden. Ich fühlte, daß mein Schicksal besiegelt war, wenn Marc mich weiter bearbeitete. Doch er wandte sich Victor zu und erklärte, ich sei trotz allem ein netter Kerl.

»Man kann ihm eine Menge verzeihen«, fügte er hinzu. »Und sehen Sie, es wäre mir lieb, wenn das auch in Ihrem Fall so ginge. Wir hätten die Möglichkeit, zu einem Kompromiß zu kommen, der uns beide zufriedenstellen würde, wenn Sie vernünftig sind. Und ich wage kaum zu sagen, welche Schwierigkeiten Sie sich andernfalls einhandeln würden, mein armer Freund. Das schwöre ich Ihnen.«

Victor trat von einem Bein aufs andere. Er verzog das Gesicht ein bißchen und tat so, als zögere er. Dann riß er seinen Verband ab und bat Marc um eine Zigarre.

Er blies den Rauch in den Himmel, sehr selbstsicher.

»Natürlich«, erklärte er mit auf der Brust verschränkten Armen und blickte lächelnd auf seine Esplendido, »natürlich müßten Sie mir gewisse Fotos übergeben.«

»Das versteht sich von selbst! Sie werden sogar ein bißchen frei bekommen, wenn ich mich nicht irre.«

»Ja, aber ich kenne die. Das wird nicht viel geben.«

»Hören Sie, ich verspreche Ihnen drei schöne Wochen. Was sagen Sie dazu?«

»Ah! Sie führen mich in Versuchung!« seufzte er. »Und jetzt, wo wir uns ein bißchen näher kennen, nun, jetzt ist das nicht mehr das gleiche.«

Ich ging weg, bevor er vorschlug, daß wir unsere Adressen austauschten.

Ich setzte mich nahe ans Feuer, um mich aufzuwärmen. Jackie wollte, daß ich ihr meine Seilrolle gab, damit sie ihren Kopf aufstützen könne, doch ich gab ihr lieber meine Regenjacke. Ich faltete sie und rollte sie zusammen, um ihr eine Art japanisches Kissen zu machen, das ich ihr in den Nacken schob. Sie hatten eine Plane auf dem Boden ausgebreitet. Thomas und Eileen spielten das Knöchelchen-Spiel, das sie in einer Schachtel auf dem Regal gefunden hatten. Er war dabei, einen Totenkopf zu versuchen, und erklärte Eileen die Schwierigkeiten der Operation. Jackie sagte mir, ich sei sehr freundlich. Sie sah mich auf eine Art an, die ich nicht besonders mochte, zu eindringlich, ein bißchen so, als stehe mir etwas ins Gesicht geschrieben. Doch ich spielte dieses Spiel nicht mit. Um einen Scherz zu machen, meinte ich, ich könne es mir nicht erlauben, ihr den Hintern zu massieren. Ihre Miene wurde nicht eine Sekunde lang sanfter. Sie hatte sich wieder aufgerichtet. Jetzt stützte sie sich auf die Ellbogen.

»Du bist so brutal!« knirschte sie zwischen den Zähnen.

»Ich hatte dich nicht gesehen. Es tut mir leid.«

»Sei so lieb und spar dir deine Entschuldigungen. Ich komme ohne aus!«

Ich hatte inzwischen in einer Dose ein paar Würfel gefunden und schlug vor, eine Runde zu spielen, doch mir schien, damit nervte ich sie nur noch mehr. Sie antwortete mir nicht einmal. Ohne das Spiel zu unterbrechen, warf Thomas mir einen deprimierten Blick zu. »Katzenpfote!« rief er aus. »Krabbenschere! Hundepfote! Affenpranke! Bärentatze!«

»Ah! Lieber Herr Jesus!« seufzte Jackie und ließ sich zurückfallen.

Einen Augenblick später kamen Marc und der Inspektor herein. Ich blieb sitzen, wie ein Toter, den Rücken zum Ofen und mit starrem Blick zur Wand, genauer gesagt: auf einen Nagel, an dem nichts mehr hing. Ich wußte, es würde nicht leicht sein. Ich wußte nicht einmal, ob ich bereit war.

Marc ging Jackie trösten, die sterbensschwach einen Arm gehoben hatte, sobald er erschienen war. Dann, ein bißchen aufgeheitert und ihren eigenen Schmerz verachtend, bestand sie darauf, Victor Brassets Kopf zu untersuchen. Ganz so übel sehe er nicht aus, meinte sie.

»Wissen Sie«, fügte sie hinzu, »ich kenne etwas Gutes für Ihre Ohren. Hopi-Kerzen. Ich verspreche Ihnen, damit packt man das Übel an der Wurzel!«

»Ah ja?« murmelte der Inspektor, der rot angelaufen war.

»Ja, das sind hohle Kerzen, die man in die Ohren steckt und anzündet. Das wirkt wie ein kleiner Schornstein. Es entsteht ein Unterdruck, der durch die Hitze den aufgeweichten Schmutz ansaugt. Das Ergebnis wird Sie überraschen, glauben Sie mir! Sie schauen in die Kerze hinein... Und Sie sehen alles, was innen im Ohr war!«

»O Jackie! Ich bitte dich!« stöhnte Marc.

Eileen hatte genug vom Knöchelchen-Spiel. Sie kam an meine Seite, um sich aufzuwärmen, während Thomas versuchte, neue Mitspieler zu gewinnen. Marc meinte, es wäre besser, wenn wir uns ein paar Stunden Schlaf gönnten, um wieder zu Kräften zu kommen.

Eileen fragte mich, warum ich ein so besorgtes Gesicht machte. Ich legte Holz nach und antwortete ihr, das gehe schon vorüber.

»Das ist so eine Art komische Angst«, erklärte ich ihr in einem scherzhaften Ton. »Die verfolgt mich seit dem Tod meiner Schwiegermutter. Hören Sie, ich würde gerne mit Ihnen reden, aber das geht jetzt nicht. Seien Sie nett, fragen Sie mich nicht, warum.«

Ich sah hoch, um mich zu vergewissern, daß niemand zuhörte. Ich drehte mich zum Ofen hin, um die Unterhaltung zu beenden.

»Wissen Sie«, murmelte ich ihr ins Ohr, »ich habe ein Alter erreicht, in dem Worte nicht mehr viel zählen. Man findet sie ziemlich schnell anstrengend. Im Augenblick muß man mir nicht die Hand halten. Das würde mich mehr als alles andere stören.«

»Das Anstrengende ist, einen Schritt vor und einen zurück zu machen«, flüsterte sie mir zu.

Ich grinste in meine Ecke hinein.

»Doch je weiter man kommt, desto weniger hat man das Recht auf einen Irrtum«, entgegnete ich. »Ist Ihnen aufgefallen, daß man sich gegen Ende beim kleinsten Sturz den Oberschenkelknochen bricht? Was vorher weich war, wird steif, wie man es auch anfaßt.«

Wir wechselten einen verstohlenen Blick, und ich konnte feststellen, daß ich etwas Komisches gesagt hatte.

»Sind Sie immer so?« fragte sie mich.

»Nein... jedenfalls nicht daß ich wüßte.«

»Wissen Sie, Patrick, ich hoffe, daß wir uns noch näher kennenlernen.«

Ich nahm meine Zigarre zwischen die Zähne.

»Haben Sie mich verstanden?« fragte sie nach.

»Ja, na sicher!« murmelte ich und bückte mich, um am Kohlengitter zu rütteln.

Kurz vor sechs Uhr morgens waren alle eingeschlafen. Der Schlaf hatte zuerst Jackie überwältigt, dann Thomas, der sich neben sie legte, und schließlich Eileen, die uns noch eine Zeitlang beim Spiel zugesehen hatte. Ich war ein bißchen durcheinander gewesen, als mir bewußt wurde, daß es nicht mehr in Frage kam, ihnen etwas zu sagen. Ich hatte weiter mit Marc und Victor gespielt. Während ich die Punkte in mein Notizbuch eintrug, war mir der Gedanke gekommen, jedem von ihnen einen Zettel zu schreiben, doch ich hatte es nicht getan. Und ich hatte genausowenig noch einmal mit Marc allein gesprochen. Wir hatten nur Holz im Ofen nachgelegt, bevor wir uns auf dem Boden ausstreckten.

Ich hatte kein Auge zugetan. Ich hatte erneut diesen Nagel in der Wand betrachtet und war zu dem Schluß gekommen, daß er als Kleiderhalter dienen sollte. Als ich hinausging, hängte ich mein Hemd daran. Dann schlich ich mich nach draußen, leiser als eine Katze.

Es war herrliches Wetter. Ein strahlender Morgen mit einem blaugewaschenen Himmel. Ich knöpfte die Öljacke zu, die ich mir von Marc geborgt hatte, weil die Luft noch frisch war. Die Arme in die Hüften gestemmt, den Rücken durchgebogen, holte ich ein paarmal Luft, um meine Lungen zu füllen. Ich hatte das Gefühl, daß etwas in ihnen blockierte, bevor sie wirklich voll Luft waren. Das war unangenehm. Doch trotz all meiner Anstrengungen konnte ich nichts daran ändern.

Ich setzte mich auf das Boot, um eine Zigarette zu rauchen. Ich hatte kein Feuer. Von dieser Stelle aus konnte ich die Sainte-Bob nicht sehen, doch ich hörte ihr Rauschen und spürte den Lufthauch vom Fluß her, ein Prickeln auf Gesicht und Händen. Jenseits davon die schwebende Stille des Waldes und des Himmels, wie das Gleiten großer unsichtbarer Vögel. Ich nahm die Seilrolle ab, die ich noch immer um den Hals trug, und versuchte, den Nacken zu entspannen. Danach legte ich sie mir wieder um. Nichts läuft so ab, wie man es sich vorstellt. Es ist immer entweder einfacher oder schwieriger.

Kurz darauf lud ich das Boot auf meinen Rücken und ging um die kleine Anhöhe herum, zum Fluß hinunter. Ich kletterte noch einmal hoch, um ein Paddel zu holen. Über dem Schornstein hing ein weißer Rauchschwaden, und die Fensterscheiben waren beschlagen. Ich war mir nicht sicher, ob ich die richtige Entscheidung getroffen hatte, doch ich war entschlossen, und ich fühlte mich ruhig. Ich trödelte also nicht unter den Fenstern herum. Wenn ich ein oder zwei Minuten um die Hütte strich, dann einfach, um irgendein Gefäß zu finden, falls ich Wasser aus dem Boot schöpfen müßte.

Dann ging ich zurück ans Ufer der Sainte-Bob, mit meinem Paddel und einer alten Konservendose, deren Deckel ich nach innen gebogen hatte. Ich warf einen letzten prüfenden Blick auf den Fluß, bevor ich ablegte. Er flößte mir nicht wirklich Angst ein. Ich wußte, daß ich zweihundert Meter flußabwärts, wo er in die Felsschlucht strömte, sicher anders darüber denken würde, doch mir schien, daß er ruhiger und breiter floß als zwei Stunden zuvor. Aber vielleicht hatte das auch mit mir zu tun.

In dem Augenblick, als ich ins Boot sprang, hob ich den Blick und sah Marc auf dem Hügel stehen. Ich fragte mich, ob ich ihm etwas zu sagen hätte, doch mir fiel nichts ein, und ich mußte mich gleich bewegen, um einem Wirbel auszuweichen, der mein Boot umzudrehen drohte.

»Gib auf dich acht! Und laß von dir hören!« schrie er hinter mir her.

Ich wartete, bis ich die Flußmitte erreicht hatte, bevor ich mich umwandte. Ich konnte nicht einmal mehr sein Gesicht erkennen. Trotzdem hob ich das Paddel über meinen Kopf. ›Na also. Jetzt läuft die Sache!‹ dachte ich, als ich es wieder ins Wasser tauchte.

Bevor ich die erste Biegung passierte, hielt ich seitwärts aufs Ufer zu. Ich wollte diese Kurve so eng wie möglich nehmen, denn ich war mir nicht sicher, ob ich mich ganz allein in der Strömung behaupten konnte. Im Heck sitzend, paddelte ich wie wild, um die Kurve zu schneiden, als ich eine dunkle Gestalt durch den Wald rennen sah, nur hin und wieder von dem Licht angestrahlt, das durch die Tannen fiel.

Ich manövrierte das Boot weiter mit meinem Paddel und mußte mich ducken, damit die Zweige mir nicht ins Gesicht schlugen und ich den Läufer, der durch das Dickicht rannte, nicht aus den Augen verlor. Meine Gefühle waren wirr und widersprüchlich. Ich fuhr noch etwa fünfzig Meter weiter, bevor ich das Boot stoppte, indem ich mich an einer Wurzel festhielt, die über das Wasser ragte. Ein paar Sekunden lang spürte ich so etwas wie Angst. Dann tauchte Eileen aus dem Gebüsch auf und sprang an Bord.

Immerhin hatte sie sich mit einem Paddel versorgt. Sie sagte mir guten Tag und richtete sich im Bug ein. Ich hielt die Wurzel noch einen Moment umklammert, stieß dann das Boot zurück in die Strömung, und wir mußten kräftig paddeln, um in der Flußmitte zu bleiben.

Zum Glück war dies nicht der richtige Augenblick für eine Unterhaltung. Das Rauschen der Sainte-Bob hätte unsere Worte übertönt, und außerdem gab es Dringenderes. In rasender Fahrt schoß das Boot auf die Felsschlucht zu. Ich zog mein Paddel aus dem Wasser und warf einen Blick auf diesen engen Korridor, in dem der Fluß verschwand. In den Höhen hielt sich noch Nebel, umhüllte die Felswände, doch von oben fielen Lichtstrahlen ein, ergossen sich Kaskaden in die Tiefe. Das war der heikelste Teil der Fahrt, hier hätte ich auf jeden Fall Grund zur Sorge gehabt. Aber jetzt waren wir zu zweit, und die Kontrolle über das Boot war leichter geworden. Fast hätte ich ihr ein paar Ratschläge zugerufen, bevor wir die Fahrrinne erreichten. Ich ließ es sein. Es war sowieso zu spät. Das Boot begann schon zu schlingern, die Strömung wurde stärker, und die Felswände erhoben sich nun über unseren Köpfen.

Sie drehte sich um und warf mir einen letzten Blick zu. Ich hatte nicht die allerbeste Laune. Als sich das Boot bei der Einfahrt in die Schlucht vorn ganz leicht senkte, hatte ich noch nicht entschieden, ob ich mit der Situation glücklich war oder nicht. Im Bug wehte ihr Haar wie eine flammendrote Fahne. So hatte ich es mir nicht vorgestellt.

Wir rasten direkt auf die Felswand zu. Nur durch verzweifeltes Paddeln konnten wir verhindern, daß wir kopfüber ins Wasser stürzten. Mit einer Seite schrammten wir die Wand, und das Boot scheuerte mit einem schrecklichen, durch das Echo vielfach verstärkten Krachen daran entlang.

Kaum war es uns gelungen, von der Wand wegzukommen, als wir in einen Strudel gerieten, der uns mit solcher Gewalt auf die andere Seite schleuderte, daß ich das Gefühl hatte, das Boot flöge durch die Luft. Mit dem Paddel stieß ich es zurück in die Mitte, und wir gewannen an Geschwindigkeit. Für Sekunden konnte man in den Lücken, die der Nebel ließ, Fetzen vom Himmel sehen, was den Eindruck ein wenig milderte, durch so etwas wie einen Schlauch zu fahren, in den nur wenig Licht fiel und der sich hinter einem schloß. Im Bug kniend, rackerte Eileen sich ab. Sie sah schön aus wie ein Teufel. Und sie schlug sich sehr gut. Als das Boot in die Luft geschleudert wurde und mit einem Krachen, als würde eine dicke Nuß geknackt, wieder aufschlug, beugte sie sich vor und tauchte mit letzter Energie ihr Paddel in das dunkle Wasser.

In einem Engpaß hätten wir uns fast quergestellt, und ich sah uns schon kentern. Ich weiß nicht, welches Wunder uns rettete. Dann drehten wir uns einmal um uns selbst, von einem Wirbel erfaßt, der uns schließlich etwas weiter in einen aus der Wand wachsenden Strauch beförderte, dessen Zweige uns im Vorbeifahren ins Gesicht schlugen. Doch alles ging gut, wir schafften es in die Mitte der engen Durchfahrt, erreichten dann allerdings so schnell den gekrümmten Flußlauf, daß wir nicht mehr abbremsen konnten und das Boot glatt gegen die Wand prallte. Ein wenig Wasser floß ins Boot, die Dollborde gingen zu Bruch, und am Bug und an der Seite wurde es leicht angeschlagen. Doch trotz allem hielt es sich gut, viel besser, als ich gedacht hatte, wenn man berücksichtigte, was es aushalten mußte.

Obwohl wir keine Zeit hatten, die Landschaft zu bewundern, bot der Engpaß mit seinen steil abfallenden Felswänden, auf denen das Licht in dunkle und flimmernde Felder zerlegt wurde, doch beeindruckende Augenblicke von einer schwindelerregenden, fast erschreckenden Schönheit. Die Sainte-Bob zischte, grollte und schäumte, während sie ins Tal hinunterstürzte, das sie unterhalb von Hénochville mit Sicherheit überschwemmt hatte. Ein andermal wurden wir zwischen zwei Felsen eingeklemmt, die uns in die Zange nahmen. Wir mußten unsere Paddel wie Brecheisen benutzen, bis uns plötzlich eine starke Welle im Heck hochhob. Ich dachte schon, daß wir kopfüber in den Fluß stürzen würden. Doch das Boot kam frei und flitzte wie ein Pfeil dahin.

Ich fragte mich, wie Eileen das aushielt. Ich war jedenfalls am Ende meiner Kräfte, von Kopf bis Fuß durchgeschwitzt, so daß mir der Schweiß in die Augen biß. Ich war schon im Sommer durch diese Schluchten gepaddelt, doch ich erkannte nichts wieder und war nicht in der Lage zu schätzen, wie lange es noch dauerte, bis der Fluß aus den Felsen herauskommen und einen etwas ruhigeren Verlauf nehmen würde. Wie oft wurden wir wohl noch gegen die Steilwände geworfen und in Wirbel und Strudel gezogen, wie viele Felsen sollten wir noch schrammen, wie viele Male würden wir noch fast über Bord gehen, bevor wir die Schlucht hinter uns ließen?

Wir kamen heraus. Mit einer letzten heftigen Woge wurden wir in ruhigeres Gewässer gespült. Die hohen Felswände waren mit einem Mal verschwunden, und die Sainte-Bob wurde breiter, umfloß die Stämme der Tannen, die ihr Ufer säumten. Es war noch keine Vergnügungsfahrt, doch ich ließ mich unter dem blauen Himmel einen Moment zurück ins Boot fallen. Ein paar Minuten überließ ich alles Eileen. Dann bemerkte ich, daß ich feucht gelegen hatte, das Wasser stand zehn Zentimeter hoch im Boot. Ich rappelte mich also wieder auf und nahm mein Paddel.

Sie drehte sich um und sagte, wir hätten uns nicht schlecht geschlagen. Ich antwortete nicht, denn ich hatte keine Lust zu reden. Ich wußte nicht recht, warum, aber es war einfach so. Sie bestand nicht darauf.

Wir hielten uns in der Mitte des Flusses. Es war prächtiges Wetter, so ruhig und so mild, daß die Farbe und die gewaltigen Wassermassen der Sainte-Bob etwas Unerklärliches und Unbegreifliches bekamen. Ich fand meine Konservendose und fing an, das Wasser aus dem Boot zu schöpfen, während es in rascher Fahrt talwärts ging.

»Sind Sie böse auf mich?« fragte sie.

Ich wollte noch immer nicht mit ihr reden.

Nicht daß ich ihr damit andeuten wollte, daß ihre Anwesenheit mir nicht recht sei, was ich mir noch gar nicht richtig überlegt hatte; die Worte mochten einfach nicht aus mir heraus. Ich war wohl mit vorübergehender Stummheit geschlagen, eine ziemlich natürliche Blockade, wenn man bedachte, welche Entscheidungen ich getroffen hatte. Man gab nicht ohne eine gewisse Furcht all das auf, was ich hinter mir gelassen hatte, und die Lust, darüber zu reden, war nicht gerade das erste, was einen dann überkam. Ganz im Gegenteil.

Ich sah sie einen Augenblick an, dann schaute ich woanders hin und lenkte das Boot, als sei ich allein. Das Ufer zog vorbei, grün und dicht bewachsen, und die Spitzen der hohen Tannen bildeten eine gezackte Linie, wie sie dort gestaffelt am Berg standen und in der aufgehenden Sonne glitzerten. Jetzt konnte man die gefährlichen Strudel, die Wirbel oder Gegenströmungen früh genug erkennen und ihnen ohne Schwierigkeiten ausweichen.

Sie blieb eine ganze Zeitlang still. Ab und an warf ich ihr einen Blick zu und war gerührt davon, welchen Charme sie ausstrahlte. Früher einmal, und das konnte ich mir jetzt gar nicht mehr erklären, war ich der kühlen und grausamen Schönheit Marions erlegen. Das zeigte, wie sehr ich mich verändert hatte. Während ich das Boot in eine Folge langer

Mäander lenkte, wurde mir bewußt, wie ähnlich sich meine Ex-Frau und Jackie in vielen Punkten waren. Ich mußte ja wohl komplett verrückt und vollkommen blind gewesen sein! Was treibt uns derart in unser Unglück, fragte ich mich und steuerte das Boot zurück in die Mitte des Flusses. Was läßt uns die gleichen Fehler wiederholen, immer und immer wieder?

Sie wollte wissen, warum ich lächelte. Wir erreichten jetzt eine Strecke, auf der es längere Zeit immer geradeaus sanft stromab ging, fast ruhig, verglichen mit dem, was wir weiter oben erlebt hatten. Ich zog mein Paddel aus dem Wasser und legte es neben mich. Dann knöpfte ich meine Öljacke auf, einfach weil mir warm war, nicht um ihr meine Brusthaare zu zeigen, auf die ich nicht besonders stolz war. Und ich nahm mein Notizbuch aus der Gesäßtasche. Die letzte beschriebene Seite war bis zum Rand vollgekritzelt mit den Punkten, die Marc, der Inspektor und ich in den letzten Runden beim Würfeln gemacht hatten. Ich riß sie heraus und zerknüllte sie nachdenklich zu einem Kügelchen, das ich schließlich über meine Schulter warf.

Ich lächele nicht wirklich. Und außerdem muß ich mich an Ihre Anwesenheit gewöhnen. Ich hatte einfach nicht vorausgesehen, wie alles wird. Lassen Sie mir noch ein wenig Zeit, mir klarzumachen, was eigentlich geschieht. Ich habe das Gefühl, die Erleuchtung kann jeden Augenblick kommen.

Ich beugte mich vor, um ihr mein Briefchen zu geben. Dann paddelte ich weiter und mir schien, daß in der Ferne sprü-

hende Funken aufstiegen, doch das kam sicher vom Zickzack der Reflexe im Wald, die von der Wasseroberfläche des
überschwemmten Landes emporschossen.

Sie wollte, daß ich ihr mein Notizbuch gab. Das gefiel
mir. Trotz der Müdigkeit spürte ich, daß mich eine sanfte
Energie erfaßte und ich das Boot jetzt voll und ganz unter
Kontrolle hatte. Es glitt leicht übers Wasser und machte ein
leises, sehr angenehmes zischendes Geräusch. Als wir eine
Flußwindung hinter uns ließen und sie mir ihren Zettel gab,
sah ich die Rauchwolken der Camex, die sich am Himmel
verzogen.

*Patrick, ich habe gedacht, daß man uns ein bißchen
nachhelfen müsse, Ihnen und mir. Ich bin davon überzeugt, daß ich recht hatte, auch wenn es noch zu früh
ist, das festzustellen. Ich habe eine Menge Ideen für
Ihr Wohnzimmer, wissen Sie, hier oder anderswo. Ich
glaube verstanden zu haben, was Sie wollen. Sollen
wir wetten?*

Ich begann schneller zu paddeln, hob meinen Hintern von
den Absätzen hoch und preßte die Kiefer zusammen. Ich
hatte das Gefühl, die Sainte-Bob mit vollen Händen an
mich zu ziehen, auf ihrem Rücken zu reiten und ihr meine
Geheimnisse ins Ohr zu flüstern. Ich nahm mein Notizbuch wieder, nachdem ich eine Spitzengeschwindigkeit erreicht hatte, die mich selbst verblüffte. Da ich meine Sprache immer noch nicht wiedergefunden hatte, streckte ich
einen Arm aus und zeigte auf die von nervösen Strudeln
umspülten Felsen, denen man besser auswich.

Ich schlage vor, daß wir in der Stadt haltmachen, um unsere Koffer zu packen. Wir können sofort weg oder uns die Zeit nehmen, ein paar Kleinigkeiten zu regeln. Sie überrumpeln mich ein wenig, ich habe also keine genauen Vorstellungen im Kopf. Wissen Sie, daß wir gerade eine Abfahrt hinter uns gebracht haben, bei der echte Profis vor Neid erblassen würden? Lieber Himmel, wo kommen Sie bloß her?!

Ich schaute einen Augenblick hoch, um mich zu vergewissern, daß sie unser Boot nicht zwischen die Felsen steuerte. Mein Blick folgte Wildenten, die den Fluß hochflogen, aufstiegen und sich landeinwärts wandten. Da sie mit dem Rücken zu mir saß, streckte ich die Hand zu ihren Haaren hin aus, aber mein Arm war nicht lang genug, es war einfach nur zu meinem eigenen Vergnügen.

Wissen Sie, warum ich ohne Sie wegwollte? Weil ich alles verkehrt mache. Ich würde es verdienen, daß man mich an dem Seil aufhängt, das ich um den Hals trage. Wenigstens, falls ich keine andere Verwendung dafür finde. Mir kommt da übrigens eine Idee, doch es ist noch zu früh, darüber zu sprechen.
P.S.: Sagen Sie nichts. Wir sind bald da.

Während sie mein Briefchen durchlas, übernahm ich wieder das Paddel. Die Sainte-Bob strömte in die letzte Windung vor der Stadt, eine eher enge Biegung, in der sich das Wasser um große Haufen scharf gezackter Gesteinsbrocken kräuselte. Wir mußten weiterhin wachsam bleiben.

Eileen faltete meine Botschaft zusammen und steckte sie in ihre Tasche, ohne ein Wort zu sagen. Ihr Lächeln, so zurückhaltend und verschmitzt es war, genügte mir vollkommen. Wir setzten unsere Fahrt unter einem strahlenden Himmel fort, manövrierten unser Boot mit einem Geschick und einer Leichtigkeit, die mich nicht einmal mehr erstaunten. Und nichts, sagte ich mir, könnte mich von nun an in meinem Leben noch in Erstaunen versetzen.

Als wir in den Sog des wild aufgewühlten Wassers gerieten, das unsere letzte Prüfung sein sollte, hätte ich mich fast aufrecht ins Boot gestellt, um zu zeigen, daß ich bereit zu kämpfen und innerlich nicht minder freudig aufgewühlt war, doch es war dies nicht der richtige Augenblick, sich wie ein Idiot aufzuführen. Ich ließ das Boot auf die Felsbrocken zutreiben, an denen sich der Fluß brach: ein Aufspritzen gelblicher Wassermassen, die sich wie Gespenster hoch vor uns aufrichteten. Dann hielt ich hart auf die Innenseite der Biegung zu, und wir paddelten aus Leibeskräften, mit dem unangenehmen Gefühl, nicht von der Stelle zu kommen.

Schließlich konnten wir das Boot an Land ziehen. Das Schwierigste war tatsächlich, auf die Straße in die Stadt zu gelangen, weil das Hochwasser die Ufer derart verwüstet hatte. Wir brauchten eine Weile, bis wir einen begehbaren Zugang fanden.

Danach gingen wir einfach die Straße hinunter. Wir schritten tüchtig aus, in einer harmonischen Stille und beäugt von den Spatzen, die auf den Drähten hockten. Ich grüßte Paul Borrys, als wir an seinem Haus vorbeikamen, sozusagen im Laufschritt. Mein Knie tat mir weh, doch ich ließ mich keinen Fußbreit abhängen. Sie sprang über das kleine Gartentor. Ich öffnete es und stürzte hinter ihr her.

Sie hatte die Schlüssel. Es gab einen kurzen Moment des Zögerns, bis wir entschieden hatten, ob wir zu ihr oder zu mir gingen. Sie sagte, sie habe ganz frisches Bettzeug.

Ich bereute nichts. Ihr Zimmer war in ein schönes Licht getaucht. Dann gelang es mir, mich von der Betrachtung dieses wundervollen weißen Körpers auf dem Bettlaken loszureißen, und ich begann mein Seil abzurollen, um ganz sanft ihre Hände und Füße an die Bettpfosten zu fesseln.

»O Patrick, Sie machen mir angst!« scherzte sie.

»Ich bin eine Art Mörder«, antwortete ich.

Philippe Djian
im Diogenes Verlag

Betty Blue
37,2° am Morgen
Roman. Aus dem Französischen
von Michael Mosblech

»Für jemanden, der verrückte und besessene Liebes-
geschichten mag, eine Pflichtlektüre.« *Wienerin*

»Wirklich bemerkenswert ist, mit welch stilistischer
Sicherheit Philippe Djian diese Story vor dem Absturz
in Gefühlskitsch oder Beziehungskisten-Knatsch bewahrt. Ein Roman wie flirrende Saxophon-Klänge in
der Nacht.« *Hessischer Rundfunk, Frankfurt*

»Der Rolls-Royce unter den Neuerscheinungen der
letzten Zeit.« *Pin Board, Düsseldorf*

»*Betty Blue* als Film in den Kinos: auch wenn Beineix
die Regie führt, kein Bild kann dieses Buch ersetzen.«
Szene Hamburg

Erogene Zone
Roman. Deutsch von
Michael Mosblech

Niemand kann eine Frau lieben und gleichzeitig einen
Roman schreiben. Soll heißen: einen *wirklichen* Roman schreiben, eine Frau *wirklich* lieben. Djian hat es
versucht und ist um ein paar Illusionen ärmer geworden. Er ist einem leicht perversen, ziemlich intelligen-
ten Mädchen begegnet. Er hat (wenig) gegessen. Er hat
(viel, vor allem Bier) getrunken. Sich Joints gedreht.
Musik gehört. Gelesen und gelesen. Er ist dem Geld
nachgerannt, den Frauen, den Wörtern. Er hat sein
Bestes gegeben. Er hat ein Buch geschrieben. Un-
gekünstelt hat er das Unbeschreibliche beschrieben.
Das Leben. In all seiner Derbheit, Schlichtheit und
Hoffnungslosigkeit. Einfach großartig.

»Djian schreibt glasklar und in einem Tempo, dem ältere Herren wie Grass und Walser schon längst durch Herzinfarkt erlegen wären.« *Plärrer, Nürnberg*

Verraten und verkauft

Roman. Deutsch von
Michael Mosblech

»Djian sieht ganz genau hin, seine Bilder sind nur scheinbar so simpel, so einfach. Indem er das banale, das scheinbar triviale, das alltägliche Leben respektlos in die Literatur bringt, führt er das gekünstelte Wort ad absurdum. Dabei ist sein Stil so rein wie das kristallklare Wasser jenes kleinen Waldsees, auf dem er tagelang erfolglos angelt, um die Forelle dann mit einer gutherzigen Geste wieder ins Wasser zu werfen, die Hemingway hätte erstarren lassen. Sein Stil ist so rein wie der Schoß der Frau, die er liebt, und wenn er sich ihr hingibt, würde Henry Miller, so er noch könnte, mit seinen großen, roten Ohren schlackern. Zorc ist die Personifikation einer neuen nachmodernen, reinen Minne, und Philippe Djian ist sein Meister. Deshalb ist *Verraten und verkauft* mein Buch des Jahres.« *mid-nachrichten, Frankfurt*

Blau wie die Hölle

Roman. Deutsch von
Michael Mosblech

Ned ist ein Outlaw, einer der Autos klaut, Kneipen leerräumt, der sich nimmt, was er will. Franck ist ein Bulle, besessen und gewalttätig. Nichts haßt er mehr als Typen vom Schlage Neds. Lili ist Francks Frau, Carol seine Tochter. Als Lili Franck verlassen will, begegnet sie Ned. Lili und Carol hauen mit Ned und dessen Freund Henri ab...

»Djian ist ein Stilist. Und Stil ist es, worauf es ihm ankommt... Und alle Stilisten sind Musiker. Musik der Worte, der Sätze, der Abschnitte, der Kapitel...«
Pflasterstrand, Frankfurt

Rückgrat
Roman. Deutsch von Michael Mosblech

Dieser Roman ist eine Liebeserklärung an die Poesie des Alltags, der durch die Magie von Djians Sprache Literatur wird, eine Mischung aus tiefer Zärtlichkeit und Gewalt, Hoffnung und Verzweiflung. Sein poetischster Roman, ein Buch von überschäumender Vitalität und Sprachlust, das flirrende Orgien des Lebens feiert.

»Djian ging das denkbar größte Risiko ein: er tat, was man von ihm erwartete – er schrieb einen ›Djian‹!«
Pierre Lepape/Le Monde, Paris

»*Rückgrat* wird für Wirbel sorgen.« *Le Monde, Paris*

»Viele seiner Sätze sind literarische Volltreffer, wahre Blitzlichter voller Esprit und Witz.« *Radio Bremen*

»Djian streut literarisches Nitroglyzerin unter die Leser, daß es nur so kracht.« *buch aktuell*

Krokodile
Sechs Geschichten. Deutsch von Michael Mosblech

Krokodile, das sind die Menschen in Djians neuem Buch, gutmütig hinter dem Panzer, den sie nach außen zeigen, doch auch hinter ihrem breiten Grinsen jederzeit zum Zubeißen bereit. Helden, die Berge versetzen möchten und doch wieder aufgeben müssen, das sind die liebenswerten Hitzköpfe, die dieses Buch bevölkern. Ein Feuerwerk der Gefühle.

»Erste Liebe, Konkurrenzneid, Vaterkomplex, materielle Abhängigkeit und die letzte Sehnsucht eines alten Hagestolzes sind die beinahe schon abgeklärten Motive dieser Geschichten.«
Martin Grzimek / Frankfurter Allgemeine Zeitung

»Der *Betty-Blue*-Bestsellerautor in Hochform: Da prickelt die Erotik, rauschen die Gefühle, feiert das Alltagsleben irrwitzige Orgien.« *Cosmopolitan, München*

Pas de deux

Roman. Deutsch von Michael Mosblech

Der Musiklehrer Henri-John fühlt sich in seiner Haut ganz wohl, obwohl sein Leben seit einigen Jahren recht eintönig verläuft. Sein Beruf ist nur ein Job zum Geldverdienen, seine Beziehung zu seiner Frau Edith, einer erfolgreichen Schriftstellerin, ist so gemütlich wie wärmende Filzpantoffeln – und ebenso aufregend. Seine Kollegin Hélène versucht diese Ruhe zu stören, indem sie ihn anflirtet. Henri-John ignoriert ihre Bemühungen zunächst, da eine Affäre unnötig viel Tatkraft erfordern würde. Als aber Edith für zwei Wochen in Japan auf einer Lesereise ist, läßt er sich verführen.
Ein Buch, das langsam anläuft wie ein Jim-Jarmusch-Film und sich steigert wie der *Bolero* von Ravel.

»Der meistgelesene französische Schriftsteller seiner Generation!« *Le Nouvel Observateur, Paris*

Matador

Roman. Deutsch von Ulrich Hartmann

Victor Sarramanga, Großgrundbesitzer in Südamerika, herrscht mit der eisernen Faust eines alten ›patrón‹. Der achtzehnjährige Mani liebt und fürchtet seinen Großvater, der mittels Stierkampfbesuchen versucht, aus Mani einen ›echten Kerl‹ zu machen. Mani weiß, daß jeder Widerstand mit brutaler Gewalt gebrochen wird. Doch eines Tages taucht Vito auf, eine alte Jugendliebe von Manis Mutter. Vito wurde vor zwanzig Jahren von Victor in die Flucht geschlagen, weil der Alte gegen die Verbindung war. Nun hat Ethel ihren Vito doch noch geheiratet. Der Alte versucht, Vito zu vernichten. Mani gerät zwischen die Fronten und muß schneller erwachsen werden, als ihm lieb ist. Ein Buch über den Kampf zwischen jung und alt, so dramatisch – aber auch so gewalttätig – wie eine Corrida.

»Ganz Europa ist süchtig nach jedem ›neuen Djian‹.
Besonders Deutschland.« *Wiener*

»Djian legt die Meßlatte seiner Literatur von Mal zu
Mal höher.« *Libération, Paris*

Ich arbeitete für einen Mörder

Roman. Deutsch von Ulrich Hartmann

»Ich arbeitete für einen Mörder.« Dieser Gedanke quält
Patrick Sheahan. Ein Chemieunfall in der Camex, der
Fabrik seines Freundes Marc, gefährdet die Existenz
zahlreicher Anwohner. Patrick nennt Marc zwar einen
Mörder, tut aber alles, um seinem Freund zu helfen.
Das kostet Patrick nicht nur seine innere Ruhe, seine
Unschuld, sondern bedroht auch die zarten Bande, die
ausgerechnet jetzt zu seiner neuen Untermieterin, der
rothaarigen Eileen aus Irland, entstehen.
Was ist eigentlich Schuld, und wie kriminell kann ein
Mensch werden, wenn der Einsatz eine tief wurzelnde
Freundschaft ist? Wann wird selbst der engste Freund
zur unberechenbaren Gefahr? Die hochspannende
Geschichte eines Konflikts, der in einem tosenden
Wolkenbruch endet, geschildert mit solcher Intensität
und Suggestivkraft, daß auch der Leser naß wird bis
auf die Haut.

»Ein gewaltiges, sanftes, ein packendes, zärtliches
Buch.« *Jean-Baptiste Harang / Libération, Paris*

»*Ich arbeitete für einen Mörder* besitzt einen Klang,
eine Farbe, eine Melodie. Von wievielen Romanen
kann man das schon behaupten?«
Françoise Giroud / Le Journal du Dimanche

Andrea De Carlo
im Diogenes Verlag

»Der ironische Blick, der den Kern einer Situation erfaßt, ist De Carlos herausragende Qualität und war es seit je. Das bedeutet nicht, daß er ein literarischer Clown ist. Ohne tiefschürfende Introspektion rückt er psychologisch äußerst komplexe Zusammenhänge ins Licht, indem er sie an ihren sichtbaren Zeichen erkennt.« *Neue Zürcher Zeitung*

»Ein Italiener macht deutschen Romanciers Tempovorgaben.« *Szene Hamburg*

»Bemerkenswert ist nicht nur die Präzision, sondern auch die Wertfreiheit seiner Beschreibungen. Der Verzicht auf die Attitüden eines schöngeistigen Antiamerikanismus versetzt De Carlo in die Lage, ohne Zorn und Eifer bestimmte zeitgenössische Phänomene zu registrieren, die ihren Ursprung auf der anderen Seite des Atlantik gehabt haben mögen, aber nicht auf Amerika beschränkt geblieben sind.«
Frankfurter Allgemeine Zeitung

Vögel in Käfigen und Volieren
Roman. Aus dem Italienischen von Burkhart Kroeber

Creamtrain
Roman. Deutsch von Burkhart Kroeber

Macno
Roman. Deutsch von Renate Heimbucher

Yucatan
Roman. Deutsch von Jürgen Bauer

Zwei von zwei
Roman. Deutsch von Renate Heimbucher

Techniken der Verführung
Roman. Deutsch von Renate Heimbucher

Arcodamore
Roman. Deutsch von Renate Heimbucher

Uto
Roman. Deutsch von Renate Heimbucher

Leon de Winter
im Diogenes Verlag

»Leon de Winter gehört in die Reihe der bedeutenden Gegenwartsautoren wie John Updike, Philip Roth oder Harry Mulisch.«
Ellen Pomikalko / Brigitte, Hamburg

»Ein neuer europäischer Romancier von Rang: Leon de Winter beweist, wie man E und U spielerisch verbindet.« *Abendzeitung, München*

»Leon de Winter hat etwas zu erzählen, und er tut es so gut, daß man nicht genug davon bekommen kann.«
Rolf Brockschmidt / Der Tagesspiegel, Berlin

Hoffmans Hunger
Roman. Aus dem Niederländischen
von Sibylle Mulot

SuperTex
Roman. Deutsch von
Sibylle Mulot

Serenade
Roman. Deutsch von
Hanni Ehlers

Jakob Arjouni
im Diogenes Verlag

»Ein großer, phantastischer Schriftsteller, der genau und planvoll und lesbar schreibt.«
Maxim Biller / Tempo, Hamburg

»Seine Virtuosität, sein Humor, sein Gespür für Spannung sind ein Lichtblick in der Literatur jenseits des Rheins, die seit langem in den eisigen Sphären von Peter Handke gefangen ist.« *Actuel, Paris*

»Seine Texte haben Qualität. Sie sind ambitioniert, unaufdringlich-provokativ, höchst politisch.«
Barbara Müller-Vahl / Bonner General Anzeiger

»Arjouni weiß als Dramatiker genauso wie als Krimiautor, wie er Spannung erzielt, ohne platt zu wirken.«
Christian Peiseler / Rheinische Post, Düsseldorf

Magic Hoffmann
Ein Roman

Edelmanns Tochter
Theaterstück

Die Kayankaya-Romane:

Happy birthday, Türke!
Ein Kayankaya-Roman

Mehr Bier
Ein Kayankaya-Roman

Ein Mann, ein Mord
Ein Kayankaya-Roman